엄마의 언어로 세상을 본다면

지은이 이현미
말과 글에 치유의 힘이 있음을 믿으며 일하고 읽고 살아가고 있다. 신문에 〈이현미의 엄마도 처음이야〉라는 연재 기사를 쓸 때 털어놓는 것만으로 응어리가 풀리는 것 같았는데 감격스럽게도 많은 이의 응원까지 받았다. 덕분에 나의 글이 누군가에게 힘이 되기를 바라며 책에 더 많은 이야기를 풀어놓을 수 있었다. 2011년 《세계일보》에 입사해 사회부, 문화부, 경제부, 국제부를 거쳐 현재 다시 사회부에 근무하고 있다.

그린이 김시은
부산에서 태어나 미술가의 꿈을 안고 서울살이를 시작했다. 대학에서 서양화를 공부하고 현재는 미술기자로 일하고 있다. 신문사에서는 독자들이 기사를 잘 이해할 수 있도록 그림을 그리며, 작업실에서는 일러스트레이션과 그림책 구성 공부를 한다. 언젠가 일러스트레이터로서 일상의 따뜻한 이야기가 담긴 책을 출간하길 꿈꾸며 살아가고 있다.

엄마의 언어로 세상을 본다면

2018년 7월 5일 초판 1쇄 인쇄 | 2018년 7월 20일 초판 1쇄 발행

지은이 이현미 | 그린이 김시은
펴낸곳 부키(주) | 펴낸이 박윤우
등록일 2012년 9월 27일 | 등록번호 제312-2012-000045호
주소 03785 서울 서대문구 신촌로3길 15 산성빌딩 6층
전화 02) 325-0846 | 팩스 02) 3141-4066
홈페이지 www.bookie.co.kr | 이메일 webmaster@bookie.co.kr
제작대행 올인피앤비 bobys1@nate.com

ISBN 978-89-6051-642-7 03810

• 글 작가의 인세 전액은 여성가족부 산하 안산시 건강가정지원센터의 미혼모 지원 사업에 기부됩니다.

엄마의
언어로
세상을 본다면

딸에서 어른이
되기까지,
82년생
보통 엄마의 기록

이현미 지음 김시은 그림

부·키

차례

프롤로그   : 엄마가 되지 않았다면 절대 몰랐을 세상의 이야기

1.
엄마   : 처음 만나는 '미지의 세계'

17 우리는 왜 아이를 낳는가

25 고민 없이 엄마가 된다는 것

35 내 아이도 서태지와 아이들을 좋아한다면

42 전혜린은 왜 그랬을까

51 아이에겐 부모가 곧 우주

62 이제 엄마는 너에게 미안하지 않아

2.
나   : 아이를 키우자 과거의 '내'가 찾아왔다

75 다시 성장을 시작했습니다

83 비디오 가겟집 딸, 이현미

92 이런 내가 더 나은 사람이 될 수 있을까

100 착한 딸 콤플렉스에서 벗어나던 날

116 나를 울게 한 문화자본

129 수학을 왜 배우느냐고 묻는 너에게

141 그 많던 싱아는 누가 다 먹었을까

150 엄마도 게임 중독이었어

3.
아이

: 가장 고독하고, 가장 찬란한 순간을 선물한 너

163 육아, 그리고 참을 수 없는 외로움

171 알 수 없는 죄책감의 근원을 찾아서

179 이런 더위는 평생 겪어 본 적이 없습니다

187 '육아로 힘든 것도 한때'라는 말

194 세상에서 가장 극한 직업, 전업주부

4.

고양이

: 인생의 의미를 가르쳐 준 시간들

205 육아육묘, 털과의 전쟁

215 인생을 바꾼, 냥줍 사건

224 첫 고양이가 알려 준 비밀

233 임신부가 '고양이 기생충'에 대처하는 방법

241 아픈 너를 보며 돈 생각을 해야 하다니

5.

남자

: 짐을 나누지 않으면 행복도 나눌 수 없다

253 아빠도 처음이야

261 워킹맘은 퇴근 후에 집으로 출근합니다

270 21세기에도 아들은 울면 안 된다니

279 둘째 아들 말고 남편이 되어 줘

285 나도 아내가 있었으면 좋겠다

6.
세상

: 이 땅에서 여자로, 엄마로, 약자로 산다는 것

295 가장 낮은 곳에서 세상을 바라보는 일

301 한국의 산후조리 문화는 진짜 유별난 걸까

309 여자는 부엌 안에서 너무 많은 시간을 보냈다

320 개는 되도 아기는 안 된다는 '노키즈존'

328 외톨이 육아의 시대를 끝내려면

엄마가 되지 않았다면
절대 몰랐을 세상의 이야기

"다시 태어나면 되고 싶은 것은?" 이 질문에 내가 했던 대답은 언제나 '무無'였다. '그 무엇으로도 다시 태어나지 말자'라는 의미였다. 내게 출산은 영혼이 뒤바뀌어야 가능할 것 같은 삶의 선택이었다.

삼십 대의 어느 날, '어린 시절, 나는 세상에 대해 뭘 안다고 그토록 비관적이었을까?' 생각했다. 그리고 30년 이상 유지했던 정체성을 뒤집고 한 아이의 엄마가 되었다. 누구나 2세의 탄생에 벅찬 감격과 경이로움을 느끼겠지만 내게 그 의미는 실로 남다른, 엄청난 것이었다.

아이는 내가 보지 못했던 세상을 보여 주고 즐거움을 선사했다. '내가 예전에도 이랬었나?' 깜짝 놀랄 때가 많아졌다. 아이와 맛있는 음식을 먹을 때, 하얀 솜사탕 같은 벚나무를 바라보며 "저게 벚꽃이야"라고 말해 줄 때, 잠든 아이를 내려 다보고 있을 때 "아아 좋아"라는 말이 절로 나왔다. 내가 돌봐 줘야 하고, 사랑하고, 일평생 지근거리에 두고 지낼 존재를 만 나면서 내 안의 즐거움이 커졌다. 살아가야 하는 이유가 더욱 단단해졌다.

그런데 엄마가 되어 만난 세상에는 즐거움만 있는 건 아 니었다. 난 최선을 다하고 있는데도 늘 자신을 책망하기 시작 했다. '내 보물 1호에게 최선을 다하고 있는 거 맞나?' 아이와 함께 있다가 잠깐 졸을 때, 아이가 멍하게 TV를 보고 있는 걸 발견할 때, 퇴근 후 파김치가 되어서 책 한 권조차 읽어 주지 못할 때면 죄책감이 가슴을 짓눌렀다. 나로 인해 세상에 나온 아이에게 더 많은 걸 해 줘야 한다는 압박감을 느꼈다. 그런 와중에도 아내, 직장인 역할까지 수행하느라 말 그대로 '가랑 이'가 찢어질 것 같았다.

이게 엄마로서 감당해야 하는 '사랑의 무게'인 걸까? 문득 이상하다는 생각이 들었다. 이토록 소중한 아이라면 일상이 좀 더 기껍고 행복해야 할 텐데, 사랑하는 만큼 행복하다고 말 할 수 있어야 하는데……. 사랑의 크기만큼 육아를 즐기지 못 하는 게 문제였다.

답답함이 풀린 건 '모성 이데올로기'에 대해 알아 가면서였다. 나도 모르는 사이, 이 사회가 요구하는 모성 신화가 내면에 가득함을 깨달았다. 세 살까지 엄마가 아이 옆에 꼭 붙어 있어야 한다는 '3세 신화'부터 아이의 발달을 전부 엄마 책임으로 돌리는 사회 분위기에 나 역시 젖어 있었다.

나이가 든 뒤부터 나는 모든 사람들과 적당히 거리를 두고 지냈다. 남편과도 마찬가지였다. 딱 달라붙어 지내는 두 사람이 순수하게 서로를 사랑할 수 있는 기간은 얼마나 될까. 오래 두고 보려면 사랑에도 거리를 둬야 한다고, 진정 사랑하는 관계라면 내가 나일 수 있는 공간을 허락해야 한다고 생각했다.

그런데 자녀에 대한 무한한 책임감이 나를 바보로 만들었다. 아이와 떨어져 있을 때마다 나는 죄책감을 느꼈다. 거리를 용납하지 않았다. 아이와 딱 붙어 지내려 할수록 엄마라는 이름의 무게는 더욱 무거워졌다. 다시 육아의 즐거움을 찾은 것은 그 마음들을 글로 쓰기 시작하면서부터다. 엄마가 되어 만난 낯선 세상, 내 안에 박혀 있던 모성 이데올로기, 친정 엄마에 대한 생각과 어린 시절의 나, 그리고 말로 표현할 수 없었던 답답한 마음들까지. 그러자 엄마로서가 아닌 다른 욕구도 존중하게 되었다. 육아가 조금 더 즐거워졌다. 사회의 많은 것들이 또렷하게 보였다.

　아이를 키우는 일은 나를 돌아보는 과정이기도 했다. 깊은 곳에 가라앉았던 유년의 기억이 조금씩 떠올랐다. 삶의 조건이 바뀌고 환경이 달라져도 한 사람의 깊숙한 내면은 어린 시절 경험에 큰 영향을 받는다. 해소하지 못한 그 어떤 날의 상처는 '이 아이가 그런 일을 겪지 않으려면, 아이를 잘 키우려면 어떻게 해야 하지?'라는 불안과 함께 밀려왔다.

　나는 원가족에게서 받았던 상처를 떠올리며 힘들어하는 부모들과 이야기를 나누고 싶다. 비슷한 상처를 지닌 사람의 이야기에는 마음을 위로해 주는 힘이 있기 때문이다. 신문에 연재 기사를 쓰던 시절, 글에 달린 댓글을 보면서 오히려 내가 위로받을 때가 많았다. '나만 그런 게 아니었어…….' 내면의 한 부분이 편안해졌다. 나의 그늘을 조금 더 끌어안을 수 있게 됐다. 결혼을 하지 않았다면, 아이를 낳지 않았다면, 이 마음을 글로 내보내는 용기를 내지 않았다면 겪지 못했을 변화였다.

　이 과정이 없었다면 내 안에 웅크리고 있던 어린 시절의 나 또한 어두운 기억으로 가로막힌 문을 열고 나오지 못했을 것이다.

이 책의 일부는 2016~2017년 《세계일보》에 연재했던 〈이현미의 엄마도 처음이야〉를 토대로 했다. 부족한 글을 지면에 실어 주고 독려해 준 선후배와 동료들에게 큰 감사의 인사를 드린다. 고마움을 전하고 싶은 사람들이 너무 많아 분량의 한계상 아무도 언급하지 못한 데 용서를 구한다.

연재 기사를 읽고 자신도 몰랐던 마음을 깨닫게 됐다며 응원해 준 네티즌이 없었다면 책을 펴내는 기쁨을 누리지 못했을 것이다. 그분들에게 이 책이 위로와 힘이 되기를 희망한다.

책 출간을 격려해 준 이기일 보건복지부 보건의료정책국장과 그림 작가 시은 씨, 논픽션 그룹 '신록'의 선배와 동료들, 개인적인 이야기를 풀어내는 데 많은 용기를 준 선우지운 실장과 송두나 에디터께도 감사드린다.

나의 평생 친구이자 동반자인 보라, 혜연, 연숙이가 있어 삶의 많은 고비를 넘을 수 있었다. "이 애는 좋겠다. 언니가 엄마라서"라며 임신을 축하해 준 동기 효실이의 응원은 마음 깊은 곳을 어루만져 주었다.

나를 있게 한 엄마와 아빠, 동생 승건이에게도 이제는 이 말을 전하고 싶다. 사랑한다고. 남편 지성과 아들 아연이를 만난 건 내 인생의 행운이었다. 이 글이 먼 훗날 나의 아이와 나

를 이어 주는 또 하나의 다리가 될 수 있다면 무한한 기쁨을
느낄 것이다.

여름의 입구에서, 이현미

1.
엄마

: 처음 만나는
'미지의 세계'

'엄마는 나를 왜 낳았을까?'

십 대 사춘기 시절, 자신이 세상 속 쌀알처럼 작아 보일 때마다 이런 단상이 떠올랐다. 비교적 어린 나이에 나를 낳았던 엄마가 "너만 없었어도 내가⋯⋯"라는 혼잣말을 할 때면 같은 말이 맴돌았다.

'그럼 나를 왜 낳았어?'

차마 입 밖으로 꺼내진 못했다. 엄마의 생활은 고단했으니까. 아침 일찍 일어나 하루 종일 일하고 때때로 남편에게 시달렸던 엄마는 성실과 인내의 표본이었다. 어린 눈에도 그 삶이 고되고 서글퍼 보일 때가 많았다. "그럼 나를 왜 낳았는데?" 하고 따져 묻지 못했다. 나의 말에 엄마는 상처받을 게 분명했다.

그런 의문은 결혼과 출산에 대한 비관적인 생각으로 자라났다. 한국 여성 최초로 독일에서 유학했던 전혜린의 수필집 《그리고 아무 말도 하지 않았다》를 읽고 그녀에게 푹 빠져 버린 것도 그런 이유에서였다. 그녀는 "내 이기심으로 한 생명을 창조하는 것에 두려움을 느낀다"라고 했다.

8형제 중 장녀로 태어난 전혜린은 유복한 환경에서 아버지의 관심을 듬뿍 받고 자랐다. 부모의 사랑과 자원을 놓고 형제들과 아웅다웅하는 사이 자녀를 갖는 것에 대해 회의했을 수 있지만, 출산에 대한 생각을 빚어낸 건 그녀의 남다른 감성 덕분이었다. 타고난 기질과 섬세함으로 삶의 통과의례에 엄격했던 1950년대에 '왜 아이를 낳아야 하는가'라는 급진적인 고민을 할 수 있었다.

나의 경우에는 환경의 영향이 컸다. 어린 시절 부모의 이혼을 겪은 주변 친구들은 '본인의 행복한 결혼'을 통해 결핍을 메우려 했다. "나는 잘 살 거야" "자녀에게 행복하게 사는 모습을 보여 줄 거야"라며 결혼에 적극적인 태도를 보였다. 부부 관계의 고통을 오롯이 보지 못한 채 한쪽 부모와 살게 된 이들은 삶의 결핍, 비어 버린 구멍, 충족되지 못한 욕망, 부재의 상처를 자신의 의지로 극복하고 싶어 했다.

하지만 사춘기까지 고통스럽게 부모의 갈등을 목격한 친구들은 결혼에 대해 비관적인 경우가 많았다. 딸일수록, 독립심이 강할수록 그런 환경에서 자란 친구들은 결혼 제도에 부정적이었다. 내가 엄마에게 가장 많이 들었던 결혼과 관련된 말은 "경제적 능력만 있으면 굳이 결혼하지 않아도 된다"였다.

결혼에 대한 엄마의 후회와 그 감정을 이해하게 만든 눈앞의 폭력은 마음 깊은 곳에 이러한 관계에 대한 혐오와 두려움으로 자라났다. 그 무의식이 "나는 결혼 안 해" (나와 같은 고통을 겪을지 모르는) 애도 안 낳을 거야"라는 태도로 표출된 것이다.

그랬던 내가 결혼을 하고 아이를 낳아 키운 시간들을 담아 책까지 낼 줄은 십 대의 나는 꿈에도 생각하지 못했다.

당시에도 가끔 이런 의문을 품긴 했다. '사람들이 결혼 적령기라 부르는 시기에 헤어지고 싶지 않은 사람을 만나 청혼을 받는다면 미래의 나는 어떤 선택을 할까.' 생각해 보면, 결혼에 대해 완전히 닫힌 상태는 아니었던 듯하다.

남편을 만난 건 이십 대 중반이었다. 서른 살이었던 남편은 부모님으로부터 결혼 압박을 받고 있었다. 나는 관계에 책임을 느끼긴 했지만 결혼에 대한 생각 차이가 연애하지 못할 이유는 아니라고 생각했다. 만혼이 시대적 추세가 된 것도 마음의 부담을 조금 덜어 주었다.

그런데 이 남자랑은 매년 헤어져도 다시 만났다. 지지고 볶는 정을 쌓는 동안 5년이 흘렀다. 남편 쪽의 결혼 압박은 거세졌고 서른 초반의 나는 스스로를 조금 더 긍정적으로 볼 수 있게 됐다. 나는 더 이상 아무것도 할 수 없는 미약한 존재가 아니라 개입할 능력이 있는 성인이었다.

한 해, 두 해 부부만의 시간이 지나고 남편은 2세에 대한 기대감을 내비쳤다. 결혼은 했지만 출산에 관한 나의 생각이 바뀐 건 아니었다. 나에게 결혼과 출산은 봄이 가면 여름이 오는 것처럼 마땅히 이어져야 할 자연의 법칙이 아니었다. 나는 신랑에게 아이를 낳아야 하는 이유를 물었다.

그는 이런 고민 자체를 의아해했다. 남편은 이 사회의 법칙과 통과의례를 잘 내면화한 사람이었다. 일가친척이 옹기종기 모여 사는 집성촌에서 장남으로 태어난 그는 전통 관습과 삶의 수순을 인간의 도리로 배우며 자랐다. 또한 나보다 긍정적인 시선을 지닌 사람이었다. 그에게 세상은 살아 볼 만한 곳, 삶의 의미는 가치 있는 것이었다.

그는 "애를 낳아 봐야 진정으로 인생을 알 수 있다" "부모에게 도리를 해야 한다" "삶의 수순이다" "태어난 아이도 고마워할 거다"라고 대답했다.

그중에 미래의 아이가 고개를 끄덕일 것 같은 말은 하나도 없었다. 나는 출생을 '당한' 아이 입장에서 생각해 보라고 반박했다. 내게 출산은 언젠가 멸망할 지구에 내 후손을 남기고, 그들에게 고통을 겪게 하는 것이었다. 이 세상에 없는 존재를 만들어야 하는 이유, '무'로 있으면 희로애락에 개의치 않을 텐데 그런 평온을 깨고 나와 연결된 존재를 세상에 내놓을 이유를 찾을 수 없었다.

시간이 흘렀고 친구들은 하나둘 엄마가 되었다. 친구를 만나면 그 옆에 낯익은 이목구비의 아이가 따라 나왔다. 2013년 가을, 독일 출장길에 대학 졸업 후 독일로 떠난 소꿉친구를 몇 년 만에 만났다.

친구의 집 근처에 있는 광장에 나가 영화에서나 봤던 유럽의 고풍스러운 전경에 푹 빠져 있을 때였다. 선선한 가을바람을 타고 아이의 웃음소리가 들려왔다. 저만치 앞서 가던 아이가 따라오는 엄마를 확인하기 위해 뒤로 돌더니 두 팔을 활짝 벌린 친구의 품으로 달려왔다. 두 사람의 모습이 넘실대는 파도에 비친 햇빛처럼 눈부셨다. 내 친구도 엄마가 됐구나. 내 아이는 얼마나 예쁘게 보일까.

세상에 대해 뭘 안다고 나는 어렸을 때부터 결혼 안 해, 애도 절대 안 낳을 거야 하며 날을 세웠을까. 전혜린처럼 타고난 감수성과 섬세함으로 그런 생각을 한 것이 아니었다. 어느 날 남편의 말에서 성장 과정의 영향을 짐작했다.

"너는 그렇게 안 키우면 되잖아."

나는 왜 태어나서 엄마가 떠날 수 없게 발목을 잡고 있을까? 어른들은 왜 결혼을 해서 이토록 힘들게 사는 걸까? 이런 의문을 지닌 아이가 결혼과 출산에 비관적인 생각을 갖는 건 자연스러운 일이었다. 나의 태도는 타고난 성질이 아니라 자신의 존재를 부정하며 고통스러워한 시간의 결과물임을 성인이 되고 한참 뒤에야 깨달았다.

결혼과 출산이 아니라 고통이야말로 모두가 겪게 되는 삶의 관문이다. 누구나 한 번쯤 사춘기의 시련 앞에서 '왜 태어났을까'라는 파도를 맞게 된다. 이런 의문을 품지 않고 자라는 사람은 없을 것이다. 밖으로 나가기 위해선 출발점을 돌아봐야 하고 출생과 사후세계에 대해 고민하게 된다.

하지만 미지의 영역에 대한 단순한 호기심이 아닌 '도대체 왜 살아야 할까?'를 고민하는 아이에게는 주어진 환경의 어려움이 있기 마련이다. 나한테는 살아야 할 이유에 대한 고민보다 살고 싶지 않다는 생각이 더 크게 다가왔다.

남편의 물음은 '넌 언제까지 어린 시절에 매여 있을 거니?'라는 내면의 목소리를 만나게 했다. 유년의 세상에서 그 누구보다 엄마를 사랑할 아이, 성인이 돼서 품을 떠날 아이. 그 아이와 사랑하는 시간을 누리고 싶었다. 삼십 대에 들면서 살아가는 것에 대해 조금 자신감을 갖게 된 덕분인지도 모른다.

나는 아직도 '왜 나를 낳았냐?'는 물음에 대답을 찾지 못했다. 아이를 낳고서 느끼는 기쁨과 설렘, 행복은 나를 위한 것이지 아이 입장에서 온전히 납득할 수 있는 말은 아니다. 다만 이런 주장을 위안으로 삼았다.

캐나다 퀸스 대학교의 크리스틴 오버롤 Christine Overall 교수는 "우리 사회는 아이를 갖는 것을 구태의연한 것으로 받아들이고 아이를 갖지 않는 것에 대해선 설명과 정당화를 요구한다. 그러나 아이를 갖기로 한 선택의 경우야말로 잘못하면 세상에 태어날 생명의 미래가 위험해질 수 있기 때문에 그 반대가 돼야 한다"고 주장했다. '왜 아이를 낳는가?'에 대한 고민은 양육의 질과 연결될 수밖에 없다는 것이다. 출산에 대한 나의 의구심과 두려움을 아이를 잘 돌보기 위한 양분으로 받아들이기로 했다.

　나는 새로운 존재가 내 삶에 추가되는 것을 두려워하며 지냈다. 떠나고 싶을 때 떠나고 그만두고 싶을 때 그만두기 위해서는 홀가분해야 했다.

　하지만 좋아하라고 가르쳐 주지 않아도 누군가를 좋아하고 연애를 한 것처럼 삼십 대의 어느 날 '누리고 싶다' '사랑하고 싶다'는 생각이 들었다. 그리고 시간이 흘러 매일 밤 엄마의 퇴근을 반기며 깡충깡충 뛰어오는 아들을 만나게 됐다.

　여전히 "엄마는 나를 왜 낳았어?"라는 물음에 대한 대답은 못 찾았지만 그러한 질문이 삶을 비관하는 징후가 아니기를, 부모와의 꽉 막힌 관계에 대한 토로가 아니기를 바라며 더욱 사랑하기로 했다.

여자는 자식을 낳으면 친정 엄마의 고마움을 알게 된다고
한다. 혼자서는 아무것도 하지 못하는 핏덩이를 먹이고 재우고
씻기는 고된 과정을 겪으며 키워 준 은혜를 알게 된다는 말이
다. 그런데 깨달음과 함께 찾아오는 다른 마음도 있다.

'왜 엄마, 아빠는 나한테 이렇게 해 주지 않은 걸까?'

사회 분위기상 이런 마음을 대놓고 말하기는 어렵다. 부
모를 나쁘게 말하는 배은망덕한 자식이나 은혜를 모르는 이
기적인 사람으로 비칠까 두렵기 때문이다. 망가진 가족 관계
라 해도 그 안에서 사랑받았던 한때가 떠올라 부모에 대한 미
안함이 밀려오게 된다.

하지만 어린 시절 부모에게 상처받은 적 없는 사람이 어

디 있을까. 부모도 완전할 수 없는 사람이기에, 또 난생처음 부모가 된 서툰 어른이기에 크든 작든 자녀에게 상처를 줄 수밖에 없다.

내게도 어린 시절을 돌아보면 '엄마는 왜 그랬을까?' 싶은 순간들이 있다. 마음 한구석에 자리했던 '나는 왜 이럴까, 나는 왜 못할까'와 같은 열등감의 근원에는 부모님의 미숙한 양육 태도가 있었다.

초등학교에 입학한 뒤 치른 첫 시험에서 나는 전 과목 빵점을 맞았다. 작은 괄호에 정답을 적는 객관식 문제에서 내가 생각한 답을 한글로 구구절절 적었던 것이다. '이렇게 조그마한 칸에 어떻게 다 쓰지?' 하며 의아해했던 기억이 난다.

얼마나 답답했으면 거의 30년이 지난 지금도 시험에 등장했던 그림 하나가 떠오른다. 여자아이가 꽃병을 들고 걸어가는 그림이었다. 나는 이걸 정답으로 생각하고 '여자애가 꽃병을 들고 있는 거'라는 식으로 작은 괄호 안을 채웠다. 그날 오후 우수수 비가 내리는 시험지를 받아 들고 집으로 돌아갔다.

엄마는 불같이 화를 냈다. 부모님의 비디오 가게 구석에서 "너 바보야?"라고 다그쳤다. 나는 엉엉 울었다. 이전에 시험의 규칙을 배운 적이 없었다.

"객관식은 문제의 보기 중에서 네가 답이라고 생각하는 번호를 괄호 안에 적는 거야. 한글로 적은 걸 정답이랑 맞춰 볼까? 다음에는 꼭 숫자로 적어 보자."

엄마가 이런 격려를 해 주었다면 얼마나 좋았을까. 초등학교 시절, 나는 공부를 그다지 잘한 건 아니었지만 이런 실수를 다신 저지르지 않았다.

많은 아이가 고등학생이나 심지어 성인이 돼서도 자신의 적성 분야를 찾지 못하지만, 나는 어렸을 때 진로에 대한 확고한 신념이 있었다.

계기는 초등학교 1학년 1학기 미술 시간이었다. 선생님의 지시를 따라 반 전체가 무궁화 그림을 그렸다. 아이들의 그림 솜씨를 훑어본 선생님은 내 그림을 들고서 반 친구들 모두에게 보여 준 다음, 잘 그렸다고 칭찬했다.

그 무궁화 그림은 내 방 한구석에 테이프가 낡아서 떨어질 때까지 붙어 있었다. 내 인생에서 가장 빛나는 무궁화였다. 그 뒤부터 비디오 가게에 진열된 만화영화 비디오 케이스의 표지를 따라 그리기 시작했다. 글은 읽어도 무슨 말인지 잘 모르겠고, 학교에서 배우는 것 중에 재미있는 것은 하나도 없었는데 그림은 별다른 노력 없이도 똑같이 따라 그릴 수 있었다. 마음에 살랑 바람이 불어오는 것 같았다.

그날부터 나는 미술 학원에 보내 달라고 졸랐지만 엄마는 단 한 번도 들어주지 않았다. 거절의 이유는 단순했다.

"그림 그려서 뭐 하게?"

그러고는 딸들을 피아노 학원에 보낸 이모처럼 나를 피아노 학원에 보냈다. 나는 "피아노는 배워서 뭐 해?"라고 저항했지만 소용없었다. 엄마에게는 딸이 피아노를 잘 쳤으면 하는 소망이 있었다. 피아노 학원에서 나는 진상 고객이었다. 졸기 일쑤였고 진도 나가기 싫다며 한 곡을 한 달 내내 치면서 선생님의 속을 터지게 했다. 박자에 맞춰 치는 건 시시하다며 내가 할 수 있는 한 속도를 내서 무지막지하게 건반을 두드리기도 했다.

친구들이 보통 3년 만에 끝내는 《바이엘》과 《체르니 100번》, 《체르니 30번》에 이르는 과정을 배우는 데 나는 6년이나 걸렸다. 엄마는 "넌 왜 이렇게 진도가 느리냐?"고 답답해했다. 나는 미술 학원이 씨알도 안 먹히자 4학년 때부터는 서예 학원에 보내 달라고 졸랐다.

"그딴 거 진짜 쓸데없다."

서예에 대한 엄마의 냉담은 미술 학원보다 더욱 심했다.

서예도 그림을 그리는 것처럼 한 획 한 획 긋는 데 나는 매력을 느꼈다.

엄마는 소풍 때마다 새벽에 일어나 김밥을 싸 주고 한겨울에 딸의 내복을 이부자리 아래에 놓았다가 다음 날 아침 따뜻한 내복을 입혀 주는 다정한 부모였다. 하지만 내가 원하는 것에는 둔감했다. 딸이 원하는 것보다 엄마가 바라는 것을 베풀고 싶어 했다.

중학교에 진학해서도 미술을 하고 싶다고 주장하는 딸에게 엄마는 전략을 바꿔서 그딴 거 왜 배우냐가 아니라 "미술하면 돈이 많이 드는데 우리 집은 너도 알다시피 형편이 어려워"라는 말로 나의 기를 꺾어 놓았다. 다른 것도 아니고 집안 사정을 운운하니 정말 기가 팍 죽었다.

그 무렵 부모의 완강한 반대를 뚫고 미대에 진학한 친척 언니와 함께 살게 됐다. 언니는 고등학교 2학년 때 식음을 전폐하고, 미술을 안 시켜 주면 죽어 버리겠다며 예체능계 진학을 반대했던 이모와 이모부의 의지를 꺾었다. 이모네도 넉넉한 형편이 아니었다. 충북의 본가를 떠난 언니는 수도권에 있는 친척 집에 얹혀살며 숙식을 해결했다. 수업 과제뿐 아니라 외부 공모전에도 열성으로 도전해 상을 타냈다. 어렵게 붙잡은 진로인 만큼 뭐든 열심히 했다.

친척 언니 덕에 나는 미대의 향기를 조금이나마 맛볼 수 있었다. 중학교 2학년 때 언니가 다녔던 덕성여대 캠퍼스에 종종 놀러 갔다. 붉은색의 낮은 건물 사이로 펼쳐진 초록 잔디에 앉아 대학의 숨결을 느꼈다. 그 옆에는 햇살을 만끽하며 잔디에서 쉬고 있는 대학생 언니들이 있었다. 여유로웠다.

미대 교실에는 이젤과 캔버스가 곳곳에 놓여 있었다. 어지럽게 놓인 사물을 보며 나는 콩나물시루 같은 교실에서 느낄 수 없는 자유로움을 느꼈다. 비가 주룩주룩 내리던 어느 여름, 언니네 학과는 아니었지만 의상디자인과의 가을 졸업 전시회를 구경하며 아이디어, 색감, 미美, 자유로움을 추구하는 세계에서 살고 싶다고 생각했다.

내가 중학교 3학년이 되던 해에 취업 준비생이 된 친척 언니는 힘겨운 구직 기간을 보냈다. 언니는 넉넉지 않은 형편에 미대를 고집하며 부모의 자원을 독차지하는 바람에 군말 없이 생활했지만, 친구들 사이에서 느낀 상대적 박탈감이 컸을 것이다. 일반 단과대학도 그렇지만 교재비, 재료비, 전시회 비용 등 지출이 큰 예체능계에서 가난한 학생이 겪는 어려움은 훨씬 클 수밖에 없다.

"미대 나온다고 네가 원하는 그림 그리며 살 수 있는 게 아냐. 진짜 부잣집 애들이나 자기 이름 내건 전시회 개최하며 사는 거지. 기업에 들어가서 월급쟁이 생활을 해야 하는데 이것도 왜 이렇게 거지 같냐?"

취직의 문턱에서 여러 번 좌절을 경험한 친척 언니는 내 꿈에 현실의 무게를 더한 쓴소리를 하곤 했다. 1990년대 중후반 구직 활동을 했던 언니는 신체 조건 때문에 제약을 받았다. 당시 의류 디자이너 채용 공고에는 대부분 '신장 160cm 이상'이라는 조건이 걸려 있었다. 언니의 키는 150cm 정도였다. 그런 조건은 경제적 어려움보다 더 당사자를 서글프게 했다. 아무리 노력해도 극복할 수 없는 운명적인 장애물이었으니까.

"네가 진짜 그림을 그리고 싶으면 나중에 안정적으로 돈 벌면서 취미로 해."

엄마의 '쓸데없다' '돈 없다'는 거절보다 직접 목격한 언니의 생활에 나는 큰 영향을 받았다.

고등학교 진학 후 더 이상 미술을 하겠다고 고집 피우지 않았다. 그리고 자신이 하고 싶은 게 뭔지 모르는 또래 아이들처럼 목표도 희망도 꿈도 없이 대학 진학을 준비했다.

하지만 내가 이 언니와 함께 살기 전에 이미 미술을 시작했다면? 그간의 성과를 토대로 미래에 대한 확고한 계획을 세웠다면 어땠을까? 가끔 생각한다. 그렇다면 저건 언니의 인생일 뿐 내 인생은 내가 개척하겠다는 포부를 갖고 걸어 나갔을지 모른다. 시작해 보기도 전에 수많은 저항과 한숨을 만나며 나는 유년의 꿈을 접었다.

나는 자녀 양육과 관련해 여러 가지를 결심했지만, 그중에 단연 으뜸은 '아이의 욕구 존중해 주기'였다. 엄마와 함께 했던 수많은 나날 속에서 이것이 가장 큰 섭섭함과 아쉬움으로 남았기 때문이다.

'나는 어떤 엄마가 되고 싶은가?'

이런 물음을 엄마들이 고민할 필요가 있다고 생각한다. 완벽한 엄마, 아이에게 모든 걸 다 해 주는 엄마가 되기 위해서가 아니라 자녀와의 관계를 돌아보고 적절한 관계를 맺기 위해서다.

학령기 자녀를 둔 소꿉친구도 나와 같은 고민을 하고 있었다. 친구는 같은 반 아이가 자신을 몇 번이나 모함했는데도 그 아이와 계속해서 놀고 싶어 하는 아들 때문에 스트레스를 받았다. 숙고 끝에 친구가 굳힌 결심은 더 높은 경지의 마음가짐이었다. 친구는 조금 편안해진 목소리로 말했다.

"이제는 전처럼 스트레스받지 않기로 했어. 아이 인생에 문제가 생길 때마다 옆에서 도움을 줄 수 있는 것도 아니고 어차피 이 애의 인생이잖아. 지켜보면서 그때그때 필요한 조언을 해 주는 엄마가 될래."

아이 문제에 대해 여유를 갖기란 쉽지 않은 일이다. 하지만 친구는 자신을 옭아매던 끈을 조금 풀어 놓고 바라보기로 결정했다. 그런 친구를 보며 생각했다.

'성장 과정에서 상처받고 힘에 부치는 순간이 있더라도 옆에서 응원해 주는 엄마가 있다면 아이는 스스로 길을 걸어가는 단단한 사람이 되지 않을까?'

'나는 어떤 엄마가 되고 싶은가?'라는 물음은 아이와 적절한 관계를 맺으며 엄마로서 우리 자신이 성장해 나가기 위한 질문일지도 모르겠다.

내 아이도 서태지와 아이들을 좋아한다면

'내 아이도 내가 좋아하는 것들을 좋아할까?'

임신과 함께 이런 물음은 나를 강렬하게 사로잡았다. 이제 배 속에서 자라기 시작한 태아를 대상으로 '공부를 잘할까' '좋은 대학에 갈까'라는 생각을 하기엔 그런 고민을 해야 할 시기가 머나먼 훗날로 느껴졌다.

아이가 자라 내가 좋아하는 문화 콘텐츠를 경험하려면 상당한 시간이 흘러야겠지만 내게는 중요한 일이었다.

최근 나는 친정 엄마에게 "엄마는 엄마가 좋아하는 걸 딸이 좋아할지 고민해 본 적 있어?" 하고 물었다.

"아니, 없는데"라는 대답에 아 정말, 한숨이 나오려는데 엄마가 덧붙였다.

"어차피 세대가 다른데 네가 어른들 노래를 좋아하겠니?"

엄마는 자녀와 가깝게 지내길 원했지만 소통을 꿈꾸지는 않았던 모양이다. 처음부터 다름을 인정했던 것이다. 덕분에 내가 1990년대 중후반 서태지와 아이들에 한창 열광할 때 "저런 애들이 왜 좋냐"라는 식으로 평가절하하지 않았다.

주변에는 부모와 자녀를 상하관계로 놓고 자신의 권위를 내세우려 하는 부모가 많았다. 내가 중학교에 입학하자마자 존댓말을 강요했던 아빠도 마찬가지였다. 하지만 엄마는 "나는 자식과 멀어지는 것 같아 존댓말은 싫다"라며 자녀와의 친밀함을 유지하려 했다.

나는 내가 좋아하는 음악과 청춘을 함께한 문장들을 아이와 공유하고 싶다는 소망이 있다. 남편은 "네가 아무리 세련된 엄마가 되려고 해도 어차피 너는 엄마인 거야"라며 세대 차이는 어쩔 수 없다고 말하지만, 그러한 틀을 처음부터 규정해 놓고 살아가고 싶지 않다.

아이가 세상에 나아가 부딪칠 때 이 아이의 내면을 단단하게 만들어 주고 위로해 주는 것 중에 내가 좋아했던 것이 포함된다면 얼마나 가슴이 벅차오를까. 이 아이와 나의 세대 차이는 견고한 벽이 아니라 그저 서로 다름의 일부가 될지도 모른다.

이십 대에 알게 된 한 프랑스인 친구는 피터 가브리엘Peter Gabriel이라는 영국 가수를 부모님 덕에 좋아하게 됐다고 했다. 어린 시절 그의 집에는 자주 가브리엘의 노래가 울려 퍼졌고 부모님이 차를 마시며 노래를 감상할 때 옆에서 형제들과 함께 음악을 들었단다.

나는 그때까지 피터 가브리엘이라는 가수를 몰랐다. 노래를 찾아 들으며 적잖이 놀랐다. 쉽게 들리지 않는 음악이었다. 한국 정서로 판단했을 때 확실히 대중적인 음악은 아니었다.

'이런 음악을 부모님이 좋아한다고?'

한국인 친구였다면 부모님의 정체를 궁금해하며 호기심을 불태웠을 테지만 외국 사람이기에 놀라움과 부러움, 호기심 등이 엿어졌다. 유럽 중산층 가정의 수준인가 싶기도 했다.

2013년 조용필 씨가 《헬로》 앨범을 냈을 때 나는 신문사 문화부에서 대중가요를 담당하고 있었다. 통통 튀는 젊은 감각으로 사랑의 설렘을 이야기하는 그의 쇼케이스는 오랜 팬들로 문전성시를 이루었다. 아이돌 가수를 처음 본 십 대 소녀처럼 수많은 중년 여성이 "오빠!"를 외쳤다.

취재차 방문한 그곳에서 초등학생 딸을 데리고 온 여성에게 말을 걸자 아이가 더 적극적으로 대답을 했다.

"저도 조용필 오빠를 좋아해요."

"오빠? 너한테는 할아버지일 텐데?"

"왜 그래요? 오빠예요. 오빠."

엄마는 대답하는 딸을 대견하게 바라보며 어깨를 움켜쥐었다.

이 아이는 지금 멋모르고 엄마를 따라 하고 있는 게 분명했다. 하지만 언젠가 이 아이가 낯선 곳에서 혼자 떠도는 듯한 외로움을 느낄 때, 조용필의 〈꿈〉을 듣는다면 어떨까.

아마도 아이는 앞서 나와 같은 감정을 느낀 사람들이 있고, 자신의 엄마도 그중 한 명이라는 걸 깨달으며 더 큰 위로를 받을 것이다.

누군가에게 자신을 소개하고 알리는 가장 강력한 매개체는 문화적 취향이다. 사춘기에 열성적으로 했던 일 중 하나가 친해지고 싶은 친구와 녹음테이프를 주고받는 것이었다. 자기소개를 음악의 느낌을 빌려 조금 더 그럴듯하게 포장하며 개인적인 취향과 세대 문화를 공유했다.

1960년대 활동한 비틀스의 노래를 1980년대에 태어난 우리 세대가 2000년이 돼서도 즐겨 들었듯 명곡에는 한 세대를 울리고 또 다른 세대를 울리고 그 이후 세대에게도 파고들 만한 보편성이 있다.

나는 아이와 함께 음악 듣는 장면을 상상할 때면 어느 책에서 본 1960년대 영국 가수 클리프 리처드 공연 소동이 떠오른다. 아, 그 당찬 언니들, 아니 할머니들은 지금 어디서 무얼 하고 계실까. 1969년 리처드의 내한 공연에서는 한국 사회를 경악하게 한 여학생들의 퍼포먼스가 펼쳐졌다. 외국인 오빠를 직접 만난 감격을 주체하지 못한 여학생들이 입고 있던 팬티를 벗어 무대 위를 향해 던졌다. 오빠를 향해 페로몬을 발사한 것이다.

이 사랑스러운 여학생들의 당시 나이를 최소 열다섯 살로 가정하면 1945년생이고, 올해 나이 일흔셋이다. 내 세대의 엄마나 할머니 연배다. 이분들의 자녀 중에는 어렸을 때부터 리처드의 음악을 접하며 좋아하게 된 사람이 꽤 되지 않을까 싶다.

친정집에는 서태지와 아이들의 팬이었던 나의 과거가 쌓여 있다. 각종 엽서와 사진, 팬클럽 단체복, 콘서트 비디오 등 20년 전의 추억이 서랍장에 있다. 이제는 추억일 뿐이지만 서태지와 아이들의 노래 중에는 아이와 함께 듣고 싶은 노래들이 있다.

나는 과연 자신이 좋아하는 세계로 자녀를 안내하는 엄마가 될 수 있을까. 아이가 조금 더 자란 어느 봄날, 집 안 창문을 활짝 열고 노래를 틀어 놓는 상상을 해 본다. 곡목은 영국 그룹 '모치바Morcheeba'의 〈롬 위즌 빌트 인 어 데이Rome wasn't built in a day〉다.

"너와 나는 함께 걸어갈 거야. 자유롭게, 조화롭게."

아이와 함께 경쾌한 그 곡을 듣고 있는 모습을 떠올리기만 해도 가슴이 두근거린다.

우리가 아이를 낳는 이유는 끊임없이 사랑하고 또 사랑받고 싶어서가 아닐까? 이제 나는 그렇게 생각한다. 남편과는 헤어져도 살 수 있지만 부모 자식은 관계의 파국을 맞더라도 평생 그 가시에 찔릴 수밖에 없는 질긴 사랑을 해야 한다. 어떤 이는 자녀의 존재만으로도 샘솟는 사랑을 느낄 것이고, 또 다른 이는 사랑해야 한다는 의무감을 통해 홀로 살아가야 하는 불안을 덜 것이다.

물론 출산을 밥 먹고 화장실에 가는 것처럼 삶의 당연한 과정으로 여기는 사람들도 있다. 몇 십 년 전까지만 해도 한국 사회 구성원 대다수가 이렇게 생각했다.

1957년생인 친정 엄마는 10형제 중 막내딸로 태어났다. 형제 중 쌍둥이는 없었고 할머니가 순수하게 열 번 출산을 했다. 평균 2년에 한 번꼴로 낳았다고 가정하면 할머니는 약 20년간 임신하고 아이를 낳고 수유를 한 셈이다.

물질적 빈곤으로 피임을 하지 못한 탓도 있겠으나 1920년대생인 할아버지, 할머니에게 출산은 그저 삶의 과정이었다. 두 분의 양계장이 번창할 때 학령기가 된 자녀들은 책가방을 메고 학교에 다녔지만, 수해가 나는 바람에 집안의 경제적 기반이 몽땅 무너졌을 때 학교에 들어간 엄마는 보자기에 책을 넣고 다녔다.

막내인 엄마가 태어났을 때는 10형제 중 넷이 이미 세상을 떠난 뒤였다. 첫째는 교통사고로, 둘째와 셋째는 병사로, 넷째는 한국전쟁이 일어나기 전 북한에서 남한으로 내려오던 도중에 잃어버렸다고 한다.

수해, 가뭄 등 천재지변과 이념 전쟁으로 삶의 기반이 송두리째 무너진 시대에 어쩌면 그렇게 많은 자녀를 낳을 수 있었을까. 의료 혜택도 받기 어렵고 복지에 대한 개념조차 없던 때에 나라면 "이런 헬조선에서 아이를 낳는 건 미친 짓이야"라고 외쳤을지 모른다.

하지만 당시 사람들은 삶의 난관을 헤쳐 나가기 위해 더욱 많은 자식을 낳았다. 시대 의식이 그랬던 거다. 지금 보면 1950년대에 헐벗고 굶주린 사람들이 보여 준 어마어마한 출산력은 참으로 인상적이다. 박완서 작가는 자신이 경험한 전후의 베이비붐에 대해 "전후라는 시기는 전쟁 중에 죽고 죽인 엄청난 인명을 벌충하려는 하늘의 뜻 같은 게 축복처럼 형벌처럼 이 땅의 천지간에 미만해 있었다"라고 회고했다.

나는 1934년생인 전혜린이 이 시대에 한 말을 보고선 적잖은 충격을 받았다. 그녀는 한 생명을 세상에 내놓는 것을 밥 먹고 잠을 자는 것처럼 당연하게 생각할 수 없다고 했다. 이 사람의 감성과 통찰력, 인생이 궁금해졌다.

1900년대 초에 자유연애를 즐기고 이혼 뒤 〈이혼 고발장〉이라는 글로 봉건적 인습에 젖은 남편과 조선 사회를 비판한 나혜석의 삶도 놀라웠지만, 나혜석의 글은 화려한 꽃을 봤을 때처럼 신기하기만 할 뿐 푹 젖어 들지는 않았다.

전혜린의 말은 어슴푸레한 새벽빛처럼 마음에 스며들었다. 잔잔한 물결이 일었다. 그녀의 감성은 안개꽃이었다. 소박한 송이가 하나둘 모여 가득 차올랐다. 독일 뮌헨을 레몬빛 가스등이 켜진 아름다운 회색 도시로 묘사한 그녀의 문장들은 그곳에 한 번도 가 보지 못한 내게 독일에 가면 쓸쓸함과 스산함을 사랑하게 될 것 같은 환상을 심어 주었다.

전혜린의 육아일기는 지금까지 내가 읽어 본 육아 글 중 가장 빛이 났다. 이십 대 초반에 접한 그녀의 글은 '자녀에게 이런 감정을 느낄 수 있다면 언젠가 아이를 낳아 보고 싶다'는 생각을 하게 했다. 내 주변 어디에서도 볼 수 없었던 엄마로서의 감성과 사랑이 담겨 있었다.

그녀의 자의식 과잉과 나르시시즘을 비판하는 사람들도 있지만 전혜린의 자기 사랑은 스스로에게 도취된 자기애라기보다 자신과 세상의 잃어버린 아름다움을 추구하는 방식으로 나타났다. 나는 그 상실감에 아득하게 젖어 들었다.

어느 날 먼 곳을 바라보고 있는 것만으로 슬픔을 느끼는 순간 우리는 다시 행복해지지 못한다는 말에서 나 역시 외로움과 쓸쓸함을 알아 버린 자신이 서글프게 느껴졌다.

그녀에게 자녀는 잃어버린 유년을 다시 만나게 하는 존재였다. 하루의 대부분을 잠에 빠져 지내는 아기는 미지의 세계에서 자유롭게 꿈을 꾼다. 내일에 대한 걱정과 두려움이 없다. 좋으면 웃고 마음에 안 들면 울고 오감에 충실한 채 지낸다. 어린아이들은 마음껏 떼를 쓰고 나자빠져도 자아상이 일그러지지 않는, 세상에서 가장 환한 존재다. 내 안에서 나온 이 순수를 전혜린은 섬세한 관찰자이자 엄마로서 지극하게 돌본다.

"아이가 처음으로 활짝 핀 꽃을 바라보았을 때 얼마나 설렜는지 몰라."

회사의 한 여자 선배는 아이의 '처음'을 지켜보며 가슴이 두근거렸다고 한다. 아이가 처음 꽃을 봤을 때, 펑펑 내리는 눈을 봤을 때, 옆에 선 엄마도 그것을 있는 그대로 마주할 수 있었던 것이다. 꽃을 그저 꽃으로, 눈 내리는 풍경을 그 자체로 바라보는 건 어려운 일이 아닌데도 경험이 많을수록 그럴 수 없게 된다. 나는 엄마가 된 후에야 아이가 바라보는 세상을 그려 보기 위해 과거의 인상이나 고정관념에 얽매이지 않고 어렸을 때처럼 주변을 둘러보는 경험을 할 수 있었다.

전혜린에게 육아는 잃어버린 세계를 다시금 경험하는 시간이었다. 아이는 경이와 감탄, 존경과 사랑받을 자격이 있는 순수한 존재였다.

임신에 대한 그녀의 반응은 모성 신화가 지금보다 훨씬 강했던 시대를 살았던 여성이라는 게 믿기지 않을 만큼 급진적이었다. 그녀는 입덧과 유방이 부풀어 오르는 몸의 변화를 낯설어했다. 과일이 여물 듯 풍만해지는 변화에서 임신을 체감하며 기뻐하기보다는 두려움을 느꼈다. 혼자만의 것이었던 몸에 생긴 타자를 어떻게 받아들여야 할지 몰라 갈등했다. 과연 내 아이라는 이유만으로 사랑할 수 있을지 고민했지만 출산 직후 첫눈에 반해 버리고 말았다.

여아임을 알고 기뻐하는 모습도 인상적이었다. 아들을 '집안의 대들보'로 여겼던 전근대에 그녀는 여아를 원했다. 나의 분신, 내 아가, 나의 친구로서 같은 성별의 아이에게 더 친근감을 느낄 것 같다는 이유에서였다. 그녀는 아들을 낳기 위해서 줄줄이 사탕처럼 자녀를 낳던 시대에 마음속 깊이 딸을 소원했던 특이한 엄마였다.

1980년대에 태어난 내가 자랄 때만 해도 학교에서 시퍼런 멍이 들도록 '사랑의 매'를 때렸고, 엄마 또한 수시로 매를 들었다. "네가 아직 어려서 잘 모른다" "어른들 말을 잘 들어야지" "때려야 말을 듣는다" 등 어른의 권위와 폭력을 정당화하는 말을 이상하게 여기지 않았다.

하지만 전혜린은 동네 아저씨의 친절에 거부 반응을 보이는 아이를 보며 "이것은 정화의 감정의 자유에 속한 문제이므로 내가 모권으로 강요할 수 없다"며 지켜보기만 했다. 그녀는 "아이는 우리에 의한 존재지만 동시에 자유로운 의식이고 절대라는 것을 한시도 잊어서는 안 된다. 우리가 주체성에 눈을 뜬 후의 아이에게 기대할 수 있는 것은 우정뿐이다"라고 했다. 1960년대에 이십 대 후반의 여성이 한 말이라는 게 믿기지 않았다.

그녀의 남편은 헌법학자인 김철수 서울대 명예교수였다. 두 사람은 독일에서 유학 생활을 함께했고 그곳에서 딸을 낳았지만 한국에 돌아온 뒤 이혼했다. 훗날 언론과의 인터뷰에서 김 교수는 "나는 사회규범과 질서를 중시하는 법학자고 아내는 사회의 틀보다는 자유와 이상을 갈망하는 문학가였다"(2013년 《서울신문》 인터뷰)라고 회고했다. 이 인터뷰를 보며 나는 전혜린을 둘러싼 주변은 우리가 생각하는 보통의 1960년대가 아니었을까 짐작했다. 그녀는 자욱한 안개 속의 가로등이었고 보도블록 사이에 핀 들꽃이었다.

전혜린은 이혼 후 1년 만에 세상을 떠났다. 1965년 1월 10일 수면제 과다복용으로 자택에서 숨진 채 발견됐다. 자살이었거나 그럴 의도가 없었더라도 죽음의 가능성을 어렴풋하게 느끼면서 그런 선택을 했을 것이다. 육아일기의 넘치는 사랑에 푹 빠졌던 나는 처절한 심정이 되었다. '이런 딸을 두고 어떻게 목숨을 끊을 수가 있지. 이게 진짜 사랑이야?'

'전혜린 같은 여성이 우리 엄마라면 어떨까?'라며 부러워하다가 배신감에 망연자실해졌다. 전혜린이 서른두 살에 세상을 떠났을 때 그녀의 딸은 고작 일곱 살이었다. 일곱 살은 그 전까지 받은 사랑보다 더 많은 사랑을 받아야 하는 나이가 아닌가. 사고나 병환이 아닌 자살로 생을 마감한 엄마를 기억하며 자라게 하는 건 사랑에 충만했던 엄마가 해서는 안 될 일이었다.

'정작 옆에 없는데 이렇게 남겨 놓은 사랑의 언어가 무슨 소용이야. 성인이 될 때까지 옆에 있어 줘야지'라며 나는 한동안 그녀의 육아일기에 대해 뭐라 말할 수 없는 혼란스러움을 느꼈다.

문장 하나하나 속에 담긴 통찰과 감성을 사랑했지만 이 아름다운 언어가 누군가에게는 삶의 힘이 아니라 슬픔의 증거일 것 같았다. 이런 엄마보다는 나를 가끔 귀찮아하긴 했어도 언제나 곁에 있는 우리 엄마가 낫다고 생각했다. 스물한 살의 나는 독자로서 즐기는 데에 그치지 못하고 남겨진 이의 삶을 떠올리며 슬픔에 빠져 버렸다.

그녀의 육아일기를 다시 본 건 10년이 넘게 흐르고 한 아이의 엄마가 된 후였다. 다시금 열어 본 전혜린의 육아일기는 여전히 아름다웠다.

아이가 생긴 뒤에 보니 그 의미가 더 진하게 다가왔다. 이제는 지나간 세월의 힘도 느껴졌다. 이십 대에는 엄마를 잃고 남겨진 일곱 살 아이의 모습이 떠올라 가슴이 먹먹했는데 이제는 그 시간을 살아온 중년 여성의 모습이 그려졌다. 그녀의 딸은 1959년생으로 나의 엄마 연배였다. 더 이상 글 속에 있는 꼬마가 아니었다. 성장 과정에서 일찍 떠나 버린 엄마를 원망했을 수는 있어도 그 삶을 이해하고 사랑하고 또 용서할 수 있을 만큼 세월을 경험한 사람이 된 것이다. 글이 아니라 작가의 생의 결과를 놓고 글을 온전히 즐기지 못할 이유가 이제는 없어 보였다.

그러한 세월을 생각하며 새로이 보게 된 육아일기의 서문에서 나는 또다시 아득해지는 사랑을 느꼈다.

"나는 내 딸 정화가 어른이 된 후에 어느 피곤하고 삶에 실망을 느낀 저녁때 이 글을 펴 보고 잠시나마 동경의 날개를 펼 수 있고 유년기로의 영혼의 여행에 있어서 어떤 나침반이 되어 줄 것을 원하면서 이 일기를 쓴다."

아아, 시간이 흐를수록 이 육아일기를 더욱더 사랑할 수밖에 없다.

1980년대생 중에는 어렸을 때 맞고 자란 경우가 많다. 나 또한 집에서는 엄마에게 맞았고 학교에서는 집단 체벌을 받았다. 성인이 된 뒤 가끔 이런 기억이 떠오를 때면 뒤따르는 의문이 있다.

'꼭 때려야 했나? 그건 정말 필요한 훈육이었을까?'

자잘한 매질은 잊어버렸지만 두고두고 마음에 남은 것들도 있다. 내가 기억하는 인생의 첫 매질은 다섯 살 무렵 강원도 영월의 한 가톨릭 성당에서 일어났다. 천주교를 믿었던 엄마는 생후 한 달 된 나를 안고 유아세례를 받았다. 나는 엄마 손에 이끌려 성당에 갔지만 경건하고 조용한 미사 시간이 지루하고 좀이 쑤셨다. 밖으로 나가자고 보챘다.

결국 밖으로 나온 나는 곧 성당의 한구석으로 끌려갔다.

"너 왜 이렇게 말을 안 들어? 미사 시간에 떠들면 어떡해?"

엄마는 한마디씩 내뱉을 때마다 근처에 있던 빗자루로 내 허벅지를 때렸다. 눈물이 쏟아지는 가운데 엄마의 뒤쪽으로 성모상이 보였다. 성모님은 인자한 미소를 짓고 있었다. 주변은 조용했고 고즈넉한 풍경이 엄마와 나를 내려다보고 있었다. 어린 마음에도 성당의 신성함이 느껴졌으나 어른들처럼 그곳에서 평온을 찾지는 못했다. 나는 엉엉 울었다.

중학생이 된 뒤로 나는 성당에 발길을 끊었다. 지금도 신실하게 종교 생활을 하고 있는 엄마가 "우리 집에 '냉담자(성당에 나가지 않는 세례를 받은 교인)'가 있다"며 하소연을 해도 꿈쩍하지 않았다. 가끔 성당을 떠올리면 울면서 성모상을 올려다봤던 그때가 어렴풋이 생각난다.

엄마가 아닌 다른 사람에게 처음으로 맞은 건 초등학교 2학년 때였다. 당시 담임 선생님은 훈육을 내세우며 고작 아홉 살이었던 아이들을 자주 때렸다.

그중 집단 체벌에 대한 기억이 가장 서늘하다. 무엇 때문인지 몰라도 선생님이 화가 많이 나서 반 아이들 전체의 종아리를 때렸다. 친구들의 다리에 하나둘 붉은 선이 그어졌다. 내 차례를 기다리는 것도 무서웠지만 반 전체가 바지를 걷고 책상에 올라선 모습은 너무도 끔찍했다.

집으로 돌아가 엄마한테 "선생님이 애들 종아리를 때렸어"라고 일렀지만 당시는 교사의 체벌을 너그럽게 이해하던 시절이었다. 이 선생님을 만난 뒤로 나는 숙제나 준비물을 빼먹을까 봐 늘 노심초사했다.

마지막 기억의 주인공은 다시 엄마다. 열 살 무렵 엄마와 함께 돼지 저금통에 동전을 모으기 시작했다. 돼지가 통통해질 때마다 자꾸만 눈길이 갔다. 나는 유혹을 이기지 못하고 돼지의 아랫배를 갈라 슈퍼마켓으로 달려갔다.

두근두근 가슴의 흥분을 가라앉히며 돼지의 아랫배가 보이지 않도록 조심히 세워 놓았지만 상처가 꽤 티 났던 모양이다. 하필이면 바로 그날 걸렸다. 엄마는 눈물까지 보이며 속상해했다. 어른의 팔뚝만 한 플라스틱 자를 들고 내게 물었다.

"너 몇 대 맞을래?"

본인이 뭘 잘못했는지 알고 계산 속셈도 빠르게 할 줄 아는 나이인지라 차마 한 대라고는 못 하고 열 대라고 했다. 그 열 대의 위력은 어마어마했다. 하나밖에 없는 딸이 비록 집안 물건이었지만 도둑질을 했다는 사실에 슬픔을 감추지 못한 엄마가 힘 조절을 하지 못한 것이다. 내 종아리 전체에 시퍼런 멍이 들었다.

엄마는 돼지 저금통을 통해 딸이 저축과 절약의 미덕을 배우길 바랐다. 그런데 무언가를 배우기는커녕 몰래 동전을 털어 버린 걸 보고는 실망이 분노로 번진 것이다. 이게 자랑할 일이 전혀 아닌데도 다음 날 학교에서 시퍼레진 종아리를 친구들에게 보여 주며 "엄마한테 맞았지"라고 떠들어댔다. 철부지 초등생이었다. 시간이 흐를수록 상처는 희미해졌지만 울긋불긋한 얼룩은 좀처럼 사라지지 않았다. 지금도 내 오른쪽 종아리에는 돼지고기의 마블링 같은 붉은 물결이 일고 있다.

중학교 때 교복 치마를 입게 되면서 종아리는 나의 콤플렉스가 됐다. 맨다리를 내놓는 계절이 오면 누군가 내 종아리를 응시할까 봐 신경이 쓰였다. 다리 피부가 매끄럽고 깨끗한 친구들을 볼 때면 부러웠다.

나만큼 엄마도 속상해했다. 이럴 줄 몰랐다며 몇 번이나 미안하다고 했다. 엄마는 고등학생이 된 나를 데리고 한의원을 찾았다. 한의사는 내출혈 때문에 피부 사이사이에 혈액이 남은 것이라고 말하며 침 시술을 했으나 별다른 효과는 없었다. 왜인지 모르겠지만 당시 엄마와 나는 피부과나 성형외과를 찾아갈 생각은 하지 못했다.

엄마의 후회 덕분에 응어리졌던 마음은 풀렸다. 하지만 왜 그렇게 때렸는지, 꼭 때려야 했는지 의문은 여전히 남아 있다. 체벌의 효과는 있었다. 나는 저금통에 다시는 손대지 않았다.

그러나 그게 아니었다면 어땠을까. 바늘도둑이 소도둑 된다고 나는 남의 물건에도 손을 대는 좀도둑이 되었을까? 그렇지 않았을 것이다. 비록 돼지 저금통의 아랫배를 가르긴 했지만 남의 물건을 훔치고 싶다고 생각한 적은 한 번도 없었다. 체벌로 인한 교정보다는 반발심이 더 크게 남았고 엄마의 체벌은 나뿐 아니라 엄마에게도 큰 상처를 남겼다. 엄마는 내 종아리를 보며 두고두고 후회했다.

"내가 젊어서 인내심이 부족했나 봐. 적당히 넘어가도 될 일에 왜 그렇게 너를 잡았는지 모르겠다."

엄마의 선행 경험은 열다섯 살 터울로 태어난 동생을 키울 때 큰 영향을 미쳤다. 엄마는 동생에게 한 번도 매를 들지 않았다. "아이고, 아이고"라며 뒷목만 잡을 뿐 때리는 모습은 보지 못했다.

"내가 마루타(실험 대상)였어. 첫째로 태어나서 손해 봤네."

뼈가 실린 우스갯소리를 하며 나는 엄마의 변화를 격려했다. 그리고 부모에게 첫째 자녀의 양육은 처음 경험하는 일이기에 시행착오가 있을 수밖에 없다는 걸 깨달았다. 나는 엄마가 동생을 때리지 않고 키우는 게 정말 좋았다. 동생의 성장 과정을 지켜보며 훗날 내 아이를 어떻게 대해야 할지 양육 지침도 세울 수 있었다.

어린 시절 겪었던 체벌의 경험을 이렇게 꼽을 수 있는 건 맞지 않은 날이 훨씬 더 많아서다. "엄마가 때렸어"라며 주변에 징징댈 수 있을 만큼 엄마한테서 많은 사랑을 받았다. 몇 건의 폭력을 강렬하게 기억하는 것도 파스텔 톤의 평화로운 그림에 찍힌 검은 점처럼 익숙지 않은 사건이었기 때문이다.

나에 대한 엄마의 훈육 방식은 아동 학대였을까? 엄밀하게 따지면 아동 학대가 맞다. 그런데 내 또래의 이야기를 들어 보면 이 정도로 맞고 자란 친구들은 차고 넘친다. 그러면 아동 학대가 아닐까? 그래도 맞다. 우리 부모 세대의 아동 학대 감수성이 낮아 폭력인 줄 몰랐던 것뿐이다.

그렇다면 아동 학대 감수성이 높아진 오늘날의 상황은 어떨까? 불행하게도 나아진 것 같지는 않다. 자녀가 죽을 정도로 때리고 토막 내 암매장까지 한 강력 범죄가 잊을 만하면 발생하는 데다 아동 학대 신고 건수도 매년 증가하고 있기 때문이다. 전문가들은 아동을 학대하는 가정이 늘어난 게 아니라 사회의 인식이 개선되면서 그간 은폐됐던 것들이 점점 드러나게 된 것이라고 말한다.

　내 주변에도 출산 이후 남편과 싸움을 거듭할 때 아이가 미워진다는 엄마들이 종종 있다. "남편이 육아를 도와주기는 커녕 밖으로만 나돌 때 모든 게 아이 탓인 것만 같아"라고 한다. 아이의 보챔과 떼, 짜증은 정상적인 성장 과정의 모습이지만, 부부 갈등과 경제적 어려움에 시달리는 부모 중에는 아이가 자신을 힘들게 하는 걸 견디지 못하고 폭력을 행사하거나 배우자에 대한 분풀이를 아이에게 하는 사람들이 있다.
　최근 아동 학대 가해자들을 인터뷰 한 신문 기사를 보면 자녀를 학대한 일부 부모들에게는 공통점이 있다. 마음의 준비 없이 부모가 됐고 심각한 생활고와 부부 갈등에 시달린 데다 어린 시절 자신의 부모로부터 사랑을 받지 못했다는 점이다. 이들 중에는 아이가 '만 0~5세에 어린이집에 가고 5~7세에 유치원에 간다'는 일반적인 상식조차 알지 못하는 여성도 있었다(박선영, 〈학대인 줄도 모른 채 때린… 나는 나쁜 부모입니다〉, 《한국일보》, 2018년 1월 20일).

　한 엄마는 남편이 자신을 화나게 할 때마다 아이를 때렸다. "당신이 나를 화나게 하니까 나는 애를 때려야겠어" "네가 또 울어? 그럼 맞아야겠네"라며 자녀에게 남편에 대한 분풀이를 한 것이다. 이러한 폭력은 아이의 생후 6개월 때부터 시작됐다. 아직 제대로 앉지도 못하는 6개월 아기를 때렸다고 생각하니 간담이 서늘해진다.

하루는 세 살이 된 아이가 바닥에 토해 놓은 것을 본 뒤 "네가 치워. 네가 치우라고"라며 고함을 지르다가 아이의 배를 걷어차기 시작했다. 정말 끔찍한 상황이지만 본인은 자기 행동의 심각성을 깨닫지 못했다. 이 엄마가 무언가 크게 잘못됐다는 것을 알아챈 건 TV에 나온 아동 학대 사건을 보다가 "저거 나랑 똑같네"라고 중얼거리면서였다.

다행히 아동보호 전문기관에 자신을 신고하는 용기를 냈다. 멈춰야 하는데 스스로 멈출 수 없다는 걸 깨닫고 외부에 도움을 요청한 것이다. 덕분에 여성가족부 산하 건강가정지원센터에 연계돼 전문 상담사에게 양육 상담을 받았다. 그 과정에서 부모에게 같은 일을 당했던 어린 시절의 기억이 자신을 괴롭히고 있다는 걸 깨달았다. 그리고 조금씩 달라질 수 있었다.

아동 학대에 대해 막연하게 언론 보도로만 접하던 시절, "아이의 행동을 폭력으로 교정하려는 건 훈육 차원이 아니라 귀찮아서, 인내심이 부족해서, 화풀이 대상이 필요해서 폭력을 저지르는 것밖에 안 된다. 아동 학대에 있어선 그 어떤 이유를 대더라도 아이가 아니라 어른이 문제다"라고 기사에 적었지만 아동 학대에 대해 더 세밀히 들여다보면서 톤이 달라졌다. 아이가 아니라 부모에게 100% 문제가 있는 것은 맞지만, 이제는 그들을 비난만 해서는 안 된다고 생각한다.

이 책을 읽는 부모들은 고민이 생겼을 때 관련 정보를 찾아볼 정도로 기본적인 상식을 갖추고 있을 뿐 아니라 자녀 양육에 열의가 있는 어른들일 것이다. 이런 사람들의 상식으로는 전혀 이해할 수 없을 만큼 양육에 대한 기본 지식을 갖추지 못한 부모들이 학대 가해자들 중에는 많다. 0~5세 아이가 어린이집을 다닐 수 있다는 것조차 몰랐던 기사 속 엄마가 대표적이다. 이들은 사회적으로 고립된 채 가족 해체 위기를 겪었고, 부모의 사랑이 어떤 것인지 알지 못한 채 성인이 됐다.

서울시 주민이면 누구나 신청해 간호사의 방문 서비스를 받을 수 있는 '서울아기 건강첫걸음'의 기획단장인 강영호 서울대 의과대학 교수는 "아동 학대 가해자들의 마음을 들여다보면 그들에게도 부모로서 아이를 잘 키우고 싶은 마음이 있습니다. 잘 지내고 싶은데 방법을 몰라 아이가 자기 뜻대로 행동하지 않을 경우 분노하면서 때리는 경우가 있지요"라고 말했다.

2017년 자기 딸을 학대한 뒤 암매장한 고준희 양의 친부 같은 사람은 결코 용서받을 수 없고 이런 가해자에 대한 처벌은 더욱 강화돼야 하지만 처벌이 모든 것을 해결해 줄 수는 없다. 아무리 처벌을 강화해도 부모가 자신의 행동이 아동 학대라는 것을 모르면 예방이 어렵기 때문이다. '학대와 폭력의 대물림'. 부의 대물림보다 더 무서운 이 세습을 막으려면 우리 사회가 위기 가정에 대한 관심과 지원을 늘려야 한다고 전문가들은 지적한다.

"아동 학대는 중범죄입니다. 강력한 처벌을 받게 됩니다"라고 아무리 강조해도 자신의 행동을 깨닫지 못하는 부모는 걷어차인 말처럼 쉽사리 질주를 멈추지 못한다.

"저거 나네?"

자신의 학대 행위를 깨달은 한 엄마가 이 말을 중얼거린 건 TV 속 이야기를 접하면서였다. 순전히 우연이었다. 그러한 계기가 아니었다면 더 많은 시간 자신의 생명과 같은 소중한 아이를 함부로 대하며 살았을 것이다.

이러한 비극을 멈추려면 어떻게 해야 할까? 나는 영유아 가정에 간호사나 사회복지사를 보내 건강을 살펴 주는 가정 방문 서비스가 큰 도움이 될 거라 생각한다. 간호사가 산모와 아기의 건강을 돌봐 주러 방문하겠다고 했을 때 마다할 사람은 거의 없을 테니까. 이들은 꽁꽁 닫혀 있는 가정의 문턱을 쉽게 넘을 수 있고, 그 안에 있는 사람들에게 말을 건넬 수 있는 전문가들이다.

미국, 영국, 호주와 대부분의 유럽 국가에서는 산모와 아기의 건강을 살펴봐 주고, 아동 학대를 예방하기 위해 이런 서비스를 이미 시행하고 있다. 우리도 서울시에 '서울아기 건강 첫걸음' 사업이 있지만 전국 단위 사업이 아닌 데다 인력과 예산이 녹록지 않아 이용률이 높지 않은 상황이다.

옷깃을 꽉 여민 사람이 스스로 옷을 벗게 하려면 환한 햇살을 비춰 줘야 한다. 학대를 포착한 뒤 벌만 줄 게 아니라 학대가 벌어지기 전에 부모를 일깨워 주는 사회의 도움이 필요하다는 의미다. 이제 인식도 바뀌어야 하지 않을까. 아이를 함부로 대하는 사람은 정말 나쁜 사람이긴 하지만, 도움이 필요한 사람이라는 사실이 가슴 깊이 다가온다.

"정말 눈에 넣어도 안 아플 정도로 아이가 예뻐 보여?"

아기가 태어난 직후 미혼의 지인에게 이런 질문을 받았을 때 나는 고개를 갸웃거렸다.

"글쎄, 그 정도는 아닌 것 같은데."

순간 안구에 이물질이 끼었을 때의 물리적인 감각이 먼저 떠올랐다. 바라보는 것만으로 사랑이 샘솟고 너무 예뻐서 가슴이 벅차오르는 상태를 기대하는 질문에 나도 얼떨떨해졌다. '맞아, 엄마라면 그래야 하는데 이상하네.'

하지만 지금 내게 같은 질문을 한다면 "그럼요, 눈에 넣고 싶을 정도로 예뻐요"라고 즉시 대답할 수 있다. 그때나 지금이나 내 아이인데 뭐가 달라진 거지?

출산 전 나도 친구에게 비슷한 질문을 한 적이 있다. 친구는 6개월 된 아기를 돌보고 있었다.

"정말 내 아이라는 느낌이 들면서 사랑스러워?"

출산 이후를 상상할 때면 내 아이로 태어난 특별하고도 낯선 존재를 어떻게 받아들여야 할지 막막했다. 내 아이라는 이유만으로 맹목적인 사랑을 줄 수 있을까? 친구의 반응도 나와 다르지 않았다.

"사랑스러운 느낌보다는 책임감이 더 큰 것 같아. 생김새도 나와 많이 달라서 아직 잘 모르겠어."

20여 년 전 늦둥이를 낳은 친정 엄마도 마찬가지였다. 동생을 산부인과에서 집으로 데려온 날, 엄마는 안방에 아기를 눕힌 뒤 한참을 낯설게 바라봤다. 그러고는 중학교 3학년이나 된 딸에게 새삼스러운 고백을 했다.

"엄마는 네가 더 좋아."

'아냐, 애를 더 좋아해도 돼.' 당시 나는 부모의 관심보다는 나만의 시간이 더 갖고 싶은 청소년이었다. 내가 애쓰지 않아도 엄마는 시간이 흐르면서 늦둥이 사랑에 푹 빠졌다.

아기가 태어난 직후와 지금의 차이는 그간 우리 사이에 어마어마한 애정이 쌓였다는 점이다. 처음에는 사랑스럽다는 감정보다 2세의 탄생이라는 경이로움과 책임감으로 아이를 돌봤다. 아이가 조금씩 성장하면서 엄마를 알아보고 불러 주고 맹목적인 애착을 보이며 이 아이는 세상 그 무엇과도 견줄 수 없는 특별한 존재가 됐다. 그제야 세상이 말하는 '모성'이 내 안에서 느껴졌다. 눈에 넣어도 아프지 않을 만큼 아이를 사랑하게 된 것이다.

내가 생각하는 모성은 시간과 함께 깊어지는 애정이지만 사회에서는 모성을 본능적인 것, 선험적인 것, 그 무엇보다 앞서는 헌신과 희생으로 규정했다. 갓 태어난 아기를 낯설어하는 여성에게 "애 엄마가 왜 그러느냐"라고 힐난했고, 가끔씩 아이와 떨어져 자기만의 시간을 보내고 싶어 하는 여성에게는 "애 엄마가 어떻게 그럴 수 있느냐"라고 질책했다.

온갖 서적과 미디어에서 이야기하는 모성을 실천하려면 지금까지 유지하던 나를 포기하거나 인간적인 욕망을 내려놓고 지내야 한다. 그게 엄마이고 엄마라면 당연히 그렇게 희생과 헌신을 해야 한다고 여기저기서 강조한다.

엄마와 제대로 상호작용하지 못한 아이는 발달에 문제가 생기거나 학습에 뒤처질 수 있다고 하는데 난생처음 엄마가 된 사람이 이를 무시하기란 쉽지 않은 일이다.

나를 포함한 내 주변의 엄마들은 정말 수없이 다양한 이유로 죄책감을 느끼며 살아간다. 일하는 엄마든, 전업주부든 '엄마가 늘 같이 있어 줘야 한다' '안정적인 애착 형성을 위해 엄마가 늘 아이 옆에서 반응해 줘야 한다'고 생각한다. 이 때문에 일하는 엄마는 아이와 함께 보내는 시간이 부족해 죄책감을 느끼고, 24시간 반복되는 육아와 가사를 전담하는 비非취업 엄마는 하루 종일 자녀와 지내지만 질적으로 좋은 양육을 하지 못한다고 생각하며 자신을 책망한다.

이뿐만 아니다. '엄마는 아이의 거울이다' '힘들어도 내색하면 안 된다' '아이의 입맛과 건강은 엄마 손에 달렸다' '엄마의 정보력이 아이의 성공을 좌우한다'와 같은 엄마의 역할로 규정된 수많은 요구사항에 자신의 수준을 견주며 '나는 부족한 엄마'라고 생각한다.

하지만 이들이 정말 부족한 엄마, 나쁜 엄마일까? 엄마에게 요구하는 역할이 너무 많고 기준이 높은 것은 아닐까? 여성 혼자 이러한 기준에 맞춰 양육을 하는 게 현실적으로 가능한 일일까? 그러한 양육 기준은 타당한 걸까?

나 또한 좋은 어머니에 대한 기준을 제시하는 '모성 신화'에 대해 알아보기 전까지 주변에서 말하는 엄마의 역할과 나를 비교하며 상당한 스트레스를 받았다. 일단 항상 함께해 주지 못하기에 아무리 노력해도 미안함을 느끼지 않을 수가 없었다. 아이의 성장 시기에 맞는 교구나 물건을 갖추고 있는 주변 엄마를 보면 '난 왜 저런 게 있는 줄 몰랐지?'라며 상심했고, 저녁 약속과 반복되는 야근 때문에 아이의 어린이집 생활에 미처 관심을 두지 못할 때면 '우리 애가 부모의 관심을 못 받고 있는 것으로 비치면 어떡하지?'라고 자책했다.

무엇보다 엄마와의 상호작용이 아이의 발달에 큰 영향을 미친다는 말에 아이에게 항상 웃어 주고 말을 걸어 주고 가르쳐 줘야 한다는 책임감을 느꼈다. 가끔씩 '정말 가랑이가 찢어질 것' 같아서 숨이 찼다.

그런데 우리 사회의 모성 이데올로기가 여성에게 얼마나 폭력적인지를 깨닫게 한 연구 자료를 접하면서 내 호흡을 찾아가기 시작했다. 이제는 아이가 엄마 외의 사람들과 많은 시간을 보내는 것에 전처럼 큰 죄책감을 느끼지 않는다. 그뿐 아니라 이 아이의 발달이 전적으로 나와의 상호작용으로 얻는 결과는 아니라고 생각하게 됐다. 물론 엄마로서 나의 역할과 책임은 여전히 막중하지만 아이는 나뿐 아니라 자신을 둘러싼 세상과 상호작용하며 성장해 가는 것이다.

오늘날의 각종 TV 육아 프로그램과 육아서는 '부모 교육'을 주제로 여성들에게 '프로맘 Pro Mom'이 될 것을 요구한다. 프로맘이란 다양한 역할을 수행하는 '슈퍼맘 Super Mom'을 뛰어넘어 아이의 욕구와 심리를 정확하게 파악하고 발달 단계에 맞춰 완벽한 지원을 해 주는 전문가적인 어머니를 뜻한다.

프로맘의 탄생에 이론적 근거를 제시한 건 1900년대 초반에 태동한 발달 심리학이다. 이는 생의 초기에 이루어지는 어머니와의 애착이 아이의 인생에 중요한 영향을 미친다는 내용으로 '애착 이론'의 창시자 존 볼비 John Bowlby는 "어머니와 안정적 관계를 형성하지 못한 유아는 정상적인 발달에 어려움이 생긴다"고 분석했다.

무시무시한 분석이 아닐 수 없다. 자녀의 유아 시기에 내 이기심으로 엄마 역할에 소홀히 하면 아이에게 정서적으로 영구 장애가 생길 수 있다는 뜻이 아닌가. 일반적인 엄마 중에 이러한 말을 무시할 수 있는 사람은 거의 없을 것이다.

영아기 때 부모와 친밀한 관계를 맺지 못할 경우 이후 심각한 심리적 문제를 겪게 된다는 볼비의 연구 결과가 발표되자 전 세계적으로 관계 맺기의 책임을 여성에게 부여했고 이로 인해 아이 문제를 엄마 탓으로 돌리는 고정관념이 강화됐다.

그의 연구는 주 양육자를 어머니로 설정했고 아빠와 아이의 관계에 대해서는 주목하지 않은 한계가 있었다.

더구나 과학적 분석에 상업주의가 끼어들며 엄마들의 부담은 훨씬 커졌다. 이제는 볼비의 분석처럼 아이 옆에서 '보살피는 것'만으로는 부족하다. 발달 단계에 맞춰 각종 놀이법과 교구로 자극을 줘야 한다고 수많은 서적과 미디어, 전문가가 강조한다. 친환경, 유기농 식자재로 건강한 밥상을 차려 줘야 한다며 경제적 부담이나 시간적 여유로 이를 실천하지 못하는 엄마에게 죄책감을 불러일으킨다. 이 모든 게 엄마의 역할이고 아이의 문제는 엄마 탓이고, 심지어 아이가 조금 더 크면 학업의 결과까지도 엄마의 책임으로 돌리는 모성 신화 사회에서 우리가 살고 있는 것이다. 아, 아이와 즐겁게 살아가고 싶은데 정말 숨이 막힌다.

한 가지 재미있는 연구 결과가 있다. 바로 사회에서 요구하는 엄마의 역할이 시기에 따라 달랐다는 것. 자녀 양육의 어려움을 토로하는 여성에 대해 윗세대와 주변인들은 "우리도 다 그렇게 키웠다. 요즘 여자들이 고생을 안 해 봐서 엄살이 많다"며 질책하는데 요즘 여성이 느끼는 엄마로서의 압박감이 과거 그 어느 때보다 큰 것을 모르고 하는 말이다.

윤택림 한국구술사연구소장의 저서 《한국의 모성》을 보면 우리 사회의 모성은 사회문화적 맥락에 따라 변해 왔다.

조선시대의 여성은 어머니 역할보다는 며느리 역할에 큰 비중을 두며 살았다. 아들을 낳고 시부모를 공경하는 효부가 당시에는 최고의 덕목이었다. 신사임당이라는 위대한 어머니의 사례가 있긴 하지만 남편에 대한 정조와 지조, 시부모에 대한 헌신을 국가적으로 부각시켰다. 이를 수행한 여성에게 마을 공동체에 열녀문까지 세워 준 사회가 아닌가. 또한 '금수저'로 태어난 양반 여성이 아니라면 농업에 종사하면서 시가와 그 일가친척을 보살펴야 했기에 어머니 역할에만 전념할 여유가 없었다. 희생적이고 강한 어머니상이 등장한 건 한국 전쟁 이후였다. 대부분의 집안에서 남자가 사라진 시기였다. 남편을 잃은 여성들은 굶주리고 헐벗은 사회에서 가족의 생존을 책임져야 했다. 이 시기 여성의 모습은 오늘날 한국 사회의 '희생적인 어머니상'의 근원이 됐다.

경제 성장으로 중산층이 폭발적으로 늘어난 1960~1970년대는 남성이 생계를 책임지고 여성은 가사와 육아를 전담하는 성별 분업이 본격화됐다. 흥미로운 건 이 시기 들어 현대적인 전업주부의 개념이 탄생했다는 점이다. 이전까지의 농경사회에서는 최상위 계층을 제외한 모든 남녀가 생계를 위해 함께 일했다. 먹고살 만해지면서 교육을 계층 상승의 통로로 인식하는 부모가 늘었고 전업주부들이 자녀 교육에 열을 올리는 현상이 나타났다. 이때의 중산층 가정에는 가정부나 식모가 있어 엄마들의 부담이 지금처럼 크지 않았다.

핵가족 생활이 정착된 1980~1990년대부터는 여성이 육아와 가사를 모두 떠맡는 구조가 형성됐다. 고학력 여성이 늘면서 양육과 집안일, 경제 활동을 모두 수행하는 슈퍼맘이 등장했다. 이런 상황에서 많이 배우고 똑똑해진 엄마들을 겨냥해 '전문가 같은 어머니'가 될 것을 강조하는 사회 풍조가 만들어졌다. 바로 이것이 죄책감에 시달리는, 부족한 엄마를 대거 양산하게 된 것이다.

여덟 명의 여성 전업주부와의 심층 인터뷰를 통해 엄마들의 심리를 분석한 신송이 씨의 연세대 박사학위 논문의 결과는 흥미로웠다. 36개월 미만의 첫 아이를 키우는 엄마들은 아이의 기질과 원가족으로부터의 상처, 남편의 참여, 사회가 요구하는 엄마의 역할 기준인 모성 이데올로기의 영향을 받았다 (〈집단 이야기 치료를 통한 양육 초기 여성의 정체성 변화 경험에 관한 연구: 모성 이데올로기를 중심으로〉, 2017).

아이의 기질 등은 제각각 달랐지만 모성 이데올로기의 영향은 대동소이했다. 이들은 자녀의 영유아 시기에 늘 함께해 줘야 한다는 부담감과 다른 엄마들은 잘하고 있는데 나만 부족한 것 같은 열등감, 아이 발달은 어머니 역할의 결과라는 압박감 등으로 자녀 양육에 어려움을 느끼고 있었다.

연구자와 참여자들은 '완벽할 필요는 없다' '늘 좋은 엄마가 될 수는 없다' '늘 함께 있다고 좋은 건 아니다' '무조건 엄마가 아이를 키워야 하는 건 아니다' '완벽한 엄마가 아니라 내가 잘할 수 있는 것에 강점을 지닌 엄마가 되자'와 같은 각자의 육아 원칙을 세우고 관점 변화를 시도했다. 그 결과 모든 참여자가 마음의 부담을 덜어 내고 조금 더 편안하게 육아를 할 수 있게 됐다고 반응했다.

이 세상의 온갖 육아서가 강조하는 기준대로 아이를 키울 수 있는 여성은 아무도 없고, 그러한 책임이 엄마에게만 있는 게 아님을 깨달은 것이다. 신 씨는 "우리 사회는 양육 책임을 전적으로 여성에게 미루는 데다 사회적으로 너무 미화된 어머니 역할을 강조하면서 좋은 어머니가 되려고 할수록 자녀 양육의 어려움을 겪게 한다"며 "각자의 사정과 능력에 맞는 육아와 엄마가 즐거움과 행복을 느끼는 양육을 할 수 있도록 격려해야 한다"고 밝혔다.

　이 논문을 읽으며 나 또한 치유받은 느낌이었다. 열심히 살고 있는데 왜 아이에게 늘 미안하지? TV를 틀어 주고 소파에서 눈을 붙일 때마다 왜 이렇게 마음이 무거워지지? 아이 앞에서 감정 조절을 완벽하게 하지 못하는 내가 왜 이렇게 바보 같지? 이런 생각에 시달리며 자책해 왔기 때문이다. 아이와 함께 있어서 즐겁고 행복한 기분을 듬뿍 느끼고 있지만, 그 반대편에서 항상 양육의 부담이 나를 짓누르고 있었다.

　일단 나는 자신만의 양육 원칙을 세우기 위해 마음에서 쫓아낼 부담을 꼽아 봤다. 첫 번째는 늘 함께 있어 주지 못하기에 느끼는 미안함이었다. 현재 아이는 엄마와 아빠, 할머니, 어린이집 선생님, 친구들과 상호작용하며 살아가고 있고 이러한 구조 속에서 잘 크고 있다. 너무 미안해하지 말자. 두 번째는 과도한 책임감이었다. 이 사회에서 말하는 엄마의 역할이 나만의 책임일 리 없다. 아이 아빠와 나눠 가지도록 노력하자고 되뇌었다.

　엄청난 깨달음이 아닌데도 마음의 짐을 덜어 내고 나니 아이와 보내는 일상의 순간들이 더 즐겁게 느껴졌다. 이제야 진짜 육아가 시작된 기분이다.

2.
나

: 아이를 키우자
과거의 '내'가
찾아왔다

하루 중 가장 행복한 시간은 잠들기 전 분유를 먹는 아이에게 볼을 맞대는 순간이다. 아이의 달큼한 체취가 코를 기쁘게 하고 쪽쪽대는 혀의 발랄함이 귀를 행복하게 한다. 아이가 무탈하게 성장하고 있음을 보고 듣고 만지는 감각적인 시간이다. 아! 아이는 건강히 자라는 것만으로 기쁨을 주는 존재다.

이 아이를 만나기 전까지는 소소한 행복을 잘 몰랐다. 나는 작은 일에 큰 기쁨을 느낄 줄 아는 긍정적인 타입이 아니었다. 아이가 처음으로 "엄마"라고 불러 주었을 때 "들었어? 들었어?"라며 호들갑 떠는 자신을 보고 놀랐다. 별다른 변화가 없는데도 "예뻐라, 귀여워, 기쁘다, 행복해" 등을 외치며 이전의 나라면 상상할 수 없는 작은 행복을 즐겼다. 아이가 내게 준 선물이었다.

서른이 넘어 삶의 많은 요소가 정해지면서 '성장'은 나에게 낯선 단어가 되었다. 이제는 살아온 관성대로 살아가며 고정관념의 울타리에서 세상을 편하게 인식하는 어른이 된 것 같았다. 그런데 아이를 키우는 일은 앞으로만 뻗어 나가는 과정이 아니었다. 육아는 잊고 싶었던 나의 과거, 부모님과의 관계를 다시 생각하게 했다. 지난날의 상처가 떠올랐다. 서른 중반, 아직 겪어야 할 성장통이 남아 있었다.

대부분의 사람은 아이를 키우며 "우리 엄마도 힘들게 나를 키웠구나" 하고 부모의 은혜를 느낀다지만, 의외로 "우리 부모님은 왜 나를 그렇게 키웠을까"라며 원망하는 경우도 많다. 내게는 후자의 마음이 숨어 있었다.

어느 날 EBS 시사교양 프로그램인 〈달라졌어요〉의 '때리는 아빠보다 매 맞은 엄마가 더 원망스러운 딸' 편을 보고 있을 때였다. 마음 깊숙한 곳이 흔들렸다. 프로그램에 등장한 마흔이 다 된 딸은 엄마에 대한 원망을 폭력적으로 표출하며 극심한 갈등을 겪고 있었다. 혹자는 '남편에게 맞고 살면서도 자식을 위해 헌신한 엄마에게 저게 뭐 하는 짓이야'라며 비난할 만한 행태였다. 하지만 나는 그 딸의 마음이 이해됐다.

프로그램 속 노모는 젊었을 때 남편의 구타를 견디며 딸에게 감정의 바닥을 낱낱이 드러냈다. "너 때문에 내가 너희 아빠를 못 떠나는 거야" "너만 없었어도……" "그래도 너는 아빠한테 안 맞잖아"와 같은 말로 자녀 핑계를 대며 가정생활을 유지했다. 딸에게 엄마는 불쌍한 사람, 나를 위해 참고 사는 사람, 나로 인해 고통에서 벗어나지 못하는 사람, 내가 불행을 보상해 줘야 하는 사람이었다. 그 하소연에 시달리며 딸은 자신의 존재를 비관했고 죄책감을 가졌다.

노모는 "나는 너보다 힘들게 살았고 나도 피해자인데 내가 왜 너의 원망을 들어야 하니"라며 딸의 마음을 비난했다. 전문가는 "어머니가 부부관계로 풀어야 할 부분을 어린아이였던 딸에게 그 부담과 책임을 돌렸습니다. 딸은 부모의 품에서 자라긴 했지만 정서적 보호를 전혀 받지 못한 것이지요"라고 말했다. 어머니는 남편과의 관계에 있어서는 피해자지만, 자녀에게는 가해자였다. 악다구니를 쓰던 딸은 전문가의 말에 하염없이 눈물을 흘렸다.

똑같은 상황은 아니지만 나 역시 성장 과정의 많은 시간을 엄마의 눈물과 함께 지냈다. "엄마, 내가 나중에 잘할게. 갚아줄게. 울지 마." 엄마를 위로하면서 늘 불안에 떨었다.

나에게 삶은 견뎌야 하는 과정이었다. 가족 관계는 썩은 나무 같았다. 도려내고 싶지만 뿌리가 뽑히면 살아갈 수가 없었다. 버릴 수가 없었다. 엄마의 하소연에 매여 살던 어느 날 '나도 나만의 일을 생각하며 자유롭고 싶어'라는 생각을 했다.

서른 이후 머리가 굵어지면서부터는 이럴 줄은 몰랐는데 엄마에게도 반감을 갖게 됐다. 그러면서도 미안해했다. 결혼 이후에는 과거와 적당히 거리를 두고 지냈다.

하지만 육아는 성장 과정의 상처를 마주하는 과정이었다. 어린 시절의 상처는 어떤 형태로든 나타나 자녀 양육에 영향을 미친다. 대개 두 가지 형태다. '부모님처럼 하지 말아야지'라며 극심한 강박증으로 자신을 검열해 무리하게 버티는 경우와 '하지 말아야지' 하면서도 똑같이 되풀이하며 자신을 혐오하고 자학하는 경우다.

나는 첫 번째 부류였다. '저만의 일로도 세상의 풍파를 맞게 될 텐데 아이에게 부모의 짐까지 짊어지게 해서는 안 된다'는 강박증에 시달렸다. 아이가 유년의 혜택을 충분히 누릴 수 있도록 엄마는 강인해야 한다고, 내 감정을 아이에게 내색하면 안 된다는 생각에 사로잡혔다. 점점 힘에 부쳤다. 나약함을 혐오하는 자신을 들여다보며 부모님과 화해하지 못한 나의

현실을 깨달았다. 지금의 나는 누가 봐도 성인이지만, 내 안에는 여전히 상처받은 어린아이가 있었다. 서른 중반의 노련함으로 깊이 숨겨 놓았을 뿐 그 상처와 화해하는 용기를 내지 못했다.

그러나 이제 나는 성인이다

"부모를 원망할 수는 있지만 원망만 해서는 안 된다. 당신은 이제 아무것도 할 수 없는 어린아이가 아니라 성인이기 때문이다."

우연히 발견한 이 말에 마음이 묵직해졌다. 꼬마 아이가 새치 희끗한 삼십 대 아줌마가 됐듯이 기억 속 부모님은 이제 어디에도 없다. 아버지는 더 이상 발톱을 세울 의지가 없는 곰이 됐고, 나약했던 엄마는 슈퍼파워를 자랑하는 대한민국 중년 여성이 됐다. 어린 시절 부모님의 모습은 더 이상 없는데 나 혼자 아이를 키우며 예전 기억을 떠올리고 있었다.

아이를 낳고 키우는 과정이 없었다면 지난 시간에 대한 마음이 누그러지지 않았을 것이다. 손주에게 좋은 모습만 보여 주려 하는 아빠의 모습을 보면서 꼬인 실타래가 조금씩 풀리기 시작했다.

부모 중에는 자녀에게 사랑을 온전히 표현하지 못하는 사람들이 있다. 자녀는 부모에게 온갖 책임과 의무를 지우는 존재이기 때문이다. 나이가 어린 부모, 경제적으로 생활이 어려운 부모, 관계가 망가진 부부일수록 그 의무가 버거워 아이에게 양가감정을 갖기 쉽다. 사랑이 없어서가 아니라 사랑에 따르는 책임이 두려워서다. 나의 부모님도 이런 유형이었다.

그런데 손주는 책임과 의무를 훌훌 털어 버리고 예뻐할 수 있는 존재가 아닌가. 사랑을 있는 그대로 퍼 주어도 부담이 없다. 부모님도 넘치는 사랑을 손주에게 표현했다. 그건 나에 대한 사랑이기도 했다. "날개 없는 천사"라며 자식에게는 드러내지 않았던 마음을 손주에게 보여 주는 아빠를 보며 '저분이 날 이렇게 사랑했구나' 싶었다. 자녀에게는 쑥스러워서, 부끄러워서, 바빠서, 혹은 아이의 사랑스러움을 잘 몰라서 드러내지 못했던 마음을 손주에게는 솔직하게 보여 주었다. 나와 아빠는 수십 년간 서로에게 애정 표현을 해 본 적이 없었다. 아이는 나로 하여금 부모님을 다시 바라보게 했다.

아이와 함께 성장해간다

아이 덕분에 나는 이 삶에 다시 뿌리내릴 수 있었다. 처음으로 사랑의 단비를 듬뿍 맛보았다. 갓난아기 때 친정 엄마에게 그런 사랑을 받았겠지만, 그 기억은 무의식 저편에서 나를 보듬고 있을 것이다. 기억의 시작부터는 모든 사랑에 밀고 당기는 조임이 있었다. 부모님이든, 친구든, 남편이든.

아이와의 관계에는 아직 그 불편한 조임이 없다. 무조건적인 사랑, 내가 그토록 갈구하던 무한한 사랑이 작은 생명 속에 있다. 사랑의 융단폭격을 맞고 있다. 나는 내 마음이 흔하고 가벼워 보일까 봐 누군가의 이름을 온 마음을 다해 불러 본 적이 한 번도 없었다. 그런데 이 아이는 온 힘을 다해 엄마를 부른다. 안기고 비비댄다. 내 안의 깊은 곳을 채워 주는 이 사랑 덕분에 나의 썩은 뿌리에서 이제는 시큼한 냄새가 나지 않는다. 언젠가 아들과의 관계도 변할 테지만 지금의 이 기쁨을 평생 간직할 것이다. 기억할 수 있는 것만으로도 이미 행복하다.

자녀를 돌보는 과정에서 한 생명을 세상에 내어놓는 두려움, 육아로 삶의 여유를 잃어버린 답답함, 아이 키우기 힘든 세상에 대한 분노까지 부정적인 감정이 종종 나를 괴롭혔지만, 그럼에도 이 아이를 만난 건 그 무엇과도 바꿀 수 없는 내 생애 최고의 선택이었다. 그 선택으로 나는 웃고, 울고, 기뻐하면서 다시 성장하고 있다.

초등학생 시절 나는 동네에서 '비디오 가겟집 딸'로 불렸
다. 경기도 남양주의 한 골목에서 부모님은 '꿈 비디오'라는
간판을 내걸고 비디오 대여 장사를 했다. 비디오 가게 안쪽에
딸린 방에서 식구들은 밥을 먹고 잠을 잤다. 세탁소, 미용실
등 그 골목 안 가게들의 거주 형태는 다 거기서 거기였다.

세탁소집 딸, 화장품 가게 아들, 채소 가게 딸 같이 가게
이름을 붙이기만 해도 누구를 말하는지 알 수 있었다. 어른들
은 생업에 바빴고 비좁은 방에서 생활하다 보니 동네 아이들
은 죄다 골목에 나와 밤늦게까지 모여 놀았다.

골목 상권에 입점 조건이 있던 것도 아닌데 부모와 자녀
들의 나이대는 비슷했다. 특별한 기술은 없고 직장 생활의 시
기를 놓치는 바람에 마땅히 할 게 없었던 삼십 대 젊은 부부들

이 그 골목에 모여서 가게 불을 밝혔다.

옆집에 숟가락이 몇 개 있는지 알 정도로 이웃집의 사정을 잘 알았고 아이들은 부모의 별다른 보살핌이 없어도 한곳에 모여 즐겁게 하루를 보냈다. 노는 데만 집중했기에 딱히 공부를 잘하는 아이는 없었다. 하얀 피부에 긴 생머리를 늘어뜨렸던 학원집 딸이 하나 있었지만, 그 애는 부모님이 운영하던 학원만 이 동네에 있었을 뿐 가정집은 다른 곳에 있어서 그런지 우리와 어울려 놀지 않았다.

이렇다 보니 자녀 교육을 둘러싼 어른들의 극성스러운 경쟁과 아이들 간의 위화감, 공부로 인한 서열 따위는 우리 동네에 존재하지 않았다. 이 시기에 말 그대로 '미친 듯이' 놀 수 있었던 건 내 유년의 행운이었다.

술래잡기, 고무줄놀이, 땅따먹기, 말뚝박기 등 안 해 본 놀이가 없었고 당시 신문물이었던 롤러스케이트를 타고 온 동네를 휘젓고 다녔다.

밤이 되면 집집마다 하나둘 불이 꺼지고 가게 앞에 설치된 셔터가 내려졌다. 휴일 아침에 눈을 뜨면 땅바닥과 셔터 사이에 얇은 햇살이 드리우는 게 보였다. 가느다란 빛이 부모님의 손놀림을 따라 점점 커졌다. 나의 세상도 열리는 느낌이었다. 철커덕 셔터가 경쾌한 소리를 내며 끝까지 다 올라가면 나는 앞집으로 가서 "은영아, 성현아 노올자"를 외쳤다.

1990년대 초반이었던 이 시기에도 학원 뺑뺑이를 도는 친구들이 있었다. 맞벌이를 했던 한 친구의 부모님은 돌봄 공백을 학원 수업으로 메웠다. 그 아이는 보상으로 언제나 두둑한 용돈을 받았다. 덕분에 나는 가끔씩 학교 앞 분식점에서 튀김을 얻어먹으며 "학원 가기 싫다"는 친구의 말을 들어 주었다. 안됐다거나 부럽다는 등의 생각 없이 그저 '그렇구나' 하며 듣고 있었던 기억이 난다.

또 다른 학교 친구는 우리 동네와 조금 떨어진 곳에서 부모님이 오락실을 운영했다. 이 친구의 부모님은 교육열이 제법 높았다. 친구네는 초등학생들의 푼돈으로 먹고살았지만 친구의 부모님은 딸에게 절대로 오락기를 사용하지 못하게 했다. 매일 풀어야 할 문제집 분량을 정해 놓고 공부를 시켰다.

어느 저녁, 우리 집에 놀러 왔던 오락실집 딸은 자기네 가게로 돌아가며 "나는 엄마, 아빠가 공부하라고 하는 게 제일 싫어"라고 토로했다. 중학교 2학년도 아니고 겨우 초등학교 2학년인 아이가 하기에는 제법 조숙한 말이었다. 공부에 상당히 시달렸던 것이다. 당시 나는 친구의 푸념을 들으며 "부모님이 신경 써 주는 게 부럽기만 한데"라는 무신경한 소리를 해댔다.

골목 아이들의 놀이 시간은 낮과 밤의 길이로 정해졌다. 해가 긴 여름에는 저녁밥을 먹은 뒤에도 가게 앞에 모여 놀았고, 열대야 때문에 어른들까지 밖에 나와 있는 날에는 자정까지 뛰어놀았다.

나는 부모님의 업종 덕분에 동네 아이들로부터 가장 많은 부러움을 받았다. 컴퓨터도, 스마트폰도 없던 시절이었다. 세탁소집 딸이 더 깨끗한 옷을 입는 것도 아니었고, 화장품집 딸이 더 좋은 피부를 지닌 것도 아니었다.

비디오 가겟집 딸은 날씨가 궂거나 아이들끼리 싸워 골목이 조용해진 날이면 가게에 틀어박혀 만화영화 감상에 빠져들었다. 부모님의 비디오 대여 사업은 호황을 누리고 있었다. 나는 손님이 오가는 가게 구석에 앉아서 보고 싶은 비디오를 마음껏 봤다.

뜻하지 않게 홍보 효과를 낼 때도 있었다. 비디오를 빌리러 온 또래 아이가 종종 내가 보고 있던 것을 대여해 가곤 했다. 나는 한창 신나게 보고 있던 비디오를 울며 겨자 먹기로 빼 주면서 '손님이 왕'인 현실을 통탄했다.

한번은 빌려주지 않겠다고 떼를 쓰자 엄마가 재생 중이던 비디오를 막무가내로 꺼내서 손님에게 내준 적이 있었다. 나는 대성통곡하며 가게 바닥에 나자빠졌다. "엄마 미워! 싫어!"를 반복하며 그악스럽게 고집을 부렸다. 말로 달래는 것이 불가능해지자 "너 이러면 엄마 집 나갈 거야"라며 엄마는 가게를 나섰고 골목 모퉁이까지 걸어갔을 때서야 나는 "엄마! 잘못했어"라고 외치며 뒤쫓아 갔다.

나는 우리 가게에 있던 만화영화 비디오를 하나도 빠짐없이 다 봤다. 부모님이 잠든 틈에 가게로 나와 혼자 느긋하게 즐기기도 했다. 아빠가 새 만화영화 비디오를 가져온 어느 늦은 저녁이었다. 그중에 〈베르사이유의 장미〉 다음 편이 있었다. 당장 보고 싶었지만 시간이 늦어서 안 된다는 부모님의 말을 거역할 수 없었다. 나는 다음 날 새벽에 일어나 새 비디오를 감싼 투명 비닐을 숨죽이며 손톱으로 살살 긁어서 뜯어냈다. TV 불빛이 가게의 어둠을 밝혔고 나는 그 앞에 앉아 오스칼을 만났다.

야한 것을 보고 싶어 하는 인간의 욕망을 처음 경험한 것도 부모님의 비디오 가게 덕분이었다. 야한 비디오를 떠올릴 때면 나의 잘못된 선택으로 우리 집에 막대한 피해를 입혔던 기억과 후회가 떠오른다.

여느 때처럼 동네 아이들과 놀고 있는데 저녁밥을 먹으라는 엄마의 부름이 들렸다. 나는 더 놀기 위해서 "친구네서 먹었어"라고 거짓말을 했다. 한참 뒤 "도둑이야!"라는 엄마의 외침이 들려왔다.

우리 집은 방문을 열면 가게 내부가 훤히 내다보이는 구조였다. 평소 엄마와 나는 방에 상을 펼쳐 놓고 식사를 했다. 하지만 그날 저녁밥을 혼자 먹게 된 엄마는 방이 아닌 비디오 진열대 두 개를 직각으로 붙여 만든 자투리 공간에 서서 밥을 먹었다. 이 공간에 놓인 싱크대가 우리 집 부엌이었다. 여기서는 가게가 전혀 보이지 않아 소리에 신경을 곤두세우고 손님의 행차를 가늠해야 했다. 도둑의 숨죽인 발걸음까지는 알 수 없는 공간이었다.

'혼밥'을 대강 먹은 엄마가 가게로 나왔을 때는 진열대 한 열이 덩그러니 비어 버린 뒤였다. 야한 비디오를 진열해 놓은 코너였다. 마침 사건이 일어나기 전, 당시 개그 유행어였던 '숭구리당당 숭당당' 흉내를 잘 내 동네 아이들이 '숭구리'라고 불렀던 중학생이 야한 비디오를 빌리러 왔다가 엄마에게 퇴짜 맞은 일이 있었다. "어떤 애가 비디오를 들고 뛰더라고"라는 이웃 주민의 목격담을 듣고 우리는 숭구리를 범인으로 의심했다.

고함 소리를 들은 나는 집으로 달려와 엄마와 함께 숭구리네 집으로 갔다. 하지만 확증 없이 남의 집에 들이닥쳐서 아들을 도둑으로 몰 수는 없었다. 우리는 일단 어두컴컴한 그 집 마당을 뒤졌다. 꼼꼼히 살폈지만 비디오는 보이지 않았다. 엄마는 현관문 앞에서 한참 고민을 했다. 초인종을 누를까 말까 망설이면서 잠시 침묵의 시간을 가졌다. 그러고는 내 손을 잡고 말없이 우리 가게로 돌아왔다. 요즘 같았으면 경찰에 신고를 했을 텐데 그때는 그러고 말았다. 나는 숭구리를 도둑으로 여겼지만 엄마 말대로 진실은 알 수 없는 노릇이었다.

그 사건 이후 가게에 들어설 때마다 이빨이 숭숭 빠진 야한 비디오 코너가 눈에 들어왔고 그 허전함은 내게 죄책감을 불러왔다. '엄마랑 같이 밥을 먹을걸…….' 노느라 거짓말을 한 대가로 우리 집 비디오를 잃었다는 생각마저 들었다. 저게 뭔데 한 뭉텅이 들고 갔나 싶어 야한 비디오에 대한 관심도 생겼다.

부모님이 비디오 가게를 그만두기 전까지 나는 아이들과 하루 종일 어울려 놀거나 만화영화를 보며 지냈다. 가끔씩 동네 뒷산에 고사리를 캐거나 냉이를 따러 가기도 했다. 약수터 인근에 퐁퐁(트램펄린) 아저씨가 올 때면 산에서 내려올 줄 몰랐다. 뒷산에서 '삐라'를 주울 때도 있었는데 그럴 때면 신이 나서 경찰서로 달려갔다. 당시에는 삐라를 경찰서에 갖다주면 연필이나 자와 같은 문구류를 포상으로 받았다. 김일성을 찬양하는 내용과 노태우, 김영삼 전 대통령을 비난하는 내용이 주로 실려 있었다.

　놀이로 점철된 유년은 훗날 공부하는 데 도움이 됐다. 내게는 놀아 보지 못한 답답함이 없었다. 하지만 부모님이 비디오 가게를 접지 않고 계속 그 동네에 살았다면 어땠을까. 드라마 〈응답하라 1988〉 같은 정겨운 동네를 떠난 뒤 우리는 이제 막 지은 아파트에 입주했다. 아파트의 고립감과 주변과의 단절된 생활은 중학생이 된 내가 공부를 하는 데 알맞은 분위기를 연출해 주었다.

　새로운 동네에서는 부모님이 비디오 가게 대신 사진관을 운영하면서 엄마의 고단함도 조금 덜어졌다. 엄마는 지금도 "비디오 가게 했을 때는 밤만 되면 발이 퉁퉁 부어서 잠도 제대로 못 잤어"라고 회상하곤 한다. 비디오 대여업의 호황 덕분에 하루 종일 서서 손님을 맞았기 때문이다.

　엄마는 일과 가사, 육아를 도맡으며 노동으로 점철된 청춘을 보냈다. 생업에 전념하느라 엄마의 안식이었던 종교 활동도 한동안 하지 못했다. 더구나 돈을 버는 만큼 씀씀이가 커

진 남편의 술값 때문에 속병까지 앓았다. 엄마가 '밑 빠진 독
에 물 붓기' 같은 비디오 가게를 접기로 결심하면서 내 유년의
'놀이 천국'도 함께 막을 내렸다.

이런 내가
더 나은 사람이 될 수 있을까

"청춘, 이십 대가 좋다고 하는데 저는 나이 든 지금이 더
좋아요."

2000년대 중반, 어느 라디오 방송에 밴드 델리스파이스의
보컬 김민규 씨가 나왔다. 당시 그의 나이는 삼십 대 중반이었
다. 인생의 긴 시간을 놓고 보면 삼십 대도 충분히 젊은 나이
지만 이십 대의 내게 그는 삶의 커다란 강을 건넌 어른처럼 보
였다. 직업, 결혼, 출산 등 여러 가지 선택을 해 버린 삼십 대가
더 좋다니……. 아직 살아 보지 않은 시간에 대한 인생 선배의
이야기가 궁금해졌다.

그가 나이 듦을 더 좋아하는 이유는 단순했다.

"이십 대가 너무 힘들었어요."

그는 이십 대에 젊음의 자유보다 불안을 더 크게 느꼈단

다. 음악인으로서 삶의 방향이 정해지고 그 세계에서 나름 입지를 쌓은 삼십 대의 삶이 더 좋다고 했다. 그 순간 나도 삼십대가 됐을 때 저 사람처럼 말할 수 있으면 얼마나 좋을까 생각했다. 이십 대 중반의 나는 그의 말에 큰 위로를 받았고 지금내가 겪는 어려움이 평생 되풀이해야 하는 난관일 리 없다는희망을 품었다.

삼십 대 중반을 넘어선 지금, 그때를 돌아보면 봄꽃처럼빛나는 청춘은 아니었지만, 그래도 청춘이었다는 말이 나온다. 그러나 당시에는 몸도 마음도 다 자란 것 같은데 경제적으로 미약하고 무기력한 자신이 싫을 때가 많았다. 불안은 나를녹이는 용광로였다. 김민규 씨가 말하는 그의 이십 대에서 나는 불안을 읽었다. 그 속에 타들어 갔던 괴로움을 고백하는 인생 선배에게서 시간을 견뎌 낸 힘을 느꼈다. 어서 시간이 흘러나도 그가 속해 있는 안정감의 세계로 건너가고 싶었다.

이제는 단순히 이십 대의 삶이 좋은지 삼십 대의 삶이 나은지의 문제를 넘어 '나는 왜 그렇게 힘들어했을까' 하고 되짚어 보게 된다. 등록금 때문에 대출 더미에 앉은 대학생의 현실과 청년 실업 문제는 나만 겪은 어려움이 아니었다. 안타깝게도 많은 청년이 겪는 흔한 고난이 아닌가.

나의 불안은 발이 숭숭 빠지는 늪에 떨어진 것 같은 두려움이었다. 언제든 나의 모든 걸 잃어버릴 수 있다는 공포와 아무리 발버둥 쳐도 나의 뜻대로 내 길을 걸어갈 수 없을 것 같은 좌절감이 마음 한구석에 웅크리고 있었다. 당장 잘 곳을 잃을 수 있다는 두려움에 시달리며 나는 늘 통장에 200만 원 정도를 모아 놓고 비상시를 대비했다.

지금 생각해도 보통의 대학생이 느낄 만한 두려움은 아닌 듯하다. 등록금 때문에 차곡차곡 빚을 불려 나갈 때도, 친구들이 30만 원이면 동남아 여행을 다녀올 수 있다며 유혹할 때도 나는 심리적 안정감의 마지노선인 200만 원은 건드리지 않았다.

마치 내 안에 악취 나는 쓰레기라도 숨겨 놓은 것처럼 나의 모든 걸 보여 주면 누구든 도망갈 것이라는 두려움을 느꼈다. 지금 돌이켜 보면 고이 감추고 있었던 건 쓰레기가 아니라 부드럽게 다독여 주고 싶은 연약한 자아였다.

마음의 시간을 거슬러 유년의 안개를 걷어 내면 아주 깊은 곳에 자리하고 있는 사람이 보인다. 엄마다. 바닥에 엎드려 울고 있다. 삶이 불안해서, 답답해서, 견디기 어려워서 흐느끼고 있다.

"엄마, 울어?"

온몸에 피 대신 모래가 돌고 있는 것처럼 덜컥거리는 심정으로 조심스럽게 말을 걸어 보지만 엄마는 대답하지 않는다. 열심히 살아온 우리 엄마, 생계를 위해 악착같이 살아온 엄마, 누구보다 성실하고 가족을 위해 희생해 온 엄마. 하지만 그런 엄마가 기를 펼 수 없는 가정에서 엄마는 쳇바퀴 도는 다람쥐처럼 일했다. 아무리 열심히 일해도 경제적인 어려움은 나아지지 않았다. 모든 결정권은 술독에 빠져 지내는 아빠에게 있었다. 젊은 날의 엄마가 울분을 참지 못하고 바른 소리를 하는 날이면 엄마와 나는 집에서 쫓겨나야 했다.

엄마는 아무리 둘러봐도 사방이 막다른 길이거나 낭떠러지밖에 없는 것 같은 좌절감에 휩싸여 울었다. 자신을 일으켜 세울 의지를 잃은 채 바닥에 쓰러져 있을 때 이런 말을 하기도 했다. "너만 없었으면……."

그 말에 큰 상처를 받은 나는 앙심을 품듯이 마음 깊은 곳에 엄마의 말을 저장했다. 훗날 엄마의 설명을 들은 뒤로는 지난날에 대한 연민이 차올랐다.

"그 모든 괴로움에서 놓여나는 방법은 도망치는 것밖에 없었어. 그런데 널 데리고 가면 내가 일하는 동안 널 어떡하니.

방에 혼자 둬야 하는데 그걸 감당하며 어떻게 살아. 나는 친정 부모도 없고 도와줄 사람도 없는데 널 두고는 못 가겠고, 데리고 가서 방치한 채 살 자신도 없어 미칠 것 같았다."

이 세상에서 엄마의 삶을 가장 잘 아는 사람은 나다. '자녀의 유년에 단단한 보호막을 씌워 줄 정도로 엄마가 강한 사람이었으면 좋았을 텐데'라는 아쉬움은 들지만, 피를 철철 흘리며 그 시간을 걸어온 엄마를 어떻게 비난할 수 있을까. 그럴 수는 없다.

나의 가정환경은 내면에 음습하고 퀴퀴한, 가끔은 발효해서 포자를 퍼뜨리는 늪지대를 만들어 놓았다. 이것의 존재를 알게 된 건 훗날 소꿉친구들의 가정환경을 돌아보면서였다.

단 한 명 예외가 있긴 하지만 그 친구를 제외하면 모두 한쪽 부모 없이 성장하거나 한쪽 부모가 없어지기를 소망하며 살아왔다는 공통점이 있었다. 학창 시절 나와 친구들을 맺어 준 건 우리의 그늘이었다.

이십 대까지는 불안한 내가, 비관적인 내가, 신이 있다면 인간으로서 도전할 수 있는 유일한 선택은 자살이라고 생각했던 내가 2세를 낳는 건 도무지 상상할 수 없는 일이었다. 어느 생명의 태양이 되는 일은 감당할 수 없는 무게로 느껴졌다.

살아가는 게 뭐가 그렇게 대단한 일이라고 후손을 남겨야 하는지, 혹여 아이가 날 닮거나 비슷한 상황에 놓여 괴로워할 수 있다고 생각하면 소름이 끼쳤다.

"이 외출이 행복하기를, 그리고 다시 돌아오지 않기를."

멕시코 화가 프리다 칼로의 유언을 보며 나는 아무것도 남기지 않는 완벽한 죽음을 꿈꿨다. 정작 프리다 칼로는 나와 달리 아이를 낳는 걸 간절히 소망했지만 그럴 수 없어 큰 고통을 받았다. 어린 시절 교통사고를 당해 아이를 낳지 못하는 몸이 됐기 때문이다.

비관주의에 빠져 있던 내가 조금씩 편해진 건 삼십 대에 접어들면서였다. 가장 큰 변화는 부모님의 관계에 평화가 찾아오면서 시작됐다. 엄마가 평온하게 지낼 수 있게 되면서 내 마음에도 여유가 생겼고 어딘가로 쫓겨날 수 있다는 불안도 점차 사그라졌다. 그러자 나만의 인생을 살 수 있을지도 모른다는 희망을 품게 됐다. 그간 많은 희생을 한 엄마가 더 이상 그런 모습으로 지내지 않게 됐다는 데서 엄청난 해방감과 자유로움을 느꼈다. 저절로 찾아온 광복이 아니라 처절한 투쟁의 결과였다.

이러한 변화는 자녀관에도 영향을 미쳤다. 결혼과 출산이라는 거대한 장벽을 넘게 됐고, '애가 날 닮으면 어떡하지'라는 불안에서 조금 초연해질 수 있었다. 나와 비슷한 경험을 한 여성들은 부모에게 받은 상처로 인해 자녀 양육을 두려워하는 경우가 많다.

그런 사람들에게 말해 주고 싶다. 당신의 자존감 문제가 자녀 양육을 더욱 힘들게 할 때 자존감을 높이기 위해 너무 애쓰지 말라고. 그러기보다는 아이가 겪게 될 상처에 조금 담대해졌으면 좋겠다고. 엄마가 된 뒤 나는 '아이 앞에서 쓰러져 울지 않겠다'고 다짐했지만 나의 노력이나 자존감과 관계없이 아이는 언젠가 저만의 돌덩이를 만나게 될 것이다. 과연 아프지 않고 성장할 수 있을까? 순도 100%의 안락한 삶이란 게 있을까?

지금 이 아이는 어린 시절의 나보다 훨씬 나은 환경에서 자라고 있음이 분명하다. 나는 아이가 겪게 될 상처를 덤덤한 마음으로 보려고 한다. 내가 아이에게 바라는 건 조금도 아프지 않은 삶이 아니라 여러 가지 모습의 삶을 꿋꿋하고 단단하게 살아가는 것이므로.

나는 델리스파이스의 노래 중에 2집 수록곡인 〈마이 웨이(이제껏)〉를 가장 좋아한다.

이 곡에는 김민규 씨가 걸어온 시간의 힘이 밝고 담담하게 담겨 있다. 고통이든 기쁨이든 모든 열기를 잠재우며 시간은 흐르고 사람은 깊어진다.

착한 딸 콤플렉스에서
벗어나던 날

　나의 가족, 특히 아빠에 대해 이야기할지 여부를 놓고 나
는 많은 고민을 했다. 이제는 종이호랑이가 된 아빠의 이야기
를 새삼 꺼내 그분을 부끄럽게 만드는 건 아닌지 걱정스러웠
다. 하지만 나의 세계관을 형성한 사건들의 중심에는 아빠가
있었고 그 허들을 넘는 과정이 내 성장기의 커다란 줄기였다.
그분에 대한 이야기를 빼놓고는 내 생각과 성격의 형성 배경
을 말하기가 어려웠다.

　신문에 육아 관련 기사를 연재하던 시절, 조심스레 가정
환경에 대해 언급했을 때 많은 여성이 공감해 주는 것을 보며
나의 서글픈 특이점이라고 여겼던 상처가 많은 이도 겪었던
공통점이라는 것을 새삼 깨달았다. 각각의 이야기에는 같은
상처를 지닌 사람을 위로해 주는 힘이 있었다.

아빠는 강원도 영월에서 제법 먹고살 만한 집의 장남으로 태어나 경제적으로 부족함 없이 자랐지만 치명적인 콤플렉스를 갖고 있었다. 둘째 부인의 아들로 태어났던 것이다. 첫째 부인이 딸을 낳고 9년간 자식을 낳지 못하자 아들 생산을 집안의 목숨처럼 여긴 가부장제 일원들은 둘째 부인을 들여 모두에게 상처를 줬다. 법적으로는 엄연히 중혼이 금지된 탓에 나의 할머니는 이 집안의 동거인으로 들어와 아들을 낳았다.

그런데 얄궂게도 둘째 부인이 아들을 낳자마자 9년이나 자녀 소식이 없었던 첫째 부인에게 아이가 들어섰다. 내리 셋을 출산하며 아빠에게는 배다른 동생이 세 명이나 생겼다. 그중 남동생이 둘이었다. 나의 할머니는 아빠를 낳고 더 이상 자녀를 갖지 못했다. 그렇게 할머니에게만 의지하고 살던 아빠의 세계는 중학생 때 할머니가 돌아가시면서 붕괴됐다. 할아버지마저 곧이어 세상을 떠나자 아빠는 학교도 그만둔 채 술을 마셔댔다고 한다.

"이 세상에서 나는 혼자야."

고모들이 전해 준 그 당시 아빠의 절명이었다. 본처와 배다른 형제들만 남은 집안에서 아빠를 말릴 수 있는 사람은 아무도 없었다.

성인이 돼 입대하기 전까지 아무것도 하지 않았던 아빠는 제대 후 본가에서 내준 레코드 가게를 운영하다가 엄마를 만났다. 하지만 아빠의 사춘기와 방황, 세상에 대한 분노와 외로움은 아직 해결되지 않은 상태였다. 불행하게도 엄마는 그 사실을 모른 채 결혼했다.

생전 입바른 소리를 들어 본 적이 없었던 아빠는 생활의 규칙과 절약을 강조하는 아내를 못마땅하게 여겼다. 아빠는 부인에게 가게를 맡긴 채 친가에서 받은 유산을 까먹으며 매일같이 술을 마셨다. 돈이 부족해지자 엄마의 결혼 패물을 팔아 술값으로 썼다. 할머니가 돌아가시면서 아빠는 부모만이 아니라 세상을 제대로 살아 보고자 하는 의지도 잃어버렸던 것이다.

엄마는 고향을 떠나 술친구들과 멀어지면 나아지겠지, 아들을 낳으면 정신 차리겠지 하며 이후 몇 번의 변화를 시도했다. 하지만 사람은 그 정도의 일로 달라지지 않는다.

강원도 영월을 떠나 경기도 남양주의 한 작은 마을에서 엄마는 하루도 거르지 않고 비디오 가게 문을 열었고 아빠도 전과 다름없이 매일 술을 마셨다.

아빠의 치명적인 문제는 술뿐 아니라 부인과 딸을 자신에게 딸린, 함부로 대해도 되는 존재로 생각한 점이었다. 할아버지가 부인을 두 명이나 두고 살 수 있었던 배경인 가부장제 사회를 거쳐 온 아빠는 그 체제의 피해자이자 전승자였다. "어디서 여자가 감히"라는 말을 엄마에게 자주 했다.

"술 좀 그만 마셔"라며 엄마가 참았던 울분을 쏟아 내는 날이면 엄마와 나는 집에서 도망쳐야 했다. 다음 날 학교도 결석했다. 우리는 서울에 있는 이모네서 하루 이틀씩 얹혀 지냈다. 이런 일은 내가 대학교에 다닐 때까지 반복됐고 시기에 따라 나의 감정과 반응도 달라졌다.

초등학교 때까지는 그저 엄마를 따라나섰다. 매일 반복했던 생활 리듬이 깨져 버린 하루를 어떻게 보낼지에 집중했다. 엄마와의 짧은 피난 생활을 생각하면 '잠자리가 날아다니던 가을 하늘'이 떠오른다. 친척들이 학교에 가고 어른들만 남은 집에서 나는 놀 거리를 탐색했다. 이모와 심각하게 대화를 나누는 엄마와 달리 나는 앞날에 대한 걱정이나 간밤의 떨림을 기억하기보다는 또래 아이들이 사라진 한낮의 심심함을 달래기 위해 애썼다.

이모네 집 밖에는 잠자리가 날아다니고 있었다. 가을이었다. 저층의 오래된 아파트 단지는 오가는 사람이 없어 한산했

다. 나는 이모네 현관에 있던 친척들의 잠자리채를 갖고 나와 풍차를 향해 칼질하는 돈키호테처럼 휘저었다. 사마귀의 앞발처럼 하늘에서 곧추 내리찍기도 하고, 채를 뱅뱅 돌리며 잠자리들의 꽁무니를 뒤쫓기도 했다.

때로 몰려다니는 잠자리들이 나의 그물망에는 쉽게 걸려들지 않았다. 그래도 열심히 팔을 휘저었다. 제발 좀 닿아라. 신이 나지도 그다지 재미있지도 않았지만 잠자리를 잡아야겠다는 목표가 나의 무료함을 달래 주었다. 뜻하지 않게 맞은 휴일을 잠자리 잡기에 몰두하며 잡았다가 풀어 주기를 반복했다. 아이들이 사라진 오후는 느리게 흘러갔다.

중학교 때부터는 이런 밤 이후에도 학교를 빠지지 않았다. 엄마만 이모네로 가고 나는 소꿉친구의 집에서 일주일간 지낸 적도 있었다. 친구의 아버지는 아침마다 나와 딸을 차에 태우고 중학교가 달랐던 우리를 차례로 데려다주었다. 아저씨는 내게 한 번도 무슨 일이 있었는지 묻지 않았고 눈치를 주지도 않았다. 지금까지도 친구에게 아저씨의 안부를 물을 때면 이때의 모습이 기억나 고마운 마음이 든다.

열여섯 살 때 동생이 태어난 이후로는 각자 도피도 불가능해졌다. 난리가 나는 동안 어린아이에게 필요한 물품을 싸

들고 나오기가 어려웠고, 갓난아기를 안고 남의 집 신세를 지는 것도 면구스러웠다. 전쟁 실향민도 아닌데 그렇게까지 자존심을 내려놓을 수는 없었다.

어느 깊은 밤이었다. 사십 대의 엄마와 고등학생이 된 나는 동생을 안고 동네의 여인숙을 찾았다. 동생은 만 두 돌이안 된 아기였다. 멀리까지 나갈 상황적 여유가 없었다. 우리는인근 골목의 허름한 여인숙으로 들어갔다. 서울역 앞 쪽방촌과 거의 비슷한 구조였다. 지저분한 복도의 양쪽에 여러 개의방이 늘어서 있었고, 신발을 문밖에 벗어 두고 들어가면 나무문에 달린 쇠고리를 걸어서 잠그는 곳이었다. 그런 곳에서 잠을 자 본 적은 태어나서 지금까지 그때 한 번뿐이다.

동생을 가장 안쪽에 눕힌 엄마는 바깥쪽에 자리를 잡고누웠다. 엄마는 더 이상 아무 말도 하지 않았고, 눈물을 흘리지도 않았다. 이불을 제대로 덮지도 않은 채 죽은 사람처럼 구석에 웅크리고 있었다. 동생은 평소와 다름없이 활기차게 방바닥을 굴러다니며 잠을 잤다.

방 한구석에 누워 나는 생각했다. 나는 왜 이렇게 살아야하는가. 엄마와 나는 왜 쫓겨나야 하는가. 이런 폭력을 행사할수 있는 권리는 어디에서 나오는 걸까. 이런 고통을 반복해야 한다면 왜 같이 살아야 할까. 나는 왜 이렇게 무기력한 걸까.

내 안의 의식이 눈뜬 밤이었다. 지금처럼 명료하게 깨달은 건 아니었지만 한 인간이 다른 인간을 짓밟는 폭력에 무기력해지거나 순응해서는 안 된다고 생각하며 분노를 주체하지 못했다.

그렇게 성인이 된 나는 결혼과 출산에 대해 비관적인 생각을 갖게 됐다. 결혼은 타인에 대한 기본적인 예의를 잃게 될 수 있는 폭력적인 시스템이라고 생각했다. 특히 대부분의 가정에서 자기 마음대로 할 수 있는 권력이 남자에게 주어진다는 점에서 여자인 내가 결혼을 하는 건 스스로 주체성을 포기하는 것이라고 여겼다. 성장 환경이 제도에 대한 관점에 큰 영향을 미친 것이다.

대학생이 되면서부터는 부모님의 일을 방관하지 않았다. 나는 더 이상 구석에 숨어 불안해하던 어린아이가 아니었다. 부부 싸움이 벌어지면 싸움의 한가운데로 나섰다. 내가 아빠에게 맞은 것도 이때부터였다. 대학에 들어가 다양한 환경에서 자란 친구들을 사귀고, 배움을 통해 세상을 바라보는 시각이 넓어지자 이렇게 살아서는 안 된다는 문제의식이 점점 더 커졌다.

그러던 중 경제적으로 안정된 기반을 마련하지 못해 안달

하던 엄마가 독립심을 발휘했다. 동네에 작은 식당을 연 것이었는데 이 일로 부부 갈등은 더욱 극심해졌다. 아빠의 동의 없이 엄마만의 장사를 시작하면서 갈등은 더 깊어졌고, 급기야 아빠가 식당에 찾아와 언성을 높이는 일이 이어지게 됐다.

결국 엄마는 1년 만에 식당을 내놓았다. 보증금은 건물주에게 받을 수 있었지만 이전 세입자에게 건넨 권리금을 받으려면 다음 세입자를 구할 때까지 가게를 유지해야 했다. 엄마는 가게 문을 닫았다가 열었다가를 반복하며 매일 밤 울었다.

엄마의 울음소리에 혈관의 마디마디가 실밥에 꿰인 것처럼 체증이 나서 미칠 것 같은 날이 있었다.

대학 때 학교와 연계된 사회복지 시설에서 자원봉사를 한 적이 있었다. 나는 한 학기 동안 지적장애 아이들의 방과 후 프로그램 보조교사로 활동하면 1학점을 주는 수업에 참여했다. 학기를 마친 뒤 복지관 아이들의 겨울 캠프를 따라갔다. 복지관에서는 아이 한 명당 봉사자 한 명을 붙였다. 그곳의 한 선생님은 "아이마다 전담자가 붙지 않으면 애를 잃어버릴 수 있어요. 한눈을 팔면 안 됩니다"라고 신신당부를 했다.

이튿날 강원도의 한 썰매장에서 짝꿍이 된 아이와 가벼운 산책을 하고 있을 때 엄마에게 전화가 왔다. 울음 섞인 목소리였다. 내가 집을 비운 사이 소란이 벌어져 동생을 데리고 급히 몸을 피하다가 넘어졌고 앞니 두 개가 부러졌다고 말했다. 당시 동생은 초등학교 저학년이었다. 이모네 집에 있을 테니 내일 캠프가 끝나면 그쪽으로 오라고 했다.

순간적으로 캠프를 벗어나 엄마와 동생에게 가고 싶은 격렬한 충동이 밀려왔다. 가슴이 답답했다. 강원도 산골의 시원한 공기가 갑자기 숨 막히게 느껴졌다. 아 젠장, 아 제길, 가슴은 타들어 가는데 짝꿍 아이는 시골길을 신나게 뛰어다니고 있었다. 쫓아다니면서 가슴을 쳤다. '내가 없으면 이 아이를 어떻게 하나.' 복지관에서는 차량이나 숙소를 제외한 곳에서 항상 아이의 손을 잡고 걷게 했다. 마음을 다잡기 위해서 나는 아이의 손을 꽉 쥐었다.

더 이상 겨울 여행이 주는 기분 전환을 누리지 못한 채 무거운 마음으로 캠프 일정을 따라다녔다. 서울에 도착해 마지막 인사를 나누는 자리에서 복지관의 최종 담당자는 "이 아이들은 단체로 시설을 빌리지 않는 한 놀이기구나 썰매를 타는 경험을 하기 어려운데 봉사자들 덕분에 즐거운 경험을 할 수 있었어요"라며 감사의 말을 전했다. 마냥 즐거운 마음으로 아이를 대하지 못했기에 마음이 더 무거워졌다. 그렇게 어정쩡한 상태로 캠프를 마치고 이모네로 달려갔다.

하룻밤 지나고 조금 차분해진 엄마가 구멍이 숭숭 뚫린 이를 드러내 보이며 멋쩍게 웃고 있었다.

"어쩌다가 넘어졌어?"

"급하게 나오느라고."

"(동생에게) 너는 다친 데 없어?"

"난 괜찮아."

어렸을 때와 달리 이모네 식구들 보기가 민망했다. 절반이 부러진 엄마의 앞니를 바라보던 그때, 처음으로 마음속에서 악마의 속삭임이 들려왔다. 너무 안쓰럽고, 불쌍하고, 처연하고, 슬펐지만 태어나서 처음으로 이런 엄마에게서 벗어나고 싶다는 생각을 한 것이다. '나 좀 내버려 둬, 나도 나만의 인생을 살고 싶어.' 그럴 수 없었기에 더욱 미칠 것 같았다.

얼마 지나지 않아 또다시 엄마가 피신하는 상황이 벌어졌다. 이번에는 서울에 있는 작은 이모네 대신 엄마 혼자 청주의 큰 이모네로 갔다. 나는 엄마가 집을 비운 일주일 동안 집에 남아 동생을 챙겼다. 내가 학교 수업을 듣거나 과외 아르바이트를 하고 있을 때 동생은 동네 놀이터에서 친구들과 놀거나 혼자 시간을 보내며 나를 기다렸다. 과외를 마치고 집으로 뛰어갈 때면 홀로 있을 동생의 모습이 떠올라 환장할 것 같았다. 얘가 무슨 잘못이 있어 이런 일을 겪어야 하나, 도대체 몇 년째 이런 일을 반복하고 있는 건가 싶어 자괴감이 몰려왔다.

엄마는 남은 생은 마음 편히 살고 싶다며 이혼을 하겠다고 했다. 나는 엄마 대신 부모님의 이혼 서류를 작성했고 거지 꼴로 살아가는 한이 있더라도 그간의 굴레를 끊어 내고야 말겠다고 결심했다.

청주에서 엄마가 돌아온 날, 우리는 아빠를 인근 커피숍으로 불렀다. 오랜 시간 정신적으로 짓눌려 왔던 엄마는 아빠 앞에서 제대로 말을 잇지도 못했다. 아빠의 목소리가 조금만 커져도 다리가 후들후들 떨린다는 엄마였다. 어쩔 수 없이 내가 나섰다.

"아빠도 이렇게 사는 게 편치 않을 텐데, 따로 살아요."

나는 아빠와의 인연을 끊겠다며 패륜을 선언했다. 그간의 일들이 명백한 가정폭력이었음을 강조하고 그 폭력의 근원은 아빠의 알코올중독과 가족을 함부로 대하는 잘못된 언행이라고 말했다. 사람은 쉽게 변하지 않으니 우리가 함께 사는 한 이 고통을 평생 반복할 것이라고 주장했다.

나의 패륜 선언에 아빠는 처음으로 엄청난 충격과 위기의

식을 느낀 것 같았다. 당시 나는 아직 취직을 못 한 상황이었기에, 엄마와 따로 나와서 산다면 더 안 좋은 주거 환경에서 살아갈 게 분명했다. 앞으로 지게 될 부담감은 내 인생이 평범한 삶의 모습을 누리지 못하리라는 것을 의미했다. 그럼에도 내 모든 것을 걸고, 나의 모든 욕구를 내려놓고 엄마와 동생과 평화롭게 살아가는 길을 택하겠다고 밝혔다.

아빠는 그간 폭풍이 지나간 흔적을 돌아보면서 "다시는 안 그럴게"라는 다짐을 반복했다. 하지만 작심삼일도 못 갈 연약한 결의였다. "사람은 절대 안 변한다"라는 게 엄마의 지론이었다.

이날 아빠는 떨리는 목소리로 "변할게. 정말 변할 거야"라고 되뇌었다. 숨죽이고 있던 엄마가 똑같이 떨리는 음성으로 "그 말을 어떻게 믿어?"라며 반박했고 나 역시 못 믿겠다며 고개를 저었다.

그런데 이 정도로 몰아붙이면 화를 내야 할 아빠가 "한 번만 더 기회를 줘"라는 말만 간절하게 반복했다. 스물다섯 살이나 된, 다 자란 자녀의 패륜 선언이 중학생 시절 할머니가 돌아가셨을 때 느꼈던 소년의 외로움과 두려움을 상기시킨 것이다. 가족에게 정말 버림받을지 모른다는 위기의식과 내면에 웅크리고 있던 죄책감이 아빠를 거세게 흔들었다.

도장 찍힌 이혼 서류와 각서를 책장 한구석에 꽂아 놓은 채 다시 4인 가족의 동거가 시작됐다. 그리고 설마 변할까? 또 반복하겠지. 결국은 정해진 결론으로 가기 위한 진통 과정일 거라는 의구심을 깨고 아빠는 정말로 변하기 시작했다.

평생 술에 의지한 채 마음대로 살아온 아빠가 술을 줄이고 엄마에 대한 폭언을 멈췄다. 경제권도 엄마에게 넘겨주고 아빠는 용돈을 받으며 지냈다. 물론 간간이 부부 사이에 언쟁이 일어났지만 폭주로 이어지지는 않았다. 던지는 습관을 한순간에 바꾸지 못해 두루마리 화장지라도 던질 때가 있긴 했으나 이런 모습도 점차 사라졌다.

아빠는 하나둘 이빨이 빠져 가는 종이호랑이가 되어 가더니 부피와 무게, 존재감이 작아졌다. 가족 안에서 아빠의 덩치는 점점 줄어들었다.

아빠는 한곳에 매인 채로 살아갈 수 없는 자유로운 영혼이었다. 강원도 영월에 살 때는 네다섯 대의 오토바이를 영유했고 이후로도 오토바이를 타고 시내를 누비며 출퇴근에 개의치 않아도 되는 일을 골라서 했다. 그런 아빠가 2교대라는 힘든 근무 환경에서 주민 눈치를 봐야 하는 경비원이 되겠다고 했을 때 아빠가 경비 업무를 지속할 수 있을 거라 생각한 가족은 아무도 없었다. 하지만 아빠는 예순 넘어 시작한 직장 생활을 지금까지 하고 있다.

이제는 엄마가 다섯 번 소리를 지르면 아빠가 한 번 소리를 친다. 그마저도 큰 소란 없이 자잘한 말 주고받기로 끝난다. 엄마가 수십 년간 쌓인 응어리를 풀지 못하고 독설을 내뱉거나 구박을 할 때면 "으흠" 기침을 하며 자리에서 돌아눕거나 주섬주섬 옷을 입고 밖으로 나간다.

손자에게는 한없이 자상한 할아버지가 됐다. 용돈을 모아 아이의 장난감을 주기적으로 사 오고 손자가 부모님 집에 들어서면 "우리 천사"라며 버선발로 나왔다. "애 앞에서 어른들이 소리 지르는 건 아동 학대야"라고 강조할 때면 나의 어린 시절이 떠올라 어이가 없었다. '우리 아빠 예순 넘어 철들으셨네.' 이런 아빠를 보며 결혼과 출산뿐 아니라 세상을 비관적으로 바라봤던 나의 관점도 조금씩 달라지게 됐다.

우울과 불안은 적당히 갖고 있으면 삶의 활력이 되기도 하지만 그것들이 한계선을 넘어 비대해진 사람의 내면은 시궁창이 된다. 나를 시궁창으로 이끌었던 그늘도 이제는 적정 수위를 유지할 수 있게 됐다. 진작 이렇게 지냈으면 얼마나 좋았을

까. 가끔씩 원망이 고개를 들기도 하지만 이제라도 이렇게 지
낼 수 있어서, 조금 늦게라도 아빠를 좋아하게 돼서 다행이다.

대학 시절 내게 큰 충격을 준 말이 있다. 벼락처럼 나를 내리치고 덜 깬 순수에 철퍼덕 따귀를 날린 단어다. 이전에도 어렴풋하게 알고 있었지만 요즘 유행어로 말하자면 나의 '흙수저 인생'을 깨닫게 한 사회이론 용어, 바로 프랑스 사회학자 피에르 부르디외의 '문화자본'이다. 이 단어를 만난 뒤 내 안의 덜 깬 유년의 힘, 무지몽매의 편안함이 짙은 안개가 걷히듯 사라졌다. 교수가 길게 설명하지 않아도 나는 금세 이 단어의 의미를 알 수 있었다. 대학 입학 후 내면에 쌓인 주변과의 이질감을 이 단어가 잘 설명해 주었기 때문이다.

대학에 들어오자 이전까지 내 주변에 없었던 새로운 유형의 친구들을 만나게 됐다. 가장 먼저 눈에 띈 부류는 외국에서 온 아이들로 고등학교를 해외에서 졸업하고 특별 전형으로 입학한 친구들이었다. 당시 우리 학교에는 국제학부가 따로 있었지만, 일부 과에서도 정원의 10%를 이 전형으로 모집했다.

이들 중 한 친구와 가까워졌다. 미국에서 태어나 초중고를 워싱턴에서 졸업한 친구였다. 특별 전형은 필기시험과 면접으로 이루어지는데 이 친구는 면접에서 "아버지가 어떤 일을 하시냐?"는 질문을 받았다고 했다. 같은 전형으로 들어온 과 후배는 선교 활동을 하는 목회자의 자녀였다. 이 후배는 "특별 전형에서 목회자의 자녀를 아예 받지 않는 대학도 있어요"라며 "대부분의 대학이 기업 간부나 고위 공직자의 자녀를 선호해요"라고 설명했다. 겉보기에는 조건을 충족한 학생에게 모두 열려 있는 전형으로 보이지만 대학마다 드러내지 않고 적용하는 조건이 따로 있다는 것이다. 대입 특별 전형의 공공연한 비밀이라고 했다.

외국에서 온 친구들은 저들끼리 있을 때면 영어로 대화해 주변의 시선을 끌었다. 넘치는 존재감과는 별개로 대다수의 해외파는 학교에서 좋은 성적을 받지 못했다. 수능을 치르고 들어온 한국 아이들의 집념을 넘어서진 못한 것이다. '그래 공부는 우리가 더 잘하지'라며 한국 학생들은 마음속으로 해외

파를 무시하는 경향이 있었지만, 암기 위주의 한국식 평가 방식에서 더 좋은 성적을 거두는 것일 뿐 국내파가 발표력이나 토론, 소통 능력 등 종합적인 자질이 더 뛰어난 것은 아니었다.

이 친구는 여름방학마다 미국에서 지내다가 왔다. 인정 많고 따뜻한 아이였다. 도도하고 싸가지 없을지도 모른다는 부잣집 아이들에 대한 나의 편견을 깨 주었다. 경제적으로 유복하게 자란데다 부모님의 관계가 좋았고, 미국에서 성장해 한국식 교육에 찌들어 본 적이 없었다. 다니던 미용실 원장님의 추천으로 고교 시절 미스코리아 대회에 미스 워싱턴으로 출전할 정도로 예뻤다. 자신에게 우호적인 환경에서 큰 좌절을 겪지 않고 자란 친구였다.

성선설이 주장하는 인간의 근본 심성을 배양하려면 좋은 환경이 뒷받침돼야 한다는 걸 이 친구를 보면서 느꼈다.

세상은 넓었고 살아가는 모습은 다양했다. 친구의 외모는 한국인이었지만 사고방식은 미국인이었다. 이 사회의 틀에서 늘 아등바등하는 내게 신선한 충격을 줄 때가 많았다. 그 여유의 바탕에 있는 가장 큰 원동력은 경제적인 유복함과 생활의 안정감이었다. 이 친구와 만날 때 정신적으로 힘들지는 않았다. 처음부터 차이를 인정할 수밖에 없을 만큼 살아온 배경

과 생활수준의 격차가 너무 컸기 때문이다.

오히려 나의 열등감을 건드린 건 이 사회에서 상대적으로 많은 자원을 갖고 열심히 살아가는 아이들이었다. 주로 좋은 학군에서 외국어고등학교를 나와 성실하게 스펙을 쌓아 온 학생들이 그 대상이었다. 나는 아빠뿐 아니라 엄마까지 국내 유명 대학을 졸업하고 사회 고위직에 있는 친구들을 대학에서 처음 만났다. 이들 대부분은 공부하라는 잔소리에 시달리며 공부를 한 게 아니라 학업에 집중하게끔 조성된 환경에서 자연스럽게 자신에 대한 높은 기대치를 갖고, 그에 도달하기 위해 노력한 케이스였다. 이들이 어학연수를 다녀오고 인턴 경험을 쌓는 동안 나는 과외 아르바이트 일정에 쫓기며 바쁘게 지냈다.

과외 아르바이트는 나를 지탱해 준 경제적인 원천이었다. 대학 생활 내내 두세 명 이상의 학생을 생계로 붙잡으며 수많은 아이와 만나고 헤어졌다. 새로운 과외 학생을 만날 때마다 나름 정을 주며 사귀었는데도 희한하게 헤어질 때는 별반 섭섭하지 않았다. 끊임없이 새로운 아이들을 만나면서 나는 〈은하철도 999〉의 여자 주인공 '메텔'을 떠올렸다.

메텔이 오랜 시간 함께 여행한 '철이'를 목적지에 내려 주고 다른 열차에 올라탈 때, 나는 그녀를 뒤따라가는 철이를 가슴 아프게 바라보았다. 숨 가쁘게 쫓아간 철이는 열차의 차창 밖에서 다른 아이의 옆에 앉은 메텔을 발견한다. 자신은 이미 종착역에 내렸고, 메텔은 다른 아이와의 여행을 준비하고 있었다. 그녀는 덤덤한 표정을 짓고 있었지만 눈동자가 떨리는 것까지 감추지는 못했다. 헤어짐을 인생의 일부로 받아들일 줄 아는 성숙한 여인이었다. 먼발치에서 바라보다 돌아서는 철이를 보며 저 애는 분명 멋진 남자가 될 거라고 생각했다.

어떤 아이들에게는 단순한 공부 선생님이 아니라 이야기를 들어 주고 마음을 다독여 주는, 사춘기를 앞서 겪은 언니 역할을 해 주기도 했다. 그렇게 지내 놓고도 과외를 그만두면 곧바로 다른 아이에게 집중했다. 나는 메텔처럼 눈동자가 떨린 적이 한 번도 없었다. 그저 옮겨 다닐 뿐이었다.

나의 생활 공간은 학교, 과외, 집 세 곳으로 한정됐다. 남녀공학을 다녔다면 연애라도 하며 조금 더 다채롭게 지냈을 텐데 여학교에서의 생활은 일상을 무척 단조롭게 했다. 방학이면 생활 반경이 과외, 집으로 더욱 단순해졌다. 틀에 갇힌 일상에 큰 불만은 없었다. 다만 아르바이트 비용을 모아 해외여행을 다녀오는 친구들을 볼 때면 약간 서글퍼질 뿐이었다.

내 수준과 오십보백보인 친구들도 많았다. 어느 날 고작 한 끼의 식사를 하는 동안 믿기 어려울 정도로 한 친구와 가까워졌다. 무슨 이야기를 나눴는지는 전혀 기억나지 않고 이 친구가 마르케스의 《백년 동안의 고독》에 대해 말했던 모습만 떠오른다. 남녀였다면 첫눈에 반했다는 표현이 어울릴 만한 이끌림이었다. 자신의 이야기를 상대가 대신하고 있다고 느낄 만큼 대화가 잘 통했다.

친구도 나도 자신만의 괴로움에 빠져 있을 때 우리는 서로의 아픔을 이해하기 위해 애쓰지 않았다. 둘 다 친구 관계에 있어 인위적으로 힘쓰는 것을 좋아하지 않았다. 말로 표현하지 않아도 상대의 생각을 직감적으로 알 수 있는 사람, 어떤 일을 겪고 있는지 모를 때는 그저 지켜보고 싶은 사람, 조금 떨어져 있더라도 서로의 거리가 불편하지 않은 친구를 곁에 두고 싶어 했다. 놀라운 건 생활 환경도 유사했다는 점이다. 끼리끼리 놀라고 구분 짓지 않아도 나의 안테나가 비슷한 친구를 향해 움직인 것이다.

신문방송학과생인 나와 공대생인 친구의 학교 내 생활 반경은 완전히 달랐지만 우리는 간간이 짬을 내서 만났다. 방학

때는 각자의 거주지에서 아르바이트에 매여 만나지 못했다. 전화 통화나 문자 메시지가 훨씬 간편할 텐데도 주로 이메일을 통해 이야기를 나눴다.

이 글을 쓰느라 15년 전쯤 주고받았던 메일들을 열어 보았다. 저마다의 괴로움에 처한 여학생들이 마음 깊은 곳에 숨겨 놓은 '외부인 접근 금지구역'을 내보이며 손을 내미는 모습이 보였다. 그 시절로 돌아가고 싶다는 생각은 한 번도 하지 않았는데 가끔씩 그리워지는 이유를 알 수 있었다. 서른 후반까지 살아오면서 잃어버린 마음과 다시 찾을 수 없는 순수가 이미 지나간 시절에는 있었다.

"그냥, 미안해졌어, 네 글을 보고는 마음은커녕 머리로도 그 마음이 닿질 않았어. 무섭게 꼬여 버리는 네가 무섭더라. 너라면, 그게 자신이라면, 얼마나 두려운 건지 알 수 없어 마음이 아프다……."

내가 시궁창에 빠져 악취를 풍겨댔었나 보다. 그 시절의 나는 가끔씩 그러곤 했다. 정확히 무슨 말을 했었는지 기억나지 않지만 나를 염려하며 보낸 친구의 이메일을 보며 현재의 나는 그 누구와도 이런 대화를 하지 않는다는 걸 깨달았다. 이제는 또래와 만나면 육아와 남편에 대한 이야기만 나눈다.

등록금 문제로 마음고생을 할 때 속마음을 털어놓을 수 있었던 사람도 이 친구가 유일했다. 2000년대 초중반 내가 다닌 학과의 한 학기 등록금은 360만 원가량이었고, 대학에서 복지장학금으로 120여만 원을 지원받았다. 지원금을 받으려면 신청서에 가계 형편을 구구절절 적은 뒤 담당 교수의 사인을 받아야 했다. 15년 터울인 동생이 신청할 때를 보니 이제는 한국장학재단에 건강보험료 내역과 같은 가계소득 관련 증빙 서류들을 제출하면 재단에서 소득분위를 계산해 대학 측에 정보를 제공하는 구조로 바뀌어 있었다.

하지만 내가 학교에 다닐 때는 대학에서 학생들이 작성한 서류를 보고 장학금 지급 여부를 결정했다. 지원 시스템이 주먹구구식인 데다 학생에 대한 배려가 인권 침해 수준으로 부족했다. 나의 서류를 쭉 읽어 본 교수가 한 말은 가관이었다.

"나는 너를 잘 모르지만, 그래도 여기에 사인해야겠지?"

가벼운 말투로 말꼬리를 잡아 올리며 말했다. 지금의 나라면 '아 재수 없다, 교수 맞아?'라며 교수의 인성과 자질을 의심하고 속으로 욕을 퍼부었겠지만, 당시의 나는 지금보다 섬세한 감성을 지닌 이십 대 초반의 여학생이었다. 돈 때문에 외부에 생활의 어려움을 호소해 본 것도 그때가 처음이었다. 교수의 떨떠름한 반응을 보고 나는 구걸이라도 한 것 같은 모욕감을 느꼈다. 대학 등록금을 내기 어려운 형편은 내가 초래한 잘못이 아닌데도 부끄럽고 창피했다. 교수실을 나온 뒤 화장실에 숨어들어 스스로가 왜 이러는지 모른 채 울었다.

'나는 너를 잘 모르는데 네가 여기 적은 가계 형편을 어떻게 신뢰하지?'라는 식으로 말한 건 교육자로서 매우 잘못된 태도다. 해당 서류를 검토하고 사인을 해야 하는 건 학교가 교수에게 부여한 그의 의무 중 하나가 아닌가. 자신의 학과 학생을 잘 모르는 건 그의 근무 태만이고, 얼굴과 이름을 알더라도 가계 형편까지 세세히 알 수 없는 노릇이니 이처럼 찾아온 학생이 있다면 상담을 통해 알려고 했어야 한다.

만약 그 과정이 곤혹스럽다면 누구보다 권위 있는 학교의 구성원으로서 시스템 개선을 건의했어야 한다. 그의 곤혹스러움은 객관적으로 검증되지 않은 서류를 내민 학생 탓이 아니라 이런 시스템을 만들어 놓은 학교와 교육당국 탓이니까. 무엇보다 가장 곤혹스러운 사람은 자신의 불우함을 담당 교수에게 호소해야 하는 학생이다.

당시에도 교수의 태도가 잘못됐다고 생각했지만, 내가 받은 상처가 너무 커 잘못됐다는 인식이 나를 위로해 주지는 못했다. 나는 크게 상처받았고 같은 일을 다시는 겪지 않기 위해 노력했다. 단짝 친구의 도움이 아니었다면 그 기억을 극복해 내기 힘들었을 것이다. 나와 마찬가지로 등록금 마련에 어려움을 겪었던 친구는 한 교회 재단의 지원을 받았고 이 때문에 주기적으로 교회 모임에 나갔다.

이런 경험이 쌓인 상태에서 문화자본의 개념을 알게 됐을 때 내가 받은 충격은 상당했다. 부르디외가 주장한 문화자본의 백과사전적 의미는 '사회적으로 물려받은 계급적 배경에 의해 자연스럽게 형성된 문화적 취향'이다. 부모의 취향을 공유하고 부모의 지위를 선망하며 자란 아이들은 주변에서 공부하라고 강요하지 않아도 자연스럽게 어느 정도 이상의 지위를 추구하려는 욕구를 갖게 된다. 돈만 있다고 되는 것은 아니지만 경제적인 바탕 없이는 어렵다. 경제력과 문화적 수준, 자녀와의 소통이 어우러져야 대를 잇게 된다.

부모 자신은 배움에 전혀 관심이 없고 먹고사느라 바쁜 집에서 공부 안 하는 아이에게 아무리 공부하라고 강요해도 그러한 관심이 아이의 내적 열망으로 이어지지 않는 건 잔소리로는 동기부여가 되지 않기 때문이다.

자녀 교육과 관련된 어떤 글에서 "아이가 있는 데서 부모가 브렉시트Brexit나 양적완화 같은 사회현상에 대해 이야기를 나누라"는 조언을 본 적 있는데 이 역시 문화자본과 관련된 말이다. 브렉시트에 대해 처음 들은 아이는 '뭥미(그게 뭐임)?'라며 흘려 버리겠지만 그런 대화가 오가는 환경에서 자란 아이는 훗날 해당 용어를 다시 접했을 때 그 의미와 맥락에 더 관심을 기울이고 배움을 세상에 대한 이해 과정으로 받아들일 가능성이 커진다.

이전까지의 나는 세상 사람들을 수직으로 세우고 그 안에서 나의 좌표를 찍어 본 적이 없었다. 하지만 문화자본에 대해 배운 뒤로는 계층화된 사회구조와 그 안에서의 나의 위치가 보이기 시작했다. 우리는 공부를 하고자 하는 의지, 배움을 지속하려는 의지, 배움을 통해 자신의 가치를 높이려는 의지 등 계층에 따라 결과뿐 아니라 의지를 품을 가능성이 달라지는 사회에 살고 있었다.

지금도 나는 아이에게 물려줄 돈이 많지 않다. 복권에 당첨되지 않는 한 월급쟁이 부부가 아무리 알뜰살뜰 봉급을 모아도 현재의 경제적 수준을 크게 벗어나기 어렵다. 나의 아이도 스스로 벌어서 생활해야 하고 알아서 노년을 대비해야 한다.

이런 상황에서 내가 아이에게 가장 물려주고 싶은 건 다름 아닌 문화자본이다. 내가 누리지 못했기에 그만큼 마음 깊이 열망해 온 가치다. 꼭 학교 성적 때문이 아니라 그 무엇이 됐든 아이가 배움에 즐거움을 느끼면서 삶을 이해하기를 바라서다. 또한 그걸 통해 아이와 내가 더 다양한 주제로, 더 많은 이야기를 할 수 있지 않을까. 나를 울게 한 문화자본은 붙잡고 싶은, 한편으로는 이런 사회에 살고 있음을 서글퍼지게 하는 단어였다.

"이런 걸 왜 배워야 하는지 모르겠어요. 살아가는 데 무슨 소용이 있죠?"

대학 시절, 공부를 가르쳤던 학생들에게 자주 들었던 말이다. 솔직하게 대답한다면 "나도 모르겠어!"라고 했겠지만, 조금 먼저 태어나서 과외 선생님 역할을 맡게 된 내가 아이들 부모님이 주는 경제적 대가를 받으며 저런 소리를 할 수는 없었다. 게다가 나 또한 입시 공부에 시달리며 같은 질문을 했었다. 주변 어른들의 일상을 보면 집합이니, 로그 함수니, 미적분이니 까다로운 수학을 몰라도 생활하는 데 전혀 불편할 것 같지 않았으니까.

"네가 아직 어려서 그래. 더 살아 보면 왜 배워야 하는지 알게 될 거야."

부모님은 이렇게 대답하곤 했다. '왜?'에 대한 답변은 없고 네가 아직 어려서 투정을 부린다는 식이었다. 이 글을 쓰고 있는 서른 후반에 지난날을 돌아보니 부모님도 왜 수학을 배워야 하는지 몰랐던 듯싶다. 다만 이 사회가 정해 놓은 정규 교육과정을 잘 이수하고 그 안의 경쟁에서 앞설 경우 어떤 장점이 있는지 어른이 되면 알게 될 거라는 말이었다. 당시의 나도 공부를 잘하면 좋은 대학에 진학하고, 생활을 윤택하게 해 주는 연봉의 직장인이 될 수 있다는 것쯤은 알고 있었다.

하지만 봄기운 완연한 밤이면 무작정 동네를 헤집고 다니고 싶은 십 대였다. 날씨가 좋은 것만으로도 흥분을 가라앉히기 어려웠다. '왜'라는 의문이 머릿속을 가득 채울 때였다. '어떻게' 살아야 할까보다 '왜' 살아야 할까를 더 생각하곤 했다. 왜 태어났을까? 사람들은 왜 아이를 낳을까? 왜 결혼을 해야 할까? 이런 생각을 하는 아이가 왜 이런 걸 배워야 할까? 묻는 건 자연스러운 일이었다. 이것은 과연 배울 만한 가치가 있는 것일까?

어른들에게 교육 과정은 가치를 따져 물을 만한 게 아니었다. 정해진 거고 이 사회의 규칙이니까. 이제 나도 어른이 돼 보니 온갖 의무에 묶여 있는 어른의 삶은 보통 피곤한 게 아니다. 하루치 정해진 일들을 다 하고 나면 푹신한 소파나 침대에 누워 쉬고 싶지, 이런 걸 왜 해야 할까를 생각하며 자신을 괴롭히고 싶지 않다. 의문의 답을 찾기 어렵다는 것도 이미 알고 있다. 주어진 상황에서 재미를 찾으며 조금씩 바꿔 나가는 게 현실적인 대안이라는 걸 안다. 생활에 치이다 보면 근원을 파고들며 흔들릴 만한 에너지가 부족해질 수밖에 없다. 기존 틀과 고정관념에 기대어 사는 편안함에 젖어 간다.

대학생 때의 나는 과외 학생들에게 어른들의 빤한 레퍼토리를 읊으며 점수를 잃고 싶지 않았다. 머리를 쥐어 짜내서 어디선가 들었던 말을 그럴듯하게 포장하느라 애를 먹었다. "머리는 쓰면 쓸수록 좋아져. 머리 쓰는 훈련을 하는 거야."

대학 졸업 후에는 '이런 걸 왜 배워야 할까' '나도 모르는 걸 어떻게 설명해야 하나'라는 의문에서 해방됐다. 내 삶은 나이가 들면서 정규 교육과 점점 멀어졌다. 부모가 되지 않는 한 입시 교육과 다시 만나는 일은 없을 터였다.

세월이 더 흘러 신문사 문화부 기자로서 방송 담당을 할 때였다. 미래에 태어날 내 아이를 상상하며 언젠가 꼭 함께 보겠다고 지금까지 소중히 간직해 놓은 프로그램을 만났다. 주입식 교육과는 차원이 다른 수학 이야기로 수학에 대한 나의 인식을 송두리째 바꿔 놓은 프로그램, EBS 다큐프라임 〈문명과 수학〉(2012)이다.

생각해 보면 청소년기의 나는 '왜 사는가' '왜 사랑하는가'라고 수차례 고민했지만 사회의 약속들에는 왜냐고 묻지 않았다. 1은 우리가 정한 1일 뿐이었다. 수천 년간 고대인들이 숫자를 모른 채 지낸 사실에 대해 몰랐고, 알았더라도 당시의 나는 그런가 보다며 대수롭지 않게 여겼을 것이다. 그런데 수학사에 대한 '이야기'를 다룬 다큐멘터리 〈문명과 수학〉을 본 뒤 이런 의문이 들었다. 내가 숫자를 배우지 않았다면 30여 년간 나 혼자서 수의 개념을 깨달을 수 있었을까? 아마 지금까지 숫자를 모를 게 분명했다.

수의 개념을 막연하게나마 최초로 인식한 사람들은 양치기였다. 이들은 수를 몰라 양이 한두 마리 없어져도 짐작만 할 뿐 상황을 정확히 파악하지 못했다. 양치기에게 양은 가족의 생계가 달린 자산이었다. 양치기들은 주머니에 양의 수만큼 작은 돌을 넣고는 양 한 마리에 돌을 하나씩 견줘서 그 수를 파악했다. 돌이 남는 경우는 양이 없어졌음을 의미했다.

깜깜한 동굴 같던 인간의 뇌에 빛이 스며든 순간이었다. 이후 그들은 양의 수만큼 사물에 빗금을 그었고 빗금 하나에

양 한 마리를 대입해 비교했다.

양치기가 수를 빗금으로 표시하는 시기에 이르러서는 이집트, 그리스, 인도, 중국 등 각지에서 저마다의 방식으로 수를 사용했다. 이 중 아라비아 숫자로 알려진 인도 숫자가 끝까지 살아남아 전 세계를 제패했다. 오늘날 우리가 쓰는 1, 2, 3 등의 수 표기법은 인도의 천문학자 브라마굽타가 발명했지만 인도를 드나들던 아라비아 상인들에 의해 유럽으로 전파됐다. 이 때문에 원산지 대신 교역국의 이름이 붙었고 인도는 저작권을 잃어버렸다.

인도 숫자가 세상을 제패한 원동력은 '0' 덕분이다. 0은 이성과 논리가 발달한 서양인이 발견하기란 쉽지 않은 개념이었다. 0은 불교의 윤회 사상과 맞닿은 수다. 있지만 없고, 없지만 있는 상태. 소멸을 사라지는 것이 아닌 또 다른 삶의 시작이라고 생각한 인도인의 정신세계와 상접한 수다.

서양인들은 바닥에 놓여 있던 보따리 두 개를 주인이 가져갈 경우 이를 더 이상 생각할 여지가 없는 끝으로 봤지만 인도인은 달랐다. 그들은 눈앞에 놓였던 보따리가 사라졌어도 없어진 상태에 이름을 붙여 0이라고 표시했다. 보이지 않는 것에 이름을 붙이고 사라진 상태를 존재로 생각할 줄 아는 사유의 힘이었다.

오랫동안 사람들은 -2, -1, 0, 1, 2 등 명확하고 명쾌한 '정수'의 세계에 살았다. 이 시대에 가장 이름을 떨친 수학자는 직각삼각형을 이루는 수들의 규칙($a2+b2=c2$)을 발견한 피타고라스였다.

피타고라스가 실마리를 얻게 된 계기는 무척 흥미롭다. 그의 집 근처에는 대장간이 있어 대장장이들이 쇠를 두드리는 소리가 피타고라스를 괴롭히곤 했다. 쇠들은 쩽쩽 두들겨 맞으며 요란한 비명을 질러댔다. 어느 날 도레도레 미파미파 등 웬일로 듣기 좋은 소리가 들렸고, 피타고라스는 대장장이들이 작업하던 쇠를 가지고 와서는 생각에 잠겼다. 왜 이 쇠들은 두드리면 어울리는 소리가 날까.

그는 길이에 주목했고 막대들이 3분의 2씩 작아질 때마다 조화를 이루는 것을 발견했다. 화음의 규칙을 찾은 것이다. 도레미파솔라시도 계이름은 '레'의 길이가 '도'의 3분의 2는 아니지만 3분의 2씩 작게 만든 막대들을 재배열해 만든 규칙이었다. 수학적인 사고 없이 음악의 탄생은 불가능했다. 어울리는 것들에는 규칙이 있다는 깨달음을 얻은 피타고라스는 직각삼각형에 천착해 수들이 조화를 이루는 방식을 찾아냈다.

〈문명과 수학〉을 통해 이딴 게 왜 존재하는지 이해할 수 없었던 사인(sine), 코사인(cosine) 등 삼각함수의 존재 이유도 비로소 알게 됐다. 고등학교 1학년 《공통수학》 마지막 단원에 있었던 이 개념은 선생님의 설명을 들어도 도통 뭔지 감을 잡을 수 없었다. 나는 쓸데없이 복잡하기만 한 공식이라고 짜증내며 외면했다.

선조들은 에베레스트산의 높이를 어떻게 알 수 있었을까? 컴퓨터도 없고 비행기도 없던 시대에 저 멀리 아득하게 보이는 산의 높이를 재는 게 어떻게 가능했던 걸까? 그러나 인간은 해냈다. 삼각함수 덕분에. 삼각함수를 이용하면 보이지만 만질 수 없는 까마득한 곳의 높이와 거리를 재는 게 가능하다.

삼각함수는 저 멀리 있는 것과 나의 관계를 알고 싶어 했던 인간이 만들어 낸 위대한 발명품이었다. 수학 덕분에 인간은 에베레스트의 높이뿐 아니라 지구와 달의 거리도 계산해 냈다. 〈문명과 수학〉은 그 원리를 아주 쉽게 설명해 준다.

내가 사는 동네에선 어디서나 잠실 제2롯데월드가 보인다. 이 동네 고등학생들이 삼각함수를 배울 때 처음부터 공식을 외우지 않고 각자의 집에서 삼각함수를 활용해 제2롯데월드의 높이와 거리를 재는 법을 배우면 어떨까? 제대로 계산한

다면 높이는 동일하게 나오겠지만 거리는 사는 곳에 따라 천
차만별로 나올 것이다. 내가 어린 시절부터 이렇게 수학을 배
웠다면 열심히 공부해 놓고 제대로 기억하지 못하는 어른이
되지는 않았을 텐데.

우리는 일평생 고민해도 답을 찾을 수 없는 난제들 속에
서 살아간다. 철학자들은 생각하는 힘을 길러 삶의 해법을 찾
으려 했던 사람들이었다. 그런 논리가 가장 명쾌한 조화를 이
룬 학문이 수학이다. 수학을 제대로 배우면 우리는 인류가 수
천 년간 쌓아 온 생각하는 힘을 만날 수 있다.

내가 수학사를 이토록 길게 늘어놓은 것은 고교 시절, 다
행스럽게도 수학과 관련된 '이야기'를 접한 덕에 '수포자'(수학
을 포기한 사람)를 면할 수 있었기 때문이다. 그럴듯하게 말하자
면 짧은 시간이나마 수학에 재미를 불어넣어 준 문화자본을
만날 수 있었고 덕분에 수학에 대한 나의 인식이 달라졌다.

고등학교에 진학한 뒤 나는 수학에 흥미를 잃어버렸다.
그러자 2학년 때는 수학 내신 점수가 40점대까지 떨어졌다.
엄마는 외가에서 가장 공부를 잘했던 친척 오빠를 불러 수학
의 기초를 가르쳐 달라고 부탁했다.

사흘간의 속성 과외에서 첫날은 《공통 수학》, 둘째 날은

《수학 I》, 셋째 날은 《수학 II》(나는 이과였다)를 훑기로 했다. 이 오빠가 교과서를 설명해 주면 나는 기계적으로 고개를 끄덕였다. "어, 어, 아, 그래, 그렇구나." 별 감흥이 없었다. 하루 만에 《공통수학》 전체를 훑고 있으니 원리가 머릿속에 그려질 리 없었다. 그 와중에 친척 오빠가 자신은 고교 시절 스트레스를 받을 때마다 수학 문제를 풀곤 했다는 어이없는 발언을 했다. 속으로 나는 '제정신이 아니군'이라고 생각하며 고개를 절레절레 흔들었다.

마지막 날 친척 오빠는 수학의 원리가 아닌 독특한 이야기를 들려 주었다.

"인류가 우주에 쏘아 보낸 전파에는 어떤 내용이 담겨 있을까?"

전파? 우주? 제2차 세계대전 때 독일의 히틀러가 나치 선전 영상을 우주에 전파로 쏘아 보냈다는 내용의 영화가 어렴풋하게 떠올랐다.

"히틀러?"

"아니, 네가 이미 배워서 아는 내용이야."

도무지 감이 잡히지 않았다.

"피타고라스의 정리와 0이야."

황당했다. 우주를 떠도는 존재가 피타고라스도 아니고 그가 만든 수학 공식이라니.

"너한테 연필이 한 자루 있었는데 그걸 내가 가져갔어. 너한테는 연필이 1개에서 0개가 된 건데 사실 이 연필이 이 세상에서 없어진 것은 아니잖아. 근데 왜 0일까? 0은 어떤 의미를 말하는 걸까?"

친척 오빠가 브라마굽타를 알고 있었는지는 모르겠지만 그는 인도 수학의 사유 과정을 설명하고 있었다.

"인류가 눈앞에 보이다가 없어진 것을 0으로 인식하게 된 것은 엄청난 발견이야. 이런 개념을 알기까지는 긴 시간이 필요했어. 지구에서 보낸 전파를 해독할 정도의 문명을 이룬 외계인이라면 피타고라스의 정리와 0의 개념을 모를 수가 없어."

이런 이야기를 듣는 동안 수학에 대한 나의 거부감이 스르르 녹아내렸다. 친척 오빠는 미적분 문제를 가리키며 X축의 양 끝을 손가락으로 잡았다.

"내가 이걸 잡고 돌릴 거야. 이 함수가 돌아가면서 어떤 모양이 될지 상상해 봐."

순간적으로 상상 속에서 X축이 돌더니 호리병 모양이 튀어나왔다. 문제집 위로 3차원 이미지가 펼쳐졌고, 문제는 너무도 쉽게 풀렸다.

"어때? 재미있지 않아?"

조금 전까지만 해도 미쳤구나 하며 고개를 저었던 나는 얼이 빠져서 이렇게 답했다.

"어…… 어."

수학에 대한 나의 생각이 바뀐 순간이었다. 수학을 사랑했던 친척 오빠처럼 내가 온 마음을 다해서 수학에 대해 이야기하는 것은 불가능할 터이니, 〈문명과 수학〉을 잘 간직했다가 아이에게 보여 줘야겠다.

경기도 구리시에는 아차산이라는 푸르른 동네가 있다. 바로 그 아차산 아랫마을에는 박완서 작가가 생전에 살았던 집이 있다. 우리 집에서 차를 타고 15분이면 갈 수 있는 곳이다.

서른이 넘어 뒤늦게 박완서의 소설을 접한 나는 상당한 상실감을 느꼈다. 그의 작품을 좀 더 빨리 읽었더라면 오랜 시간 이 동네를 그렇게 무심히 지나치지는 않았을 텐데…….

대학 시절 버스를 타고 매일 그 동네를 지나가면서 '아차산이구나'라고만 생각하지는 않았을 것이다. 박완서 작가가 사는 동네라는 것은 소문으로 듣고 알았지만 그 사실이 당시의 내게는 어떤 의미로 다가오지 않았다. 그가 세상을 떠나고 없는 지금에서야 가족과 함께 근처 식당을 찾을 때마다 박완서 작가가 떠올라 밀려오는 아쉬움을 느낀다.

그의 작품을 처음 읽었을 때 한동안 헤어 나오지 못했다. 삼십 대에 들어 소설을 그토록 집중해서 읽은 건 처음이었다. 내가 왜 이러지? 이 글이 왜 이렇게 좋지? 가렵고 아픈 부분을 누군가 대신 긁어 주는 느낌이었다. 너무 좋아서 눈물이 나올 것 같았다.

왜 좋은지 스스로 깨닫지 못하고 있을 때《그 많던 싱아는 누가 다 먹었을까》뒤편에 붙은 평론을 읽으며 깨달았다. 문학평론가 김윤식 서울대 교수는 "모녀 대결 의식이야말로 이 작품의 긴장력이자 박완서 문학의 긴장력의 근원에 해당한다"고 해석했다.

이 작품뿐 아니라《그 산이 정말 거기 있었을까》《엄마의 말뚝》등 박완서 소설에는 끊임없이 엄마를 관찰하고 사랑하고 미워하고 복잡한 마음으로 함께 살아가는 딸이 나온다. 박완서 작가의 어머니는 젊어서 남편을 잃은 데다 마땅한 기술도 없어 여인인 자신이 할 수 있는 생계 수단을 궁리하던 끝에 바느질을 부여잡았다. 먹고사는 문제를 해결하기 위해 실과 바늘을 붙잡고 청춘을 보냈다. 어머니는 시가에 얹혀살다가 아들을 가르쳐야 한다는 핑계를 대고 서울로 이사 나와 온갖 고생을 하면서도 독립을 이루어 낸 용감한 여인이었다. 어머니

와 남매는 서울 현저동의 산동네에서 셋방살이를 하며 서울의
변두리 사람들로 살아간다. 희생적이고 강한 어머니의 전형이
었다.

이런 어머니에 대해 기존의 소설이나 TV 드라마에서는
어머니의 희생을 부각하고 어머니를 안쓰러워하는 자녀의 마
음에 밀착하면서 그 모습을 예찬하곤 했다. 헌신적인 어머니
에 대해 다르게 생각할 여지를 주지 않았다. 나의 태양이자 근
원이고 가족을 위해 인생을 바친 어머니에게 고마움과 미안
함, 안쓰러움, 보은의 의지를 다지는 것 외에 감히 어떻게 다른
마음을 품을 수 있겠는가.

하지만 박완서 소설은 그러한 상황에서도 다르게 숨 쉴
공간을 마련해 준다. 글을 곱씹어 보면 어머니에 대한 사랑과
그리움이 잔잔히 깔려 있는 걸 알 수 있지만, 윗세대와의 필연
적인 세대 갈등과 가부장제에 길들여진 어머니의 사고방식을
비판적으로 성찰하고 어머니를 포함한 한국 대중의 허위의식
을 꼬집기도 한다. 어머니는 서울에서 찢어지게 가난하게 살
면서도 고향에 가서는 신식 멋쟁이들이 사는 서울 사람인 척
자랑하고, 반대로 뜨내기들이 모인 서울에서는 고향에서 주름
깨나 잡는 근본 있는 집안 출신임을 내세우며 자존감을 지킨

다. 박완서 소설에서는 어머니를 사랑하지만 그를 다양한 감정으로 받아들이는 화자를 만날 수 있다.

'아, 괜찮아, 그래도 돼, 그럴 수도 있지 뭐, 아니 정말 그럴 수도 있는 거야'라며 내 안의 불편한 감정을 어루만져 주는 것 같았다.

한때 나는 엄마와 거리를 두기 위해 무진 애를 썼다. 나를 위해 희생해 온 엄마, 좋은 남편을 만났더라면 엄마의 선한 의지와 근면함으로 훨씬 여유롭게 살았을 우리 엄마, 남편 대신 자식을 바라보며 살아온 엄마……. 어느 날 엄마에게서 조금 멀어지고 싶다는 생각을 하는 자신을 보며 나는 깜짝 놀랐다. 그런 마음을 갖는 것만으로도 배은망덕한 자식이 되는 것 같아 마음을 다잡았다.

처음으로 엄마에 대해 다른 결의 마음을 갖게 된 건 아빠의 폭주를 피해 도망쳐 나오다 앞니가 부러져 생긴 엄마의 구멍을 응시하고 있을 때였다. 그런 상황에 너무나 화가 나고 무기력한 자신이 한심해 죽겠다는 생각에 짓눌려 있을 때 불쑥 내 안에서 자기 보호를 최우선으로 여기는 자아가 고개를 들었다.

'난 왜 이렇게 살아야 하는 걸까.'

나는 가까운 친구들에게 이따금 가족 관계에 대해 토로를 하곤 했는데 언젠가 한 소꿉친구의 반응에 심사가 꼬인 적이 있었다. 친구의 잘못이 아니라 예민해진 나의 성격이 문제였다.

"너는 가족의 일에 너무 매여 지내는 것 같아."

어차피 내가 해결할 수 있는 일이 아니니 정신 건강을 위해 부모님의 일을 적당히 지켜보며 나만의 생활을 해 보라는 조언이었다. 나도 그러고 싶었지만 그렇게 되지가 않았다. 친구의 부모님은 사이가 좋았고 자녀에게 사랑을 듬뿍 주었다.

친구가 무심코 내뱉은 말을 이 친구와 나 사이의 메울 수 없는 간극으로 확대 해석하며 한동안 연락을 하지 않았다. 엄마와 나는 그렇게 쉽게 감정의 거리를 조절할 수 있는 관계가 아니었다. 나만의 인생을 살기 위해선 주변 환경이 뒷받침돼야 한다. 누군가 자신만의 일에 골몰할 수 있는 건 비록 그만의 일로 폭풍을 만나 흔들릴지 몰라도, 적어도 딛고 있는 땅이 무너질 것 같은 두려움이 그를 뿌리 깊이 흔들어대지는 않기 때문이다.

나는 아빠가 종이호랑이가 된 후 엄마에게서 멀어져 갔다. 엄마는 한때 매일 밤 울었다. 나는 그 이야기를 들어 주고 손잡아 주고 함께 불안에 떨면서 탈출구를 모색하기 위해 버둥거렸다. 어떤 모녀는 언쟁을 하고 싸우기도 한다는데 나는 성장 과정에서 엄마에게 대적하거나 반항심을 가져 본 적이 없었다. 나까지 엄마를 힘들게 하면 안 된다는 압박감 때문이었다. 한쪽이 꽉 막힌, 팽팽하게 부푼 수도꼭지가 터질 날을 기다리고 있었다.

부모님 사이의 갈등이 잠잠해지면서 나는 엄마에게 마음이 식어 버린 애인처럼 굴었다. 엄마가 아빠에 대해 토로하거나 눈물을 보일라치면 건성으로 들으며 대수롭지 않다는 반응을 보였다. 그런가 보다 해, 아빠 원래 그러잖아, 그 정도 일로 뭘 그래.

엄마는 나의 변화를 한동안 못 견뎌 했다. 분노하기도 눈물을 보이기도 했다. 나는 터진 둑처럼 내 마음이 흘러가는 대로 지냈다. 연애를 시작한 것도 이때부터였다. 이전에도 연애의 기회가 없었던 건 아니지만 그럴 수 있는 정신 상태가 아니었다. 생활 반경을 학교와 집, 다시 과외 학생네 집으로 축소하며 지냈던 것도 다른 인간관계에까지 부대끼며 지낼 자신이 없었기 때문이다. '이런 날 누가 좋아하겠어. 우리 집 상황에 대해 감출 자신도 없고 설명할 자신도 없어. 그러고 싶지도 않아, 아 귀찮아.'

부모님의 관계가 안정되자 비로소 마음의 여유가 생기면서 연애도 하게 됐다. 산들바람 같은 시간을 보내기도 하고 티격태격 싸우기도 하며 이십 대 중후반의 시간을 즐겼다.

모태신앙을 갖고 태어난 엄마는 내가 어렸을 때만 해도 열심히 성당 활동을 했지만 생업에 매여 365일 쉼 없이 가게 문을 열면서 종교와 멀어졌다. 엄마가 자신의 이야기를 털어 놓고 위안을 받기 위해 찾아간 곳은 다시 종교였다. 하느님은 지치지 않는 애인이었다. 엄마가 아무리 오랜 시간 말을 걸고 눈물을 보이고 일방적으로 이야기를 하더라도 언제나 같은 모습으로 들어 주었다. 엄마의 마음속에 그분의 존재가 커지면서 엄마는 단단한 사람이 되어 갔다. 타인에게 의지하기보다는 성당에 가서 보다 큰 존재를 만났다. 나는 자녀와 함께 성당에 다니고 싶어 하는 엄마의 소망을 들어주지는 못했지만 엄마의 종교 활동을 격려하고 지지했다. 엄마에게 마음의 안식처가 생긴 게 너무나 좋았다.

그간 엄마에 대한 마음은 나를 괴롭게 했다. '네가 어떻게 이럴 수 있어? 엄마가 얼마나 고생했는데? 더 잘해야지? 그만, 나도 나만의 생활을 하고 싶어. 내 앞에서 울지 마. 나 좀 내버려 둬. 엄마는 엄마가 선택해서 아빠와 결혼했고 혼인 관계를 지속했지만 내가 태어난 건, 태어나서 엄마의 발목을 잡은 건, 엄마와 같은 환경에서 살아온 건 나의 선택이 아니잖아'라며 어린 시절에는 하지 않았던 원망을 하기도 했다. 그러다가도 네가 어떻게 엄마에게 이럴 수 있느냐며 반성했다. 채찍질과 자기 합리화를 반복하는 이 마음을 어떻게 받아들여야 할지 몰랐다.

박완서의 소설은 그런 나를 감싸 주고 위로해 주었다. 한국전쟁이라는 참담한 비극을 겪으며 내몰릴 대로 내몰린 엄마와 딸이 서로를 의지하다가도 끊임없이 갈등하는 모습을 보며 이것이야말로 사랑의 본질이라고 생각했다. 어떻게 타인을 사랑하기만 할 수 있을까. 그에게 어떻게 항상 좋은 사람일 수 있을까. 때때로 미워하지 않을 수 있을까. 아무리 나를 낳아 주고 나를 위해 헌신한 엄마라 해도 말이다.

엄마에게 너무 큰 연민을 지니고 살았던 과거의 나도 만났다. 소설은 '더 멀어져도 되고 더 빨리 그렇게 됐어도 돼. 이제야 보통의 모녀 관계로 돌아온 것일 뿐이야. 그러니까 괜찮다, 괜찮아'라고 말하며 다독여 주는 것 같았다. 엄마와 옥신각신하고 때로는 상처를 주기도 하는 지금의 관계를 편하게 받아들일 수 있게 됐다.

이런 글을 쓴 작가가 국내에 있었고 그와 잠시나마 인근 동네에 살았다는 데서 먹먹한 아쉬움, 그리고 잔잔한 기쁨을 느낀다.

엄마도
게임 중독이었어

이십 대 후반, 첫 직장을 그만둔 나는 예상치 않게 길어진 백수 시절을 보냈다. 이때 게임을 즐겨 했는데 겨울이 돌아오면 그해 취업 시즌에 어느 곳에도 들어가지 못한 자신을 추스르지 못해 더욱더 빠져들었다.

주로 게임을 한 곳은 당시 남자친구였던 남편의 자취방이었다. 그가 출근하고 없는 빈방에서 컴퓨터를 독차지했다. 어린 남동생이 있는 부모님 집에서는 감히 할 엄두가 나지 않았다. 성능이 달리는 우리 집 컴퓨터로는 고해상도의 MMORPG, 즉 다중사용자 온라인 롤플레잉 게임을 제대로 즐길 수가 없었다. 남편은 자신의 방을 PC방으로 사용하는 나를 한 번도 타박하지 않았다. 가끔 게임 접속자가 많아 컴퓨터가 버벅거릴 때마다 내가 소리를 질러대자 친절하게도 그래픽카드를 교체해 주기까지 했다.

"내가 한심해 보이지 않았어?"

"별로. 그러다가 말겠지 했어."

훗날 남편에게 조심스럽게 물었다. 남편은 같이 게임하자는 나의 유혹에 한 번도 흔들리지 않을 만큼 롤플레잉 게임에 관심이 없었다. 내가 가끔씩 며칠 밤을 지새우며 이러다가 죽는 거 아닌가 싶도록 열중했던 게임은 엔씨소프트의 〈아이온〉이었다.

고시공부를 했던 게 아니었으니 구직 기간에 은근히 시간이 남았다. 스터디 다녀오고, 글 쓰고, 책 읽고, 신문 보는 과정을 반복하다가 신문 기사에서 〈아이온〉의 오픈베타(정식 서비스 전에 시행하는 무료 시범 서비스) 소식을 접했다. 공짜인데 한번 해볼까?

MMORPG에 흥미를 갖게 된 데는 인문학의 영향도 있었다. 내가 처음 접한 MMORPG는 같은 회사에서 출시했던 〈리니지2〉였다. 2000년대 초중반, 인문학의 주요 화두 중 하나는 가상 세계였다. 영화 〈매트릭스〉가 기폭제 역할을 했다. 가상 세계는 진짜 아무것도 아닌 허구일까? 그 세계에서 느낀 감정은 착각인 것일까? 2004년 〈리니지2〉에서 일어난 '바츠 해방 혁명'에 대한 이야기를 접한 뒤 이런 의문은 증폭됐다.

바츠 해방 혁명은 〈리니지2〉의 첫 번째 서버인 바츠를 장악했던 거대 혈맹(팀의 구성단위)과 게임 내 민주화를 요구하는 이용자들이 벌인 전쟁이다. 성을 장악한 집권 세력은 주요 사냥터를 독식하고 사냥터에 들어온 일반 이용자들을 살해했다. 성의 지배 혈맹에게는 세수를 걸을 권한이 주어졌는데 이들은 세율을 높여 이용자들의 고혈을 빼먹었다. 착취가 심해지고 원성이 높아졌다.

이러한 횡포에 분개한 이용자들이 모여 혁명군을 결성했다. 혁명군은 〈리니지2〉 게시판에 해당 서버의 상황을 알리고 독재 권력 타도에 힘을 실어 달라고 요청했다. 이에 바츠 서버뿐 아니라 다른 서버의 이용자와 게임을 하지 않던 일반인들도 합세해 민주화 운동에 나섰다. 20만여 명이 바츠 서버에 모였다. 이제 막 캐릭터를 만든 사람들은 내복(아이템을 제대로 갖추지 않은 상태)을 입고 참여했다. 수십 명의 내복단이 독재 혈맹의 만렙(최대 레벨) 캐릭터를 공격하기 위해 돌진하다가 지배 권력의 무자비한 전투력 앞에 추풍낙엽처럼 쓰러졌다.

개개인의 힘은 미약했지만 인해전술의 힘은 만만치 않았다. 게임을 그만두거나 다른 서버로 옮겨 가면 그만일 텐데 수

많은 사람이 게임 내 집권 세력과 맞서 싸운 이유는 무엇이었을까.

혁명의 결과는 비극적이었다. 혁명군이 공성전(성의 지배권을 놓고 겨루는 전투)에서 이겨 성을 되찾긴 했지만 연대가 약해 승리 이후 사분오열됐다. 독재 혈맹과 달리 혁명군에게는 오랜 시간 무리를 이끌어 온 지도자나 절대적인 공적을 쌓은 리더가 없었다. 여러 목소리가 섞여 우왕좌왕하는 사이 절치부심 기회를 엿봤던 독재 혈맹의 기습으로 권력은 폭군에게 되돌아갔다. 선의를 지닌 익명의 이용자들은 다시는 들불처럼 일어나지 못했다.

참 쓸쓸한 결말이지만 가상 세계에서의 양상은 이 세상의 이치와 크게 다르지 않았다. 현실에서도 사건의 결말이 언제나 해피엔딩을 맞는 건 아니지 않은가. 항상 정의가 살아 숨 쉬는 것도 아니고 누군가는 억울한 누명을 평생 벗지 못할 수도 있다.

가상 세계에서 느낀 정의감과 불의에 대한 분노, 독재 권력에 맞서 싸운 경험은 이용자의 인생에 어떤 영향을 미쳤을까. 과연 의미가 있는 것일까. 언젠가 이 게임의 열기가 시들해지면 하나둘 이곳을 떠날 테고 게임 회사에서 서버를 폐쇄할 텐데 그때 남는 것은 무엇일까.

3·1운동은 민족의 독립을 이루지는 못했지만 그 정신은 기록으로 남아 후대에 큰 감명을 주었다. 조국의 독립과 민족의 번영을 위해 희생했던 분들의 기록은 인간 의지의 위대함을 보여 주었다. 하지만 가상 세계에서의 경험은 도대체 무엇이란 말인가. 학자들은 우리가 이야기를 소비하는 방식이 영화, 드라마, 연극 등 연출자의 의도대로만 흘러가는 일방향에서 소비자가 이야기에 참여해 결과를 바꿔 나가는 양방향으로 변할 것이고 그 대표적인 콘텐츠가 게임이라고 했다. '체험형 스토리'라는 것이다.

이런 설명에 매력을 느끼며 나는 〈리니지2〉를 해 보았지만 캐릭터를 키우는 것 말고는 별다른 재미를 느끼지 못했다. 레벨을 높이고 아이템을 바꿀 때 느끼는 성취감이 게임을 지속하게 하는 동력이었다. 조금만 더 하면 만렙을 찍을 수 있는데, 좀 더 하면 아이템을 바꿀 수 있는데, 혁명은 무슨……. 몸에 안 좋은 걸 알면서 피우는 담배처럼 느껴져 금세 흥미를 잃고 말았다.

한참 뒤에 만난 〈아이온〉은 제법 오랫동안 지속했다. 게임 속 환상의 세계는 백수의 황량한 겨울을 어루만져 주었다.

나는 게임과 현실의 이중생활을 지속하다가 다시 직장인이 된 뒤로는 그만두었다. 직장 생활을 내팽개치고 게임에 열중할 만큼 자제력 없는 나이가 아니었다. 출산 이후로는 할 엄두도 못 냈다. 영유아를 돌보는 엄마에게 PC 게임을 할 시간은 죽었다 깨나도 주어지지 않는다.

어느 날 〈아이온〉의 OST를 들으면서 놀라운 점을 발견했다. 그 음악이 흘렀던 게임 속 배경과 동식물, 그 공간을 돌아다니며 느꼈던 감정이 파노라마처럼 머릿속에 펼쳐진 것이다.

이 세상 어디에도 존재하지 않지만 나는 분명 그 풍경을 기억하고 있었다. 풀잎에 반사된 햇살과 넘실대는 호수의 물빛, 모래바람이 일던 사막의 건조함이 음악을 타고 마음에 번졌다. 곳곳에서 가느다란 폭포수가 떨어졌던 신비로운 정령 마을의 피아노 선율은 그곳의 물빛과 촉촉한 분위기를 머릿속에 그려 놓았다.

2005년, 나는 경기도 포천에 있는 명성산에 운 좋게도 눈이 온 다음 날 올라간 적이 있다. 산 중턱에 지천으로 깔린 억새에 하얀 눈이 소복이 내려앉았고 풀이 흔들릴 때마다 햇빛이 사방으로 번졌다. 빛의 파편이 파도처럼 넘실거렸다. 현실이라고 믿기 어려울 정도로 황홀했다.

친구와 나를 뒤따르던 한 등산객은 "여기 자주 오지만 이렇게 아름다운 풍경을 보는 건 처음인데? 학생들은 참 운이 좋네"라고 말을 건넸다. 그 뒤로 그곳에 가 본 적이 없고 특별한 상황에서만 만날 수 있는 절경인 만큼 그 풍경을 다시 보는 건 아무래도 불가능한 일일 것이다.

명성산의 억새 풀밭이나 〈아이온〉의 공간은 이제 모두 내 기억 속에서만 살아 있다. 이런 점을 생각하면 과연 가상 세계가 의미 없는 허구인 걸까 의문이 떠오른다.

아이를 낳은 뒤로는 프로게이머들이 펼치는 〈블레이드 앤 소울〉(이하 블소) 토너먼트 영상을 보는 것으로 만족했다. 윤정호(기공사) 선수의 플레이를 특히 좋아했다. 블소 토너먼트는 일본 애니메이션 〈에반게리온〉을 연상케 했다. 〈에반게리온〉의 주인공들은 거대 생체로봇인 에반게리온과 '싱크로(신경연결)'를 통해 한 몸이 된다. 주인공이 팔을 뻗으면 한 치의 오차 없이 에반게리온이 같은 동작을 펼친다. 프로게이머들의 플레이도 이와 같다. 상대의 공격에 대한 적합한 방어 기술을 머리로 판단한 뒤 조작 버튼을 누르는 시간은 거의 0.1초도 걸리지 않는다. 프로게이머들의 대결은 인간의 반사 신경과 판단 능력이 얼마나 빠르고 정확할 수 있는지를 보여 준다.

이런 경험 탓에 엄마가 되고 나서도 '훗날 아이가 게임에 빠져들 때 무슨 말을 해야 할까?'라는 생각을 종종 한다. 나의 아이도 게임에 열중하며 부모를 염려케 할 시기를 지날 것이다. 요즘 아이들은 유아 때부터 영상기기를 접하는 데다 재미있는 게임이 넘쳐 나는 세상에 살고 있기에 게임 중독을 겪지 않고 성인이 되기란 쉽지 않아 보인다.

하지만 과연 내가 뭐라고 할 수 있을까. '도대체 PC 게임을 왜 하니? 뭐가 재미있니? 인생을 그렇게 허비할래?' 이런 말들은 도저히 양심에 찔려서 할 수가 없다.

어떤 이들은 "게임에 대한 중독 담론은 생산과 관계없는 것을 죄악시했던 산업화 시대의 구태다"라며 게임에 대한 우리 사회의 우려가 너무 지나치다고 비판한다. 하지만 부모들이 걱정하는 건 자녀가 게임을 하는 것 자체가 아니라 과도한 몰입감이다. 이것이 게임의 진짜 문제인데, 다른 여가 활동에 비해 몰입도가 어마어마하게 높아서 게임을 하다 보면 한두 시간은 눈 깜짝할 사이에 지나가 버린다. 젊은 혈기로는 이틀 밤을 지새우는 것도 충분히 가능하다.

아무리 게임에 친화적인 성향을 지닌 부모라도 아이가 인생의 중요한 시기에 게임에 빠져 지낸다면 이러한 모습을 부정적으로 바라볼 수밖에 없다. 사회의 한정된 자원을 놓고 벌이는 일이십 대의 경쟁에서 이탈하거나 뒤처진 사람이 뒤늦게 자신의 상황을 바꾸기란 무척 어렵기 때문이다. 꼭 공부가 아니더라도 학령기의 자녀가 미래의 먹고사는 문제에 보탬이 되는 활동을 하길 바라는 건 부모로서 인지상정이다.

내게는 정말 뭐라 말하기 어려운 문제일 수밖에 없다. 이 모순덩어리야. '내로남불(내가 하면 로맨스, 남이 하면 불륜)' 아니냐. 만약 나의 게임 이력을 알게 된 아이가 "엄마도 밤새 했었다며?"라고 쏘아붙인다면 "엄마는 너처럼 십 대에는 안 했다"라며 궁색한 변명을 할 것인가. 곰곰이 생각해 보다가 일단 게임 말고도 재미있는 활동이 많이 있음을 아이에게 일깨워 주자고 마음먹었다.

"당연히 게임 재미있지. 엄마도 엄청 좋아해. 근데 게임의 재미는 레벨업만이 아니야. 규모가 큰 게임의 배경 시나리오에는 북유럽 신화나 사람들이 좋아하는 이야기의 원형이 들어 있단다."

나는 아이가 자신의 시기에 중요한 일이 무엇인지 알고, 그것의 가치를 아는 사람으로 성장할 수 있게끔 다양한 관심을 불어넣어 주기로 결심했다. 백수 시절, 내가 게임에 집중하면서도 다른 걸 내팽개치지 않았던 것도 남자친구가 나를 한

심하게 볼지 모른다는 두려움과 구직 활동의 중요성을 깊이 새기고 있었기 때문이다.

훗날 아이가 게임하는 것을 발견했을 때 훈계에 몰두하기보다는 함께 게임을 해 보고도 싶다. 내가 좋아하지 않는 〈서든 어택〉 같은 1인칭 슈팅 게임만 아니면 마흔이 넘고 쉰이 넘어서도 게임을 할 수 있을 것 같다.

"엄마도 어글 안 먹고(사냥 대상을 도발하는 행위를 뜻하는 '어그로' 안 하고) 몹(게임 속 사냥감 캐릭터) 사냥 잘해~."

3.
아이

: 가장 고독하고,
  가장 찬란한 순간을
  선물한 너

육아, 그리고
참을 수 없는 외로움

육아휴직 기간, 밤마다 베란다 창 너머로 내부순환로의 불빛을 내려다보았다. 어둠이 내린 도시를 분주히 오가는 차량들이 보였다. 취향에 따라 색색의 조명을 달고 다니는 화물차들이 눈에 띄었다. 한밤을 달리는 그들의 질주에서 내가 느낀 건 아름다운 밤을 쉼 없이 달려야 하는 고단함이었다.

내 마음이 그랬다. 도시의 불빛은 마음의 거울이었다. 신랑이랑 연애할 때 야경은 밤하늘을 수놓는 커다란 폭죽이었는데 지난해에는 그저 바람에 흔들리는 성냥불로 보일 뿐이었다. 나는 밤을 밝힐 수 없고, 저 세계로 뛰어나갈 수 없고, 저들 세계에 속하지도 않은 채 그저 바라보기만 해야 하는 존재였다.

불빛에 비친 건 외로움이었다. 매일 밤, 주변이 사위어지면 창가에 서서 아이를 달랬다. 아이는 혼자서는 먹지도, 입지도, 심지어 잠들지도 못했다. 아기와 나의 많고 많았던 밤, 이 세상에 우리 둘만 있는 것 같은 적막함을 느꼈다. 내 품에 안겨 생명 전체를 의지하는 아이에 대한 책임감이 저 불빛을 보며 도드라졌다. 세상에서 가장 소중한 아이를 안고 웬 청승이냐며 자신을 다그쳤다.

초보 엄마에게 육아는 좌충우돌의 연속이다. 아이를 돌보며 기쁨, 두려움, 설렘, 낯섦 등 다양한 감정을 느끼게 된다. 웬만한 어려움은 시간이 지나면서 해결됐지만 외로움만큼은 사라지지 않았다. 그것은 전혀 예상하지 못했던 불청객이었다. 2세를 낳고, 하나에서 둘이 되고, 둘에서 셋이 됐는데 외로움이 찾아오다니.

어느 날, 아이를 재우고 방문을 열었을 때 거실 저편에서 노트북을 펼치고 있는 남편의 모습이 보였다. 그는 저쪽 세계에, 나는 이쪽 세계에 갈라져 있는 듯한 느낌이 들었다. 물끄러미 바라보다가 나도 모르게 이 말을 내뱉었다.

"나 외로워."

하루하루 바삐 지내는 남편에게 투정으로 들렸던 모양인지 "피곤할 텐데 어서 자"라는 대답이 돌아왔다.

이게 아닌데…….. 내가 듣고 싶었던 말은 그게 아니었다. 결혼하고 3년 만에 아이를 낳는 동안 외로움을 토로한 적은 없었다. '아 스트레스받아, 짜증 나, 화나, 회사 그만두고 싶어' 와 같이 떠오르는 대로 내뱉고 잊어버리는 어리광이었지, 마음 깊은 곳을 휘젓는 감정이 아니었다. 외롭다니, 무의식적으로 내뱉은 말에 스스로 놀랐고 그런 자신이 부끄럽고 처량하게 느껴졌다.

산후우울증인가? 산모를 자살에까지 이르게 한다는, 소문으로만 들었던 그 우울증? 웬만한 마음의 어려움에는 내성이 생겼다고 생각했는데 내가 이렇게 나약했던가.

"남편도 있고 아이랑 함께 있는데 왜 외롭다고 하는 거야?" "우리 때는 애 기저귀 빠느라 외로움을 느낄 새도 없었다. 요즘 여자들이 너무 편해져서 그래." 육아 경험이 없거나 오래전 육아를 했던 어른들은 산후우울증에 대해 이런 반응을 보였다.

일부에서는 이런 증상을 출산에 따른 호르몬의 변화로 설명했다. '아, 내가 통제할 수 없는 자율신경의 영향으로 내 정신이 이렇게 무기력해질 수 있다는 건가?' 허탈했다. 뼈와 혈관, 피, 각종 기관의 작용을 알면 인간 전체를 알 수 있다고 말하는 것처럼 해부학의 대상으로 전락한 느낌이었다. 저런 분석은 도대체 누가 내놓은 거야?

이 외로움은 뭐지? 가끔씩 곰곰이 자신을 돌아보았다. 아이를 무릎에 올려놓고 이름을 부르며 볼을 만졌다. 지금의 아이는 변을 볼 때마다 "나 창피하니까 엄마 나가 있어"라며 화장실 문을 닫고 볼일에 집중하지만 이때만 해도 내 무릎에서 볼을 일그러뜨리며 귀여운 표정을 짓는 모습을 세세히 볼 수 있었다. 이런 아이를 한참 바라볼 때조차 가끔씩 떠오르는 생각이 있었다.

'누군가와 이야기를 나누고 싶다.'

나의 외로움은 사회적 단절의 증상이었다. 백수 시절에도 이런 느낌을 가져 본 적이 없었다. 먼저 취직한 친구들을 만나면서 자격지심과 답답함을 느끼긴 했어도 세상과의 단절감을 느낀 적은 없었다. 부모님과 함께 살았고 우울할 때면 영화를 보거나 게임을 하면서 대기권에 머물러 있었다. 성층권이나 우주로 날아갈 정도로 사람들이 와글와글 모인 이 땅에서 멀어져 본 일이 없었다.

출산 이후 나의 세계는 너무나 작아졌다. 아이와 남편, 집이 전부였다. 갓 태어난 아기를 데리고 나다니는 것도 쉽지 않았고 동네 친구들조차 각 지역에 뿔뿔이 흩어져 더 이상 가까이 살지 않았다.

본능의 시간을 살고 있는 아이와는 대화 자체가 불가능했다. 갓 태어난 아기는 먹고 자고 싸는 일을 두세 시간 주기로 반복했다. 양육자의 24시간도 같은 패턴으로 돌아갔다. 남편은 바빴다. 술 먹고 늦게 들어오는 날이 많았다. 게다가 아기가 태어나고 한 달 만에 시아버지가 시한부 진단을 받으면서 남편은 제정신이 아니었다. 주말에는 아버님이 계신 경남에 내려갔고 평일에는 그 괴로움을 덜기 위해 사람들을 만나거나 멍하게 시간을 보냈다.

시아버지가 편찮으신데 내가 이러면 안 되지. 마음을 다잡으려 해도 외로움의 파도를 막기에는 그 물결이 너무 거셌다. 남편은 자신의 괴로움을 나와 공유하려 하지 않았다. 그는 동굴에 들어가 버렸다. 남편은 자신의 근본을 흔드는 시련 앞에서 몸을 웅크리고 자신의 허벅지에 얼굴을 파묻은 조각상처럼 주변에 마음을 닫아 버렸다. 아이를 보고 있으면 마음이 더 아파진다며 그의 동굴에 아무도 들이고 싶어 하지 않았다. 부모님을 잃어 본 적 없는 나는 그의 상처를 이해하지 못했고 남편도 나의 외로움을 이해하려 하지 않았다.

나는 창밖 너머로 꽃이 피는 걸 보았고 베란다 너머 나뭇잎이 노래지는 걸 보며 가을이 왔음을 알았다. 벚꽃의 절정은 일주일인데 올해는 못 보겠구나. 회사 사람들과 용평에서 봤던 몇 해 전 그 단풍을 다시 보고 싶다. 올해는 그럴 수 없겠지. 나는 이전에 보았던 장면을 회상하며 계절의 변화를 깨달았다.

좁아진 나의 세계에서 남편의 존재마저 희미해지면서 고립감은 더 깊어졌다. 아기를 안고도 마냥 즐거움을 느끼지 못하는 자신이 싫어졌다. 그럴수록 아이에 대한 미안함이 커졌다. '엄마는 네가 정말 좋은데, 아직 말도 못 하고 함께 무언가를 할 수 없는 우리 아들과의 시간에 벅찬 충만감을 느끼지 못해서 미안해.'

육아휴직이라는 혜택을 누리면서도 휴직 기간이 끔찍했다. 휴직 후 돌아온 선배들 덕에 이 휴직이 경력 단절의 시작이 아니란 걸 알고 있었음에도 고립감이 심해질 때면 복직에 대한 불안이 밀려왔다. '내가 과연 그곳으로 돌아갈 수 있을까?'

아침에 눈을 뜨면 아이에게 분유를 먹이고 집 안 곳곳을 청소하면서 하루를 시작했다. 침구 청소기로 고양이 털이 잔뜩 묻은 침구류를 박박 밀고 난 뒤 아이와 놀아 주고, 아이가 낮잠을 자면 가끔씩 창밖의 풍경을 응시했다.

가을 날씨는 창밖으로 보이는 눈부신 햇빛과 파란 하늘을 보는 것만으로도 아름다웠다. 집 앞에 있는 휴대폰 가게의 만국기가 가을을 맞아 더욱 세차게 나부꼈다. 아찔하게 밝은 세상과 쉼 없는 나부낌 속에서 나 홀로 멈춰 있는 것 같았다.

날이 좋을수록 그만큼 즐겁지 않았다. 나는 커튼을 닫고 한낮의 깜깜한 방에서 눈을 감았다.

외로움의 파도가 잔잔해진 건 결국 복직을 하면서였다. 가끔씩 그만두고 싶다고 노래 불렀던 회사 생활이 나의 우울증을 해결해 주리란 생각은 미처 해 본 적이 없었다. 사람들 속에서 부대끼며 단절감이 해소됐고 일과 육아를 병행하며 정신없는 날들을 보냈다.

만약 휴직 기간에 남편의 저녁 약속이 많지 않았다면, 그의 마음에 여유가 있었다면, 누군가 내게 "힘내"라고 다독여 주었다면 어땠을까. 또한 휴직이 아니라 경력 단절로 이어졌다면 그 마음을 어떻게 추슬러야 했을까.

부모 세대처럼 천기저귀를 빨아야 하는 분주함에 시달렸더라도 나의 내면을 철퍽철퍽 때렸던 외로움을 피하지 못했을 것이다. 산후우울증은 단순한 호르몬의 변화나 개인의 기질,

어쩌다가 걸리는 질병이 아니라 사회적 단절의 증상이기 때문이다.

축소된 관계 안에서 장시간 노동에 시달리는 남편의 늦은 귀가 때문이든 혹은 나처럼 특수한 상황 때문이든 영아를 돌보며 옴짝달싹할 수 없이 혼자가 되었기에 벌어지는 일이다.

외딴섬에 갇힌 사람들이 외로움을 호소하는 건 너무나 자연스러운 일이 아닐까. 그 섬에서 나올 수 있게 하는 건 결국 사람, 사람뿐이다.

"애 낮잠 잤어? 얼마나 잤어?"

복직한 뒤로 한동안 퇴근하고 집에 들어오면 나는 이 질문부터 던졌다. 반나절 이상 떨어져 지내 놓고 겨우 집에 들어와서 한다는 말이 혹시 아이가 낮잠을 많이 자서 늦게 잘까 봐 염려하는 말이라니. 아이가 말을 알아듣게 되었을 때 이런 엄마를 보면 얼마나 섭섭해할까. 내일은 이러한 말을 하지 않으리라 다짐하고도 다음 날 피곤한 몸을 질질 끌고 집으로 돌아오는 길이면 아이가 낮잠을 얼마나 잤을지가 가장 궁금했다.

주말에는 될 수 있으면 놀러 나가려 했지만 TV를 틀어 놓고 옆에서 꾸벅꾸벅 조는 날도 있었다.

"엄마 눈 떠!!"

아이의 외침에 고개를 번쩍 들며 능청스럽게 웃곤 했다.

"엄마 잔 거 아니야. 잠깐 눈 감고 있었던 거야."

나의 보물 1호는 이 아이가 아니던가. 보물 1호에게 최선을 다하고 있는 거 맞나. 나는 고개를 주억거리며 자기 반성을 반복했다.

죄책감이 시작된 건 모유 수유를 포기하면서부터였다. 제법 자란 아이를 품에 끼고 수유하는 다른 엄마를 보고 있으면, 우리 애가 나한테 잘 달라붙지 않는 건 모유 수유를 안 해서인가 싶어 아쉬움이 커졌다. "분유 먹고도 애들 잘 큰다"라며 나의 단유를 격려했던 친정 엄마도 주변 아이들을 보며 "확실히 모유 먹는 애들이 엄마한테 잘 안기는 것 같아"라고 했다. 아이와 눈을 마주치며 정성껏 분유를 먹였지만 역시나 모유 수유가 친밀감 형성에 더 효과적인 건 어쩔 수 없었다.

나는 몇 번의 젖몸살을 앓다가 유선염에 걸렸다. 아이를 낳으면 수도꼭지를 틀었을 때처럼 모유가 그냥 콸콸 나올 줄 알았는데 그게 아니었다. 내 몸에 처음으로 생긴 유선에 액체가 흐르려면 아이에게 자주 젖을 물려야 했다.

새로운 물질이 만들어지는 고통은 이만저만 참을 수 있는 게 아니었다. 가슴이 부풀어 오르다가 딱딱해졌고 가만히 있어도 세포가 비명을 질러댔다. 분유를 먹이지 않고 완모(완전

모유 수유)에 성공한 친구는 "비명을 참아야 언젠가 편해지는 날이 와"라고 했다. 내게는 출산의 고통보다 모유 수유의 고통이 몇 배 더했다.

그러던 어느 날 가슴 한쪽에 돌덩이 같은 게 돋아났다.

'이거 뼈야? 왜 이렇게 딱딱해? 종양 같은 건 아니겠지?'

꽉 깨부수고 싶은 충동이 일었지만 조심스럽게 만지는 것만으로도 눈물이 핑 돌아 함부로 건드리지 못했다. 너무 아파서 수유를 할 때마다 표정이 일그러졌다. 수천 개의 바늘이 피부를 찌르는 것 같았다.

결국 유방 마사지 전문가를 찾아갔고 마사지로는 손쓸 단계를 넘어섰다며 유방외과에 가라는 말을 들었다. 유방외과가 있는 병원은 많지 않았다. 인터넷 검색으로 동네에 있는 여성병원에 딱 한 명의 전문의가 있다는 사실을 알게 됐다.

산부인과를 선택할 때 내가 고려한 첫 번째 조건은 여자 의사였다.

"무조건 여자 의사지. 남자 산부인과 의사한테는 절대 안 갈 거야."

"의사인데 남자든 여자든 무슨 상관이야?"

"당신은 여자 의사한테 보여 줄 수 있어? 나는 절대 싫어."

출산까지만 해도 나는 이렇게 보수적으로 의사의 성별을 따졌고, 여성 인력에 둘러싸여 아이를 낳았다. 비록 출산이라는 어마어마한 생리 현상으로 인해 몸은 만신창이가 될지라도 부끄러움과 민망함을 줄이고 싶었다. 저마다 지키고 싶은 삶의 원칙이나 여성 또는 남성으로서 유지하고 싶은 자존심이 있지 않은가. 나는 철이 든 후로 대중목욕탕에서 동성에게 몸을 드러내는 것도 꺼렸다. 원시로 돌아가야 하는 출산 과정에서도 조금이나마 내 의지를 반영하려 했다.

동네에 딱 한 명뿐인 유방외과 의사는 남자였고 가슴은 너무나 아팠다. 종양일지 모른다는 공포가 자존심을 앞섰다. 나는 중년의 남자 의사에게 가슴을 내보이고 드러누웠다.

그것만으로도 껄끄러워 죽겠는데 의사는 내 팔뚝 길이만 한 주사기를 가슴에 찔렀다. 저렇게 큰 주사기가 세상에 있었다니, 경천동지할 노릇이었다. 의사는 삽질하는 군인처럼 맹렬하게 휘저어댔다. 주사기에 노랗고 빨간 액체가 마블링을 그리며 가득 차올랐다. 마치 치즈케이크의 단면 같았다. 의사는 빨간색은 피, 노란색은 모유와 고름이라고 설명했다. 유선이 파괴돼 모유가 가슴 한쪽에 고인 뒤 고름으로 변해 굳은 것이다.

의사의 처치 덕에 덩어리가 3분의 1 크기로 줄었다. 나는 병원을 찾기 전에 유선염 걸린 사례를 찾아보며 무진 가슴을 졸였다. 유선 파괴가 심각해 고름이 계속 생성되는 경우에는 입원해 가슴에 관을 꽂고 있어야 했다. 수시로 고름을 빼내기 위해서다. 나는 운 좋게도 입원해야 하는 상태는 아니었다.

마음이 놓이자 욱신거리는 가슴 한편에 서글픔이 밀려왔다. 지진 난 땅처럼 가슴이 진저리 치게 아팠다. 내밀하게 간직하고 있던 신체 부위를 출산 전후로 의료진뿐 아니라 조리원의 수많은 사람에게 내보인 것도 모자라 이제는 몸 안에 바늘 구멍까지 숭숭 뚫어 놨다고 생각하니 무언가 그 구멍을 타고 빠져나간 느낌이었다. '신체 자기 결정권'이라는 단어가 떠오르기도 했고 그것보다는 좀 더 섬세한, 여성으로서의 정체성인 것 같기도 했다. 엄마 말고 나의 다른 이름이 뭐였던가.

그 와중에도 모유 수유에 성공하고 싶다는 욕망에 시달렸다. 엄마 역할을 잘하고 싶었다. 의사는 항생제를 먹으면서 수유를 계속하라고 했다. 하지만 약을 먹다 보니 모유가 점점 줄었고, 결국 모유로는 아이의 배를 채울 수 없게 됐다. 모유에 피가 섞여 나오는 지경이었다.

이거 먹여도 되나? 찝찝한 모유를 보며 한숨짓던 일마저도 모유가 점점 말라 버려 할 수 없게 됐다. 단유밖에 선택의 여지가 없었다. '초반에 아이에게 열심히 젖을 물릴걸, 나 때문이지 뭐' 자책감이 묵직하게 들어앉았다. 다행히 아이의 발육 상태는 좋았고 첫 영유아 검진에서 몸무게와 키가 또래 중에 상위 4%를 기록했다. 이 정도면 잘 먹이고 잘 돌본 건데도 모유 수유에 대한 아쉬움은 사라지지 않았다.

아이와 관련된 일이 아니었다면 자기 합리화 능력이 에베레스트 수준으로 치솟아 진작 죄책감을 털어 버렸을 텐데, 아이의 일에는 내가 내 편이 돼 주지 않았다. 웬만해서는 자기편을 들며 쉽사리 남을 위해 나서지 않았던 자기 반성이 아이에게만큼은 언제나 납작 엎드려 절을 해댔다.

이 정도면 내가 할 수 있는 수준에서 열심히 하고 있는 것 같은데 왜 늘 아이에게 미안하지? 자기 자신에게 만족하는 엄마는 자만심이 강한 엄마일까? 혹시나 잘못하고 있으면서도 잘하고 있다고 착각할까 봐 자기 검열을 엄격하게 하는 걸까?

나는 아이에게 미안함을 느꼈던 순간을 되돌아보았다. 아이를 다른 사람에게 맡기고 한숨 잤을 때, 졸다가 깨어 보니 아이가 TV를 멍하게 보고 있을 때, 늦게라도 데리고 올 수 있었는데 할머니네 집에서 아이를 재웠을 때가 떠올랐다. 나는 '엄마의 편의를 곧 아이에 대한 소홀'로 생각하고 있었다.

아이를 두고 휴식을 취할 때면 '이래도 되나?' 의문이 들었고 모유 수유를 중단했을 때도 나의 편의만큼 아이가 손해를 보고 있다고 자책했다. 누가 애를 좀 봐줬으면 하다가도 정작 아이와 떨어져 있으면 미안함에 제대로 쉬지 못했다. 쉴 때는 마음껏 그 시간을 누리지 못하고, 아이와 있을 때는 피곤해서 집중적으로 놀아 주지 못하는 어정쩡한 날들이 이어졌다.

'좋은 엄마 콤플렉스'에서 벗어나자고 다짐하기도 했다. 엄마가 항상 옆에 있다고 해서 아이가 시련을 피할 수 있을까? 그게 아이에게 정말 좋은 걸까? 그렇지 않음을 알면서 왜 내 능력을 넘어서는 엄마가 되려고 하는 거지? 스스로를 다독였다. 과도한 책임감이 오히려 아이와 나의 관계를 망칠 수 있다고 되뇌었다. '불행한 엄마'보다는 '부족한 엄마'가 낫다고 했던 임경선 작가의 말에 공감이 갔다. 방임하는 게 아니라면 엄마의 편의는 아이에게도 좋다, 행복한 엄마가 좋은 엄마라는.

더 시간이 흘러, 앞에서 언급했던 우리 사회의 모성 이데올로기에 대해 분석한 신송이 씨의 박사학위 논문을 본 뒤로는 정말 마음이 편해졌다. 양육이 한결 수월해졌고 그 시간에 느끼는 즐거움이 커졌다. 나도 모르게 이 사회가 강조하는 모유 수유 신화, 3세까지 엄마가 옆에 있어야 한다는 3세 신화,

자녀 발달의 결과를 엄마의 책임으로만 돌리는 모성 이데올로기의 영향을 받아 나의 역할을 이상적으로 높게 설정해 놓고 힘들어하고 있었던 것이다. 마음의 부담을 덜면 아이와의 시간이 훨씬 즐거워질 수 있는데 죄책감에 짓눌려 즐거움을 오롯이 누리지 못했다.

모유 수유는 이제 지난 일이고 그냥 안 한 게 아니라 몸과 마음이 너덜너덜해지는 고통을 겪다가 중단한 것이다. 무엇보다 아이가 건강하게 잘 자라고 있다. 그러니 이제 그만 죄책감을 털어 버리자. 나는 마음을 다잡았다.

'늘 함께 있어 주는 엄마'는 일을 그만두지 않는 한 내가 결코 도달할 수 없는 목표다. 늘 함께 있지 못하는 대신 나는 아이의 말을 인내심 있게 잘 들어 주고 반응하는 엄마가 되겠다. TV 좀 보여 주면 어때? 온종일 보여 주는 것도 아닌데. 내가 잘할 수 있는 것을 실천하는 것만으로도 나는 괜찮은 엄마야……. 엄마로서 나를 칭찬해 주기 시작했다. 그랬더니 발에 차고 있던 보이지 않는 쇠고랑을 벗은 느낌이었다. 홀가분했다.

늘 죄책감에 시달리는 엄마들에게 나는 이런 말을 전하고 싶다. 우리는 조금 더 자기편이어도 된다고. 조금 더 자신을 챙겨도 된다고.

이런 더위는
평생 겪어 본 적이 없습니다

나는 찜질방에 앉아 있어도 웬만해서는 땀 한 방울 나지 않는 체질이다. 어렸을 때부터 더위와 씨름해 본 적이 없다. 정 힘들면 선풍기 틀어 놓고 가만히 누워 있으면 됐다. 그러면 지낼 만하다고 자신만만하게 이야기하곤 했다. 무더운 여름을 견디는 가장 쉬운 방법은 아무것도 하지 않는 것이었다. 방바닥에 철퍼덕 드러누워 선풍기 바람을 쐬면 잠이 솔솔 왔다.

하지만 아이와 함께한 첫해 여름은 정말 숨 막힐 정도로 더웠다. 세상에, 본격적인 더위가 시작되기 전인 6월부터 더웠다. 일단 '아무것도 하지 않는 방법'이 통하지 않았다. 영아가 지내는 곳인데 청소를 게을리할 수 없었고 우리 집 '털 뿜뿜이들'은 매일 털을 내뿜으며 존재감을 과시했다. 거실에 널찍이 해가 드는 오후 4시 무렵이면 바닥에 내려앉은 고양이 털이 모래사장의 조개껍질처럼 반짝거렸다. 오전에 청소했는데 어휴.

나는 아기를 안고 서너 시간 간격으로 분유를 먹였고, 아이를 바운서(영아 의자)에 앉힌 뒤 발로 밀다가 지겨워하는 기색을 보이면 손으로 변화를 줘 다른 리듬으로 흔들었다. 그마저도 안 통하면 다시 안고 토닥였다. 아 덥다, 더워.

정 못 참겠으면 유모차를 끌고 대형마트에 갔다. 매일 두세 시간씩 대형마트에서 시간을 보내자 우리를 알아보는 직원들도 생겼다. "얘 오늘도 왔네." 아이를 향해 알은척을 할 때마다 멋쩍고 민망했다. 정말 갈 데가 없구나. 대형마트가 넓다고 해도 세 시간씩 죽치고 있으면 각 구역 담당자들과 눈이 마주칠 때가 많았다.

이마저도 본격적인 더위가 시작되면서 할 수가 없게 됐다.

"아기 엄마, 메르스 때문에 난리인데 애를 데리고 나오면 어떡해."

나는 마트 상가에 있는 밥버거 집에서 점심을 때우곤 했다. 반찬과 밥이 한데 합쳐진 밥버거를 대충 베어 먹으며 한 끼를 해결했다. 알바생이었던 중년의 아주머니는 매일 아기를 데리고 오는 나를 반갑게 맞아 주었고 밥버거를 만드는 동안 이런저런 말을 건넸다.

"아이고 이제 집에서 밥해 먹고 한동안 나오지 말아요. 애가 저렇게 어린데……."

2015년 한국을 강타한 중동호흡기증후군, 즉 메르스로 고령의 환자뿐 아니라 십 대와 임신부 감염자까지 속출하며 전국이 들썩일 때였다. 설마, 우리가 걸리겠어? 싶다가도 생후 열흘 만에 감기에 걸려 나의 눈물, 콧물을 쏙 빼 놓았던 아이를 생각하면 덜컥 겁이 났다. 태어난 지 사흘 만에 나를 따라 조리원에 입소했던 아이는 그곳에서 감기에 걸려 얼굴이 시뻘게질 정도로 힘겹게 기침을 했다. 2주의 조리 기간을 다 채우지 못하고 우리 모자는 조리원을 나왔다. 아이는 조리원 신생아실에서 같은 시기에 감기에 걸린 두 번째 아기였다. 경황이 없어 보건소에 신고할 생각은 하지 못했다.

배 속에서 나온 지 열흘밖에 안 된 핏덩이였다. 그 애의 밭은기침을 보며 나는 너무나 많이 울어 소아과 의사 앞에서 세 살 아기보다 못한 발음으로 더듬더듬 이야기를 했다.

"으흐흑, 신, 신, 으헉, 생아, 중, 아흑, 중, 환자실, 헉, 헉, 에 가야 하는, 아흑, 흑, 거 아니에요?(신생아 중환자실에 가야 하는 거 아니에요?)"

이 애가 잘못되면 난 살아갈 수 없다는 심정으로 소아과를 세 군데나 갔다. 첫 번째, 두 번째 찾아간 병원에서는 의사에 대해 믿음이 가는 것도, 안 가는 것도 아니었다. 불안을 떨칠 수 없어 찾아간 세 번째 병원에는 중년의 남성 의사가 있었다.

"내가 보기에는 약 먹고 며칠 지켜본 뒤 결정하면 될 것 같은데 엄마가 정 불안하면 종합병원에 가도록 해요. 거기 가면 엄마 마음은 편할지 몰라도 애는 고생스러울 거야."

핵심을 찔린 기분이었다. 나는 너무나 불안했다. 너무나 불안해서 아이의 진짜 상태에 충실하기보다는 누군가 엄청나게 권위 있고 능력 있는 전문가가 우리 아이 옆에서 돌봐 주길 바라고 있었다.

"거기야말로 진짜 심각한 상태의 아이들이 있다는 것도 알아 둬요."

감염의 위험에서 우리 애가 안전하지 않다는 말이었다. 다른 의사와 달리 소견을 비교적 확실하게 전달해 주는 분이었다. 그제야 내 불안 때문에 아이의 상태를 차분하게 바라보고 있지 못함을 깨달았다. 나는 용기를 내서 아이의 상태를 더 지켜보기로 했다. 가슴 졸이며 처방받은 약을 먹이고 사흘이 지나자 놀랍게도 아이의 상태가 호전됐다. 이 조그마한 아이가 바이러스를 이겨 낸 것이다. 생명의 위대함을 느끼며 안도했다.

이 일이 밥버거 가게 아주머니의 '메르스 발언'으로 확 상기되었다. 나는 군중이 모이는 곳을 피해 가급적 집에 있기로 결심했다. 에어컨을 틀어 놓고 아기와 단둘이 있는 날이 이어지면서 이전까지는 인지하지 못했던 변화를 느꼈다.

얼마 전 개업한 휴대폰 가게는 만국기와 풍선 인형을 가게 앞에 설치해 놓고 마치 우리 집에 틀어 놓은 것처럼 크게 최신 음악을 틀었다. 나는 매일 "어휴, 저 휴대폰 가게를 시청에 신고해야지"라며 날을 곤두세웠다. 아파트 13층까지 소리가 파고들었다. 아 지겨워, 시끄러워. 더워 죽겠는데 창문을 닫을 수도 없고 환장할 노릇이었다. TV 소리도 잘 들리지 않아 소리를 높여야 했다. 밖은 시끄럽고 TV는 쩌렁쩌렁 울렸다. 여름이 정말 피곤하게 느껴졌다.

그 지긋지긋하던 소음은 창문을 닫으면서 사라졌다. 윙윙 에어컨 돌아가는 소리만 집 안에 울려 퍼졌다. 처음에는 마음의 평화가 찾아온 듯했다. 조용한 날이 계속 이어지면서 나도 모르게 어느 날 '정말 조용하네' 하고 웅얼거렸다. TV를 틀지 않으면 아무 소리도 들리지 않았고, 아이가 잠들었을 때면 내 숨소리가 벅차게 들릴 정도로 주변이 고요했다.

아무도 없다. 어제도 이랬는데……. 전화를 해 볼까. 책이

나 읽자. 아니 이유식 만들어야지. 어제도 이 시간에 이랬는데……. 정말 여기에는 나밖에 없구나. 세상과 단절된 느낌이었다. 적막함이 나를 엄습했다.

나의 세계에 변화를 주는 사람은 남편밖에 없었다. 내 일상의 유일한 변화는 남편의 귀가였다. 그의 일정과 그의 행동, 말투 하나하나가 내 세계에서 점점 커져 갔다. 남편의 세계에는 가정뿐 아니라 직장, 친구 등 다양한 영역이 여전히 조화를 이루고 있었지만, 내 세계는 남편의 것과 유사했던 모습에서 가정 99.9%로 바뀌어 버렸다. 그마저도 더워서 창문조차 못 열고 밖에 다니지도 못하게 되면서 세상과 완전히 차단돼 버렸다. 구성요소가 달라짐으로써 시작된 남편과 나의 세계의 불일치는 갈등의 불씨가 됐다. 아, 숨 막힌다, 숨 막혀.

세상의 소음을 듣는 것만으로도 내가 그 안에 속해 있음을 느낄 수 있다니. 소음에도 장점이 있을 줄 몰랐다. 하지만 살인적인 더위를 피해 창문을 닫을 수밖에 없었다.

더위는 육아의 어려움을 더욱 어렵게 하는 생각지도 못한 시련이었다. 출산 첫해의 여름은 너무나 더웠고 적막했다. 나는 집에서 헉헉거렸던 그해 여름을 지금도 잊지 못한다.

두 번째 해부터는 에어컨이 풀가동되는 사무실에 앉아 반나절 이상을 보냈지만 워킹맘의 여름도 쉽지 않았다. 지난해 여름, 아기 몸에 땀띠가 솔솔 올라와 밤새 에어컨을 틀었다. 추위를 많이 타는 나는 곧 감기에 걸렸고 몸살로 오들오들 떨며 다시 에어컨을 끄고 잤다. 선풍기는 켜 놨지만 열대야 습기 때문에 아이 발가락에 곰팡이균이 피는 바람에 에어컨을 껐다가 켰다가를 반복하며 새벽 쪽잠을 잤다.

남편과 아들, 열이 많은 두 남자가 함께 자면 궁합이 맞을 텐데 남편의 코골이에 아이는 경기하듯 잠에서 깨기 때문에 어쩔 수 없이 아이와 내가 같은 방을 써야 했다. 남편은 자신의 기호에 맞게 에어컨을 조절한 작은 방에서, 나의 사랑스러운 껌딱지는 에어컨이 꺼졌다 켜졌다 반복하는 방에서 나와 함께 잤다. 여름 내내 나는 좀비 같은 상태로 지냈다.

아이가 커 갈수록 더위, 추위, 수면 부족 같은 신체적 어려움은 점점 줄어들고, 아이의 교우 관계, 성격, 진로 문제 같은 정신적 영역의 어려움이 늘어날 것이다. 그때가 되면 이 또한 다시 경험할 수 없는 추억이 될 테지만, 영유아와 함께 하는 여름은 정말이지 너무나 더웠다.

'육아로 힘든 것도 한때'라는 말

아이를 돌보며 자주 되뇌는 말 중 하나는 "이것도 한때야"다. 아이가 태어나고 백일이 되기 전까지 나는 경험해 본 적 없는 인생 최대의 피로에 시달렸다. 새벽에 두세 시간마다 일어나 분유를 먹이고 30분 이상 안고 트림시키는 과정을 반복하다 보니 수면 부족이 쌓여 매일같이 몽롱한 상태로 지냈다.

'우리 애가 언제쯤 밤에 통잠을 잘까?'

다들 백일까지만 참으라고 하는데 하루하루는 더디게 흘러갔다. 나는 조금만 짬이 생기면 꾸벅꾸벅 졸았다. 회사 생활도 이렇게 체력적으로 힘들진 않았는데······.

지금 돌아보면 아이는 눈 깜짝할 사이에 열 시간 이상 잠을 잤고 아장아장 걸음마를 시작하더니 깔깔거리며 뛰어다녔다. 그런데 그때는 시간이 거북이걸음처럼 느리게 느껴졌다.

지나가 버린 시간에 대한 아쉬움을 일찌감치 느끼게 해준 사람은 동생이었다. 나와 열다섯 살 터울인 동생은 내가 중학교 3학년 때 태어났다.

"네 동생 아직 중학생이야?" "이제 고3 올라가?" 큰 터울 없는 형제와 자란 친구들은 내 동생 이야기가 나올 때면 항상 "언제 크냐?"는 반응을 보였다. 그들의 동생은 우리와 같은 시기에 비슷한 과정을 겪었지만 내 동생만은 아직도 대학 졸업, 구직 활동 등 청춘의 과제를 앞둔 이십 대 초반이다.

어느덧 청년이 된 동생을 볼 때면 내가 왜 그랬을까 싶은 장면이 불쑥불쑥 떠오른다. 내가 동생에게 가장 많이 했던 말은 "누나 바빠. 누나 시간 없어"였다. 동생은 나이가 많은 부모님보다 누나와 함께 시간을 보내고 싶어 했다. 초등학교 저학년 때 밤마다 내 방에 고개를 빠끔히 내밀고 물었다.

"나 누나 방에 있으면 안 돼?"

"누나 바빠. 너 있으면 신경 쓰여."

"조용히 있을게."

"담에 들어와."

나는 대부분 거절했고 동생은 내가 없을 때만 누나 방에서 놀며 형제의 존재를 느낄 뿐이었다. 지금 같으면 일과도 묻고 동생의 이야기를 세심하게 들어 줬을 텐데 당시 나는 대화 수준이 맞지 않는 동생의 요구가 귀찮게 느껴졌다.

동생에게 베푼 건 가끔씩 손에 쥐여 주는 용돈 정도였다. 동생은 친구들과 놀다가 동네에서 나를 발견하면 기쁨의 함성을 내지르며 달려왔다. 저 멀리서 쏜살같이 달려와 내 허벅지에 얼굴을 부딪치고는 위를 올려다보며 씩 웃었다.

"누나 500원만."

1000원도 아니고 항상 500원을 달라고 했다. 이것만큼은 거절하지 않고 손에 쥐여 주었다. 동생은 500원을 들고 다시 친구들 무리에 섞였다.

꼬마 동생이 귀엽지 않은 건 아니었다. 어느 여름 오후, 나는 덥고 지쳐 방바닥에 누워 낮잠을 자고 있었다. 창문을 활짝 열어 놓은 터라 잠결에 동네 꼬마들이 떠드는 소리를 들었다. 한 여자애가 크게 우는 소리에 선잠을 깼다.

"이제 너희랑 절교할 거야."

날 선 목소리가 한낮의 나른함을 갈랐다. 애들끼리 싸우나? 놀아 주진 않았어도 동생의 문제를 외면한 적은 없었다. 다시 한 남자아이의 어수룩한 목소리가 들렸다.

"근데 절교가 뭐야?"

일순간 정적이 흐르더니 여자애가 짜증이 듬뿍 묻은 목소리로 내 동생의 이름을 불렀다.

"승건이한테 물어봐."

얘가 뭐라고 할까? 잠이 깨 버린 나는 귀를 쫑긋 세우고 답변을 기다렸다.

"나도 모르겠는데?"

어휴. 쟤는 초등학생이 돼서 아직 저 단어를 몰라? 답답해하고 있을 때 여자애도 나와 같은 마음이었던지 재빠르게 설명을 했다.

"절교란 너네랑 앞으로 말도 안 하고 놀지도 않겠다는 뜻이야."

아이는 성난 고양이처럼 앙칼지게 말했다. 저 모임은 이제 해체되는 건가? 이제야 절교의 뜻을 알게 된 남자아이가 어수룩한 음성으로 여자애에게 이렇게 대답했다.

"그럼 우리 이따가 절교하자."

방바닥에 누워 있던 나는 박장대소를 했다. 크하하하. 애들이 너무 귀여워서 더 이상 잠을 잘 수가 없었다. 지금은 계속 놀고 놀이가 끝난 다음에 절교하자니. 천진난만함과 순수함이 느껴졌다. 동생은 여전히 어벙하게 서서 친구들을 바라보고 있었다. 귀여운 녀석, 내 동생 진짜 어리구나.

하지만 나는 대학 졸업, 취직 준비로 바쁘다는 핑계를 대며 동생과 잘 놀아 주지 않았다. 형제라기보다는 젊은 이모, 고모처럼 지냈다. 그렇게 시간이 흘러 어느 날 동생을 보니 집에서 홀딱 벗고 돌아다니던 아이가 청년이 돼 있었다. 더 이상 누나를 찾지도 않았고 자기 일과를 소화하느라 바빴다. 쟤가 언제 저렇게 컸지? 키도 나보다 머리 하나 크기가 더 자라 있었다.

갓 태어난 동생의 모습이 아직도 생생하게 기억난다. 엄마는 동네의 작은 산부인과에서 동생을 낳았다. 밤 12시쯤 진통이 왔고 아빠와 내가 부축해 병원으로 갔다. 엄마는 당시에 엄청난 고령 산모였지만 진통 시작 후 두 시간 만에 아이를 낳았다. 분만실 간호사가 동생을 안고 나왔다. 불그죽죽한 안색에 머리에는 하얀 각질이 일어난 신생아가 눈을 감고 있었다.

이 모습은 또렷이 기억하지만, 이후 동생의 성장 과정은 희미하다. 엄마가 "쟤(동생) 어렸을 때 열 감기를 자주 앓고 약을 먹일 때마다 다 토해서 미치는 줄 알았어"라고 할 때면 고개를 갸웃거렸다. 그랬었나? 생각이 나질 않았다. 부모가 아니라 형제니까 그럴 수 있다며 자기 합리화를 하면서도 아쉽고 미안해졌다.

몇 해 전 동생이 휴대폰에 뜬 이름을 보며 흔들리는 눈빛으로 말했다. "헤어지자고 할 것 같아." 여자 친구의 전화였다. 방 한구석에서 조용히 통화를 하고 오더니 헤어졌다고 했다.

"누나가 같이 있어 줄까?"

"아니 됐어, 나 집에 갈게."

목소리에 힘이 없었다. 혼자 있고 싶다며 돌아가는 동생을 보며 '쟤가 진짜 컸구나' 싶었다. 이 애가 허전함과 막막함을 견딜 줄 아는 성인이 된 것이다.

이제는 관계가 뒤바뀌어 내가 "누나랑 같이 가 주면 안돼?"라며 동생의 시간을 갈구하는 때가 많아졌다. 우리는 남매끼리 진한 추억을 만들 수 있는 경험을 하지 못했고 그럴 수 있는 시기도 지나 버렸다. 다 자란 지금은 이따금 남매간의 우정을 나눌 뿐이다. '애들 크는 건 한순간이구나. 형제든 자식이든 다 자라면 제 길 가는 모습을 지켜봐야 하는구나'라는 생각이 들었다. 매일 저녁 내 방에 들어오고 싶어 하고 나를 따라 하고 싶어 했던 아이는 이제 없었다. 부모 세대 남성들이 "젊은 날 왜 그렇게 바깥으로 돌면서 애들 크는 걸 보지 못했는지…… 후회가 됩니다"라고 말하는 심정이 이해가 됐다.

동생과의 경험은 나의 양육 태도에 커다란 영향을 미쳤다. 아이가 엄마를 필요로 하는 것도, 아이로 인해 생활에 여유 없는 것도 모두 한때라는 것을 깨달았다. 가끔 아이를 볼 때면 어느새 자라 버린 동생의 어린 시절이 겹쳐 보인다.

인생 선배들은 남자아이의 경우 초등학교에만 들어가도 부모와의 스킨십을 거부하고, 중학교 때부터는 남자든 여자든 함께 나들이를 가기조차 쉽지 않다고 토로했다. 성년의 자녀를 둔 한 직장맘은 "딸이 초등학교 저학년 때 나랑 매일 이런저런 이야기를 나누고 싶어 했는데 그때는 너무 피곤해서 잘 못 들어 줬어. 몇 년밖에 주어지지 않는 황금 시절인 걸 미처 알지 못했던 게 너무 후회가 돼"라고 했다.

나는 매일 밤 잠든 아이의 볼을 만지고 손으로 허리를 휘감으며 바라보곤 한다. 가끔 휴일 아침에도 이러고 있으면 "엄마, 왜 그래?" 아이가 묻는다. "네가 너무 예뻐서."

좀 더 크면 나의 말에 "헐, 엄마, 닭살~"이라고 반응할지 모르겠지만 지금의 아이는 좋아서 활짝 웃는다.

아이의 웃음을 보고 있노라면 이 모든 기쁨과 사랑을 온전하게 주고받을 수 있는 행복과 그 어떤 괴로움까지도 지금의 시기에서만 느낄 수 있는 것이라는 생각이 들어 이 순간이 더욱 소중해진다. 시간이 천천히 흘러갔으면 좋겠다.

세상에서 가장 극한 직업, 전업주부

"애한테는 엄마가 옆에 있는 게 가장 좋은데 회사를 그만둘 생각은 없어?"

내 주변 사람들은 대부분 '여자도 일을 해야 한다'고 강조하지만 여전히 이렇게 묻는 사람들도 있다.

"전혀요, 정년까지 회사에 다닐 겁니다."

나는 출산 전까지만 해도 가끔 발작처럼 회사를 그만두고 싶다고 노래를 불렀다. 하지만 아이를 낳은 뒤로는 이 말이 나의 대화 목록에서 완전히 사라졌다.

지금 당장은 엄마 품에서 자라는 게 좋아도 자녀가 성장해서 결혼할 때까지의 기나긴 생애주기를 놓고 보면 엄마에게도 자기만의 일이 있는 게 좋을 것 같다. 내 모든 걸 이 아이에게 쏟아부었는데 언젠가 아이가 내 품을 떠나는 모습을 담담하게 지켜볼 자신도 없다. 아이가 내게 보여 주는 애착은 지금의 내가 누릴 수 있는 것일 뿐 장년의 내게도 똑같이 주어지는 게 아니니까. 자녀와 적절한 관계를 유지하려면 내게도 나만의 세상이 있어야 한다.

지난해 친정 엄마가 이모들과 함께 일주일간 여행을 떠나면서 우리 부부는 절반씩 연차를 쓰고 아이를 돌봤다. 아이가 어린이집에 적응하기 전이라 나는 사흘 연속 아이와 붙어 지냈다. 퇴근 후 저녁에만 볼 때는 '세상에서 가장 친절한 엄마' 역할을 그럭저럭 잘 수행할 수 있었다. 같이 있는 시간이 얼마 되지 않으니 짜증이나 답답함 등을 느낄 새가 없었다. 내가 문을 열고 들어서자마자 함박웃음을 지으며 달려오는 아이를 예뻐하기만 해도 시간이 모자랐다.

하지만 사흘간 붙어 지내다 보니 반응의 질이 떨어지는 걸 자각할 수 있었다. 휴직 때도 온종일 같이 있었지만 그때보다 아이가 요구하는 상호작용의 수준이 훨씬 높았다.

"그래, 그랬구나, 엄마가 해 줄게, 이렇게 하는 게 좋아?"라며 활기차게 물어봤던 내가 "으응, 아 그래, 조금 이따가 하면 안 될까?"라며 아이에게 자꾸만 휴식을 청했다. 목소리에 짜증이 묻어날 때도 있었다. 아, 기력 달려. 아이는 정말 지치지 않고 노는구나. 쉼 없이 세상과 상호작용하길 원하는 아이에게 그 대상이 한 명인 상황은 두 사람 모두에게 가혹한 일이었다. 부모의 정신 건강뿐 아니라 아이의 정상적인 발달을 위해서라도 전업주부에게 쉼이 필요하다는 사실이 절실하게 다가왔다.

이런 이야기를 하면 "직장 생활은 쉬운 줄 아나?"라며 반발하는 사람들도 있다. 나의 경우에도 육아휴직 전에는 직장에 매이지 않는 삶을 갈망했다. 사랑하는 아기랑 남편이랑 우리를 둘러싼 소수의 사람과 교류하며 지내는 전업주부의 삶이 안락하게만 보였다. 밥벌이란 나를 이해해 주는 사람, 나를 싫어하는 사람, 서로에게 호불호가 없는 사람 등 수많은 사람 속에서 먹고사는 일을 지속하는 것이다. 그만큼 사람 관계로 인한 스트레스에 시달려야 한다.

나는 이런 스트레스 때문에 가슴 한구석에 아직 써 놓지 않은 사표를 늘 품고 다녔다. 육아휴직이라는 일시적 휴업을 맞았을 때는 쾌재를 부르며 즐거운 마음으로 짐을 쌌다.

뜻밖에도 전업주부 생활은 쉽지 않았다. 처음에는 나의 세계가 고요해지며 마음의 평화가 찾아왔다. 외부의 폭풍을 피해 보금자리에 들어온 기분이었다. 소파에 앉아 TV를 보고 있으면 고양이들이 다가와 털을 비비댔다. 한낮의 햇살이 거실을 비췄고 시급하게 처리해야 할 일도 없었기에 나른한 오후를 보낼 수 있었다. 나의 세계가 좁아져 내면의 폭풍에 휘말리게 될 줄은 미처 몰랐다.

좁아진 내 세계에서 남편과 가족들이 너무도 커다란 존재가 되면서 갈등이 시작됐다. 말 못 하는 아기의 수발을 들며 옴짝달싹 못 하는 터라 책을 읽거나 영화를 보는 것도 거의 불가능했다. 자신이 이러저러한 성격과 성향을 지닌 사람임을 느낄 기회도 없었다. 흐름에 개의치 않아도 되는 TV 예능 프로그램이나 라디오를 틀어 놓고 사람 목소리를 들을 뿐이었다. 남편의 귀가 시간에 대한 예민함이 커졌다.

남편이 늦게 들어오면 나는 아침, 점심뿐 아니라 저녁식사마저도 혼자서 대충 먹었다. 그가 전화하지 않고 늦게 들어오거나 자정이 넘었을 때 전화를 받지 않으면 화가 치밀어 올라서 잠도 오지 않았다. 피치 못할 술자리가 아니라 술 먹고 시시덕거리는 걸 좋아하기 때문에 이런 자리가 이어지는 것이라고 오해하며 분노에 휩싸였다.

남편의 늦은 귀가에 대한 스트레스가 현재 '1'이라면 그때는 '100'이었다. 지금의 나는 남편이 늦게 들어와도 쓰러져 자느라 크게 신경 쓰지 않는다. 요즘에는 휴직 때처럼 깊은 밤 서러움을 억누르며 남편을 기다려 본 적이 없다.

당시 나의 문제 중 하나는 배출구가 없다는 것이었다. 집에만 있다 보니 작은 일을 곱씹으며 울화를 키울 때가 많았다. 직장 생활의 스트레스가 종류도 더 많고 상황이 엄중할 때도 있지만 해소와 배출이 안 된다는 점에서 전업주부로서의 스트레스가 더 감당하기 힘들었다. 회사 생활을 할 때는 동료들과 이야기를 나누거나 술을 마시면서 억눌린 마음을 잠시나마 풀 수 있었다. 일에 집중하며 잊어버릴 수도 있었다. 감정이 불타오를 때 잠시 다른 일을 하면 잊고 있었던 시간만큼 내면의 갈등이 사그라져 있었다.

하지만 집에만 있을 때는 스트레스가 뇌리에 달라붙어 떨어지질 않았다. 매일매일 해도 별로 표시 나지 않는 집안일로는 성취감을 느끼기가 어려웠다. 나의 역할은 있었지만 이 일이 나를 드러내 주지는 않았다. 계속 이렇게 지낸다면 나는 무엇을 통해 나를 찾아야 할까? 나를 잃고 엄마로서, 아내로서만 살아갈 수 있을까? 사회적 역할과 지위를 잃은 내가 열등감 없이 생활할 수 있을까? 자존감이 흔들리기 시작했다.

남편에게 경제적으로 의존하는 생활도 쉽지 않았다. "배우자가 벌어 오는 돈으로 사는데 뭐가 힘드냐"고 말하는 사람들도 있지만 타인의 경제력에 의지하는 삶이 쉬울 리 없다. 외벌이 가정의 생활은 대부분 밥벌이하는 가장을 중심으로 돌아간다. 경제력은 곧 발언권이 되기 마련이다.

갑을 관계는 직장이나 외부 생활에서만 발생하는 게 아니다. 집 안에서도 생겨난다. 이 때문에 가장이 다소 비합리적이거나 부당한 결정을 하더라도 참거나 배려해야 하는 상황이 발생한다. 부부 사이에서도 경제력에 따라 조금 더 이기적일 수 있는 사람이 생기는 것이다. 전업주부에 대해 '노는 사람'이라 표현할 정도로 우리 사회가 돌봄의 가치를 낮게 평가하다 보니 가정 내에서 이런 일은 흔하게 일어난다.

나만 해도 휴직 기간 아이를 돌보며 청소하고 밥하고 이유식을 만드는 등 하루 종일 육체적, 정신적으로 쉴 틈 없이 바쁘게 보내면서도 일하느라 고단한 남편을 더 배려하곤 했다. 이타적인 생활을 요구받는 전업주부의 삶은 참으로 녹록지 않았다.

내가 유별난 건가? 내가 좀 이기적이라서 그런가? 마음 한편에 이런 의문을 품고 있을 때 회사의 남자 동기가 복직 환영 전화를 걸어 주었다. 반가운 대화가 오가는 와중에 그는 "아내가 자꾸 외롭다고 하는데 난 잘 이해가 안 돼. 아기랑 집에 둘이 있으면 좋을 거 같은데"라고 했다. 동기의 말을 들으며 이런 생각이 가장 먼저 떠올랐다.

'나만 그런 게 아니었어.'

남자도 육아휴직을 할 수 있으면 참 좋을 텐데. 그러면 대부분의 가정에서 개인의 성향이 아닌, 성별에 의해 역할이 주어지는 문제를 개선할 수 있을 텐데……. 자신의 방에서 노트북을 들여다보고 있는 남편을 보며 우리 사이에 우주가 흐르고 있고 건너편의 외딴섬에 나 홀로 있는 것 같았던 외로운 밤이 떠올랐다.

"나도 그랬어. 정말 외롭더라."

동기의 말이 끝나자마자 힘주어 말했다.

매일 반복됐던 혼자만의 밤들. 그 밤의 느낌을 USB 메모리 카드에 담아 내 남편과 회사 동기의 뇌리에 꽂고 전달할 수 있으면 좋겠다고 생각했다.

관리직에까지 오른 한국 사회의 많은 여자 선배들은 아이가 어릴 때 자신의 월급을 베이비시터와 가사도우미에게 다 지급하며 버텨 냈다고 한다. 1년간의 휴직을 끝내고 회사로 돌아왔을 때, 내 마음에도 사표 대신 정년의 꿈이 들어앉아 있었다.

"배우자가 벌어 오는 돈으로 사는데 뭐가 힘드냐"는 말에 이제 나는 분명하게 말할 수 있게 됐다.

"해 보니까 그게 더 힘들더라."

4.
고양이

: 인생의 의미를
가르쳐 준 시간들

"고양이가 아이를 할퀴면 어째."(시어머니)

"동물 털이 애한테 안 좋다던데. 고양이 좀 치우지?"(친정아빠)

우리 집 고양이들은 나의 임신과 동시에 양가 어른들의 눈엣가시가 됐다. 대부분 적당히 흘려들었지만 걱정스러운 마음이 전혀 없는 건 아니었다. '정말 아이가 고양이들 때문에 다치거나 아프면 어떡하지……'

다행히 시어머니의 걱정은 기우에 그쳤다. 내게도 가끔씩 덤비는 첫째 냥이는 아이가 다가가면 줄행랑을 쳤다. 어른들에게 수시로 발톱을 세우는 녀석이 아이한테 잡혔을 때는 "에에에" 고음의 새소리를 내며 빠져나가려고 버둥거렸다. 단 한 번도 아이에게 발톱을 세우지 않았다.

초등학생 딸이 있는 지인은 아이가 어렸을 때 오래전부터 키웠던 고양이를 동생에게 입양 보냈다고 한다. 아이가 꼬리를 잡아당기고 털을 쥐어뜯자 고양이가 본능적으로 발톱을 세웠던 것이다. 딸의 눈가에 발톱 자국이 나고 피가 흘렀단다. "지금 생각해 보면 고양이가 아니라 아이에게 계속 주의를 줬어야 했는데 마침 동생이 고양이들을 키우고 있어서 그쪽에 보냈어"라고 했다.

우리 애도 한동안 고양이들이 밥을 먹고 있으면 살금살금 다가가 막힌 변기를 뚫듯이 고양이 꼬리를 있는 힘껏 당겼다가 놓았다. 고양이들은 비명을 질러댔고 그럴 때마다 나는 전전긍긍 노심초사했다. 저러다가 아이를 할퀴면 어쩌지. 아이에게 "왕중이(첫째 냥이)가 아프대. 꼬리 잡아당기면 안 돼"라고 끊임없이 말했다. 고양이들이 아이를 향해 하악질(경고의 의미로 입을 벌린 채 공기를 내뿜으며 내는 소리)을 하면 고양이들을 혼냈고, 버둥거리는 고양이를 아이가 잡고 놓아주지 않을 때는 아이에게 주의를 줬다.

다행히 지금까지는 아이가 고양이 때문에 아파하거나 다친 적은 없었다. 이제는 아이가 다른 생명의 고통을 인지하는 시기가 되면서 "예쁘다~ 예쁘다" 하며 등을 쓰다듬기만 할 뿐

고양이를 잡아당기지 않는다. 친정 엄마는 "고양이가 어린 생명을 알아보는 것 같아"라며 기특해했다.

진짜 문제는 털이었다. 우리 집에는 하얀색과 노란색 털이 가을 낙엽처럼 흩날렸다. 아이에게 털 알레르기는 없었지만 아기 입술에 털이 끼어 나풀거릴 때면 나는 쏙 뽑아내며 외쳤다. "아아아, 또 털……."

백일 때까지 아이와 고양이는 격리된 채 지냈다. 안방은 고양이들의 출입금지 구역이 됐다. 매일 나와 붙어서 잠들던 녀석들이 거실로 쫓겨나면서 울분을 토했다. 밤마다 방문을 긁으며 "우오오오오" 울부짖었다. 첫째 냥이가 화를 낼 때 내는 늑대 소리였다. 마음이 아팠지만 굳게 마음을 먹었다.

'왕중아 털 때문에 아이가 아프면 오랫동안 너랑 떨어져 지내야 할지도 몰라. 이게 너와 내가 공존하는 방법이야.'

고양이는 내 마음도 모르고 매일 밤 방문을 긁어대며 울었다.

나는 반려동물에 대한 트라우마가 있다. 어린 시절, 무려 7년을 함께 살며 가족처럼 지낸 포메라니안 강아지가 있었다. 엄마가 비디오 가게를 하던 시절, 녀석은 가게에 딸린 작은 마당에서 뛰놀았다. 비디오 가게를 접고 우리 가족이 아파트에 입주하면서 그간 한 번도 배변 훈련을 해 본 적 없는 녀석은 새로운 환경에 적응하지 못했다. 집 안 곳곳에 오줌을 쌌다. 중년에 이른 강아지에게 뒤늦게 배변 훈련을 시도했지만 소용 없었다. 강아지 훈련 학교가 있다는 걸 알았다면 보냈을 텐데, 그때는 마땅한 방도를 찾지 못해 베란다에 가둬 버렸다.

부모님은 강아지가 좁은 베란다에서 지내는 걸 불쌍히 여기다 고향 친척 집에 보냈다. 명랑했던 녀석이었는데 이 일로 큰 충격을 받은 모양이었다. 고모는 전화로 안부를 묻는 엄마에게 "개가 밥을 잘 안 먹어"라고 답했다. 결국 다시 데려와 지인 가게에 강아지 집을 마련해 주었지만, 얼마 지나지 않아 잃어버리고 말았다.

가족이었던 생명이 언제, 어디서, 어떻게 죽었는지 알 수가 없었다. 강아지를 잃어버리고 딱 한 번 길에서 우리 개로 추정되는 유기견을 만난 적이 있다. 때가 덕지덕지 묻어 더러웠지만 몸집과 털 색깔, 얼굴 모양새, 느낌이 분명 내 동생 '다롱이'였다. 나는 "다롱아, 다롱아"라고 부르며 계속 쫓아다녔지만, 내 목소리만 들어도 좋아서 어쩔 줄 몰라 하던 녀석이 본체만체 도망 다니기만 했다. 치매에 걸렸나? 아니면 정말 비슷하게 생긴 강아지인가? 만약 우리 강아지라면 이 사태를 어찌해야 하나? 우리는 이 애한테 얼마나 큰 잘못을 한 것인가. 길에서 춥고 배고픈 생활을 하다가 세상을 떠났을 녀석을 생각하면 죄인이 된 것 같았다. 내 자신이 이렇게 한심하고 무기력할 수 있나 싶어 한탄했다.

성인이 된 뒤 나는 고양이와의 동거를 꿈꾸면서도 한 생명을 책임져야 하는 무게가 두려웠다. 만약 함께하게 된다면 시중에서 사고파는 동물이 아니라 길 위의 삶을 힘들어하는 동물을 집에 들이고 싶었다. 그리고 4년 전 한 인터넷 고양이 커뮤니티에서 첫째 냥이의 사연을 보았다.

고양이가 현관문을 긁으며 울부짖어서 데리고 들어왔는데 아빠가 알면 쫓아내야 한다는 글이었다. 2014년 1월, 불어닥친 강추위가 길 위의 생명마저 얼어붙게 할 때였다. 왕중이는 사람을 좋아하는 집념이 강한 고양이였다. 밤마다 경기도 부천의 한 가정집 앞에서 울부짖었다. 결국 고양이를 측은하게 여긴 그 집 딸이 아버지 몰래 고양이를 들인 뒤 인터넷 커뮤니티에 입양 글을 올린 것이었다. 신랑과 나는 부천에 찾아가 첫째 냥이를 데려왔다.

둘째 냥이는 6개월 뒤 동네 주차장에서 만났다. 일명 '냥줍(고양이 줍기, 우연히 만나 데려온다는 의미)'이었다. 장대비가 쏟아진 여름날, 비를 피해 주차장에 숨어든 고양이였다. 얼마나 굶주렸으면 성묘인데도 몸무게가 2.7kg에 불과했다. 이렇게 연약한 몸으로 영역 싸움을 했는지 발톱 하나가 빠진 채 피가 뭉쳐 있었고 뒷다리 털이 무더기로 뽑혀 있었다.

고양이를 발견한 건 남편이었다. 남편의 전화를 받고 주차장에 가 보니 남녀 한 쌍이 더 있었다. 세 사람은 쪼그려 앉아 자동차 밑에 숨어 있는 고양이를 바라보고 있었다. 이 커플과 우리는 두 시간 가까이 고양이를 두고 이야기했다. 아파트에 살고 있는 건 남자였는데 그 집에는 이미 네 마리의 고양이가 있었다. 남자는 자동차 밑에 있는 고양이를 어르더니 밖으로 빼내 품에 안았다.

"어디 보자, 여자애구나. 치즈 고양이가 진짜 애교를 잘 부려요."

그는 고양이 털이 더러워 보이는데도 개의치 않고 얼굴을 비비대며 말을 이었다.

"우리 집에는 이미 네 마리나 있는데……."

남자의 얼굴에 수심이 찼다. 우리가 데려갔으면 하는 눈치였지만, 나도 선뜻 나서기가 어려웠다. 한 마리 더 들일 생각을 한 번도 해 본 적이 없었다. 앞으로 15년 정도를 함께 지내야 하는데 마음의 준비 없이 나설 수는 없었다. 두 마리나 내가 책임질 수 있을까? 첫째 냥이의 경우 내 곁에 잠깐 머물렀다가 떠난 고양이와 외모가 너무도 유사했다. 고양이를 하늘로 보내고 시름에 빠져 있던 나는 사진을 보자마자 "이 아이와 함께하고 싶어"라고 외쳤다.

게다가 첫째를 들일 때는 홀몸이었지만 둘째를 만났을 때는 임신 중이었다. 아기도 생겼는데 고양이 두 마리는 너무 많지 않을까? 우리 부부와 커플 모두 마음의 결정을 하지 못하고 축축한 주차장에서 하염없이 시간을 보내고 있었다. 왜소하고 마른 고양이가 걸걸한 목소리로 남자의 품에서 야옹거렸다.

'바깥 생활을 하면서 너무 많이 울었나 보다. 목이 쉬었네. 아……. 정말 두 마리까지만이다.'

"우리 집에는 한 마리가 있는데 우리가 데려갈게요."

그 순간 얼굴에 화색이 돌던 남자가 머뭇거리며 물었다.

"혹시 고양이 성별이……."

네 마리 고양이의 아빠다운 '프로 집사'의 질문이었다.

"남자앤데 중성화 수술했어요."

"아 감사합니다."

저 집 고양이들은 좋은 동거인을 만나 잘 지내고 있겠구나 싶었다. 동물을 사랑하는 이웃 주민을 만나 기분이 좋았다. 그렇게 애교 많고 순한 고양이가 우리 집 둘째가 됐다.

만약 아이가 태어난 뒤에 이 고양이들을 만났다면 어떤 선택을 했을까. 아무래도 고양이 가족이 생기지는 않았을 것 같다. 아기가 있는 집에서 털은 간과할 수 없는 문제기 때문이다. 영유아의 호흡기는 어른보다 약하기에 만약의 위험 가능성에 대비하고 아기의 건강을 최우선으로 생각할 수밖에 없다.

휴직 기간에 내가 수행했던 역할 중 하나는 '털 치우는 노예'였다. 눈을 뜨자마자 바닥 청소기를 돌린 뒤 침구 청소기로 아기 매트와 소파, 침대 등을 문질렀다. 아기가 집중 생활하는 곳은 수시로 닦았다. 한여름에 털 청소를 하느라 땀으로 범벅이 될 때면 고양이들을 향해 탄식했다.

"엄마는 너희들 팔자가 정말 부럽다!!"

내가 그러든 말든 고양이들은 밤에 뛰어놀고 한낮이면 쿨쿨 잠에 빠졌다.

그런데 아기가 크면서 고양이들과 함께하는 기쁨이 커졌다. 아이는 6개월 때부터 동물의 존재를 알아보기 시작했다. 어른들이 큰 자극을 줘야 시원한 웃음을 보여 줄까 말까 하던 아이가 고양이들을 보기만 하면 깔깔깔 웃음을 터뜨렸다. 사람도 아니고 장난감도 아닌, 저와는 다른 생명인 걸 느끼고 좋아하는 듯했다. 기어 다닐 무렵에 첫째 냥이가 등짝을 허락할 때마다 얼굴을 비비댔고 걷기 시작하면서는 셋이서 술래잡기를 했다. 친정 엄마는 아이와 고양이가 노는 모습을 보며 "녀석들 밥값 하네"라며 웃었다. 아이는 한때 고양이 꼬리잡기를 놀이로 생각했지만, 요즘은 고양이들을 보며 자신보다 작고 약한 생명을 지켜 줘야 한다는 것도 배우고 있다.

시어머니는 여전히 우리 집에 올 때마다 "에잇, 고양이들"이라며 눈을 흘기고 친정 아빠는 "털 안 되는데"라며 혼잣말을 한다. 나 역시 털 치우는 노예 생활이 힘들 때가 있지만, 우리가 함께 지내는 기쁨에 비하면 그 모든 건 아무것도 아니다.

지금처럼 아이를 재우고 글을 쓰고 있는 밤이면 둘째 냥이는 내 등 뒤에서 졸고 첫째 냥이는 노트북 뒤에서 얼굴을 내민 채 잠을 잔다. 모니터 옆으로 눈을 감고 있는 고양이의 토실토실한 얼굴이 보인다. 찐만두 한 덩어리가 저를 보란 듯이 내 쪽을 향해 있다. 고양이가 사람 말을 할 줄 안다면 내게 이렇게 말을 걸 것만 같다.

"엄마 좋아. 옆에 있고 싶어."

인생을 바꾼,
낭줍 사건

아이가 태어나기 전 부부끼리만 살던 집에 고양이가 들어오면서 남편과 나의 유대감은 한층 깊어졌다. 한쪽 눈에 염증이 생긴 고양이를 데리고 동물병원에 가던 날, 생명을 함께 돌보는 기쁨이란 게 이런 거구나 싶었다.

"고양이가 오고 집안 분위기가 더 좋아진 것 같아."

동물을 별로 좋아하지 않았던 남편은 고양이의 입주를 긍정적으로 받아들였다. 하지만 아이가 태어나자 남편의 반응이 조금 달라졌다.

"고양이만 없었으면 집이 더 깨끗했을 텐데."

"애 건강에 문제가 생긴 거라면 몰라도 불편하고 힘들다는 이유로 따로 살 수는 없어. 못 헤어진다."

나의 태도는 완강했고 남편도 가끔씩 말로만 푸념할 뿐

고양이들과 진짜로 헤어질 생각은 없어 보였다. 대소변 처리를 깔끔하게 하고 자기만의 시간을 가질 줄 아는 고양이는 털 문제만 아니면 비교적 결점이랄 게 없는 동물이었다. 이제는 아이가 많이 자란 덕분에 덜 고생하지만 영아 때는 털 때문에 항상 신경을 곤두세워야 했다.

문제까진 아니었어도 아이 용품을 마음대로 사지 못할 때면 아쉬웠다. 거실 소파만 해도 그 보드라웠던 가죽이 지금은 다 터지고 찢겨 너덜너덜해졌다. 스크래처(발톱을 긁기 위한 고양이 용품)를 사 줘도 우리 집 미니 맹수들은 소파에 매달려 발톱을 긁어댔다. "안 돼. 애들아 제발." 초반에는 제지해 보기도 했지만 이내 지쳐 포기했다. "이미 버린 몸(소파)이다. 마음대로 뜯어라."

하지만 아이 크기에 딱 맞는 앙증맞은 유아 소파마저 초토화됐을 때는 "아이고, 아이고" 탄식이 나왔다. 한동안 아이의 소파를 지키기 위해 나는 무진 애를 썼다. 잠들기 전이나 외출을 할 때면 소파를 빈방에 넣어 두고 문을 닫았고 그 외의 시간에는 시야에 두고 지켰다. 소파를 들고 이리저리 옮기는 나를 보며 남편은 "그래도 소용없을 거야"라고 했다.

그 말대로 언젠가부터 나는 소파를 깜빡 잊고 잠이 들었고 다음 날이면 소파에 상처가 하나둘 늘어 있었다. 결국 유아 소파도 거실 소파와 마찬가지 신세가 됐다. 찢기고 터졌다. 아이는 흥미로운 표정으로 쪼그려 앉아 소파의 상처에서 솜털을 쏙쏙 뽑아냈다. '이것도 고양이들이 뜯겠지?' 나는 아이 용품을 구입하기 전 고양이들의 행동패턴을 고려하며 한숨을 쉬었다. 우리 집 고양이들은 기지개도 벽지에 팔을 쭉 뻗고 하는 탓에 모든 벽지가 다 뜯어졌다.

이런 불편을 감수하면서 반려동물과 함께 살아가는 이유가 뭘까? 가끔씩 곰곰이 생각해 봤다. 가족이 됐다는 책임감과 함께 지내는 동안 쌓인 유대감, 그리고 작은 생명이 주는 위로와 따뜻함이 떠올랐다.

그리고 비가 내린 어느 여름날, 고양이들과 창밖을 내다보면서 그 물음에 대한 확실한 답을 찾을 수 있었다.

"비 온다. 저게 비야."

나는 아이를 베란다로 데려갔다. 거리는 축축이 젖어 있었다. 잿빛 하늘, 잿빛 아스팔트, 점점 짙게 변해 가는 무채색. 바닥에서 툭툭 튀어 오르는 물기가 세상을 감쌌다. 색색의 우산들이 행인의 발걸음에 맞춰 흔들렸다. 고양이들도 나를 쫓아 베란다 창가에 섰다. 커다란 눈망울로 가만히 빗물을 바라봤다.

'쟤네들은 무슨 생각을 할까?'

동물에게 비 오는 날의 풍경은 어떤 인상일지 궁금해졌다. 고양이들은 조금이라도 물이 튀면 바르르 몸을 흔들 정도로 물이 묻는 걸 지독하게 싫어했다.

'길 위의 생활을 힘들어했던 녀석들인데 이런 날 바깥에 있었다면 얼마나 고생했을까.'

문득 이런 생각이 들자 어떤 생명에게 내가 안식처가 됐음에 마음이 벅차올랐다. 쏟아지는 비를 보며 우리 고양이들한테 쉴 곳이 있어서 다행이라고 생각했다. 먹고사는 일에 치이면서 '왜 사는가? 무얼 위해 사는가?'라는 물음을 잊고 지냈는데 살아가는 의미가 단단해지는 느낌이었다.

고양이들에게 나는 대체할 수 없는 사람이었다. 지난해 일주일간 출장을 다녀온 나를 가장 격렬하게 반가워해 준 건 고양이들이었다. "냐~~~~ 옹-(엄마, 어디 갔다 왔어?)" 내 얼굴을 보자마자 갑자기 비명을 질러댔다. 좋아서 내지르는 환호였다.

아이를 낳고 열흘간 집을 비웠을 때 남편이 전해 준 첫째 냥이의 변화에 나는 조리원에서 눈물을 훔쳤다. 처음으로 내가 장기간 집을 비우자 첫째 냥이가 이상한 행동을 하기 시작했다. 꼬리털뿐 아니라 등짝의 털을 고슴도치처럼 세우고 높

은 곳에 올라 30분간 포효했다. 남편은 "왕중이가 미친 것 같아"라며 당시 상황을 전했다. 남편이 어르고 밥을 준다며 회유해도 들은 체 만 체 눈을 희번덕거리며 허공에 소리를 질렀단다.

아이를 낳기 전까지 같은 침대에서 함께 자며 애지중지했던 녀석이었다. 나의 부재를 첫째 냥이는 못 견뎌 했다. 열흘 만에 만났을 때 "냐!!!!!!!!!!!" 단말마의 비명을 내지르고는 나를 졸졸 쫓아다녔다. 그리고 다시 네 발을 하늘로 쳐들고 바닥에 철퍼덕 드러누워 누가 지나가든 개의치 않는 무던한 집냥이로 돌아왔다.

시간이 흐르면서 아이와 고양이들은 내외하는 관계가 됐다. 힘 조절을 못 하는 아이에게 잡히면 뜯기고 꼬집히는 탓에 고양이들은 아이가 다가갈 때마다 줄행랑을 쳤다. 오히려 잘됐다 싶었다. 혹여 궁지에 몰린 고양이가 본능적으로 발톱을 세울까 봐 걱정했다. 한집에서 바라만 보는 관계로 지내며 평화롭게 공존했다.

스킨십은 아이가 자라면서 자연스럽게 아주 조금씩 늘어갈 것이다. 그리고 언젠가 아이도 나와 같은 느낌을 갖게 될 거라 믿는다. 자신보다 작은 생명을 돌보는 기쁨과 말하지 않아도 쌓이는 동물과의 우정, 생명을 소중히 대해야 한다는 책임감을 알게 될 것이다.

비오는 날 고양이들과 함께 창밖을 응시할 때면 우리 모두에게 안식처가 있어서 다행이라는 생각을 한다. 길에서의 삶을 힘들어했던 녀석들이 없었다면 그저 비 내리는 날로만 보였을 것이다. 우리가 만나기 전, 경계심 가득한 눈빛으로 쉴 곳을 찾아 빗물 사이를 달렸을 녀석들의 모습을 상상하면 지금의 모습에 안도감이 밀려온다. 그 안도감은 악다구니 쓸 일들이 생길 때면 '내게는 보금자리가 있고 가족이 있는데 왜 이렇게 스스로를 힘들게 하는 것일까'라는 초연함을 불러온다.

물을 질색하는 녀석들이 평화로운 눈빛으로 빗물을 바라보고 있다. 나의 아이와 고양이들이 땅에서 튀어 오르는 소음을 평온하게 응시하고 있다. 내가 살아가야 할 이유가 이 순간의 느낌만으로도 충분해지는 것 같다.

"인간보다 생애주기가 짧은 동물과의 동거는 삶을 더욱 성찰하게 해준다"는 말에 나는 깊이 공감한다. 국내 최초로 서울 마포구에 협동조합 형태의 동물병원을 연 정경섭 우리동물병원 생명협동조합 이사장은 "반려동물과 함께 살아가는 이유가 뭘까요?"라는 나의 질문에 이렇게 대답했다.

"강아지나 고양이 등 동물의 생명은 인간보다 짧아요. 반려동물과 함께 살아가는 사람들은 보통 사람들보다 빨리 가족의 죽음을 만나게 되죠. 열 살에 반려동물을 만났다면 이십대 중후반에 이별의 상처와 상실감을 경험하게 되는 겁니다. 이러한 상처가 너무 깊어 '다시는 동물을 키우지 않겠다'고 하는 사람들도 많아요."

정 대표에게도 몇 번의 상처가 있었다. 그는 지금도 세상을 떠난 동물을 생각할 때마다 마음이 아프지만 그러한 상처 덕분에 자신은 생명을 소중히 여기는 사람이 될 수 있었다고 말한다. 자신이 애써 눈길을 돌리고 곁을 주지 않는 것일 뿐 자기 의지와 관계없이 주변에서는 끊임없이 새 생명이 태어나고 떠난다. 그는 그러한 과정에서 삶을 힘겨워하는 생명에게 손 내밀 수 있는 용기를 갖고 싶다고 했다.

우리 고양이들과 함께 지낸 시간은 아직 4년밖에 안 됐지만 나는 가끔씩 녀석들의 죽음에 대해 생각하곤 한다. 첫째 냥이의 코에 검은 점이 한 개 생기더니 이제는 다섯 개로 늘었다. 눈꺼풀을 뒤집어 보면 전에 없던 검은 반점이 늘어나 있다. 피부에 검버섯이 늘고 있는 것이다.

"넌 몇 살인거야? 길에서 얼마나 지냈던 거야?"

길면 10년 정도 남은 건가. 이 녀석이 어느 날 꼼짝하지 않고 누워 있거나 중병에 걸려 병원에 입원한 상태로 세상을 떠난다면 그 모습을 어떻게 받아들여야 할까. 막막하고 답답해진다. 집 안 구석구석에서 뛰어놀거나 늘어져 있었던 고양이들의 모습이 아른거릴 것 같다. 생각하는 것만으로도 속이 꽉 막히고 체증이 난다. 하지만 이런 두려움이 무서워서 고양이들과 함께하는 삶을 포기하고 싶지는 않다.

10년 뒤면 아이도 중학생이 될 것이다. 영원한 이별을 경험하고 받아들이기에는 조금 이른 나이다. 하지만 나는 믿는다. 그 경험을 통해 슬픔, 공허함, 아픔, 그리고 마음속에 아련한 강처럼 흐를 그리움이 생명의 소중함을 아는 아이, 함부로 대하지 않는 아이로 성장하는 양분이 되리란 것을.

"어쩌다가 고양이를 키우게 됐어?"

아이와 고양이가 함께 생활하는 걸 알면 주변 사람들부터 가끔 이러한 질문을 받는다. 취직 전, 지금은 인기 웹툰이 된 채유리 작가의 《뽀짜툰》을 보며 '언젠가는 고양이를 키워 보고 싶다'고 막연하게만 생각했다. 하지만 부모님과 함께 생활하던 때라 내 마음대로 식구를 늘릴 수 없었고 한 생명을 끝까지 책임지기에는 내가 너무 부족한 사람으로 느껴졌다.

취직을 하고 결혼으로 독립을 한 뒤 남편에게 "고양이 키우면 안 돼?"라고 물었다. 남편은 싫다고 했다. 배우자가 거부하는데 내 마음대로 결정할 수 없었다. 마음 한구석에서 생명을 책임지는 일의 무게와 부담이 고개를 들어 나도 더 이상 고집부리지 않았다.

4년 전 우연한 만남이 아니었다면 우리 부부에게 '고양이 가족'은 결코 생기지 않았을 것이다. 2014년 1월의 어느 주말에 나는 동네 편의점에 가고 있었다. 매서운 추위 때문인지 사람들은 보이지 않았고 길가는 조용했다. 그때 아파트 단지의 정적을 깨고 "냐옹, 냐옹" 고양이 울음소리가 울려 퍼졌다.

'웬 고양이지?' 고개를 두리번거렸다. 건너편 건물 입구에서 고양이 한 마리가 몸을 웅크리고 있었다. 닫힌 출입문 바깥에서 몸을 떨고 있었다. "야옹아, 이리 와 봐" 나는 양손을 내밀며 말했다. 신기하게도 고양이가 내 앞으로 왔다.

너무나 깡마른, 뼛조각을 맞춰 놓은 것 같은 고양이였다. 길에서의 고단함 정도가 아니라 고통이 덕지덕지 묻어 있었다. 뻣뻣한 털은 살이 없어 푹 꺼져 있었고 얼굴은 얼룩덜룩했다.

급한 마음에 편의점으로 데려가 일단 고양이 캔부터 사 먹였다. 캔에 조그만 입을 부딪치며 허겁지겁 먹는 고양이를 보며 신랑에게 전화를 했다.

"고양이를 우연히 만났는데 너무 안 됐어. 진짜 이렇게 마른 고양이는 처음 봐. 너무 추운데 잠시 집에 들였다가 입양 보내면 안 될까? 제발……"

날이 찢어질 듯 춥고, 작은 생명은 아사 직전의 상태임을 강조했다. 통화 끝에 남편은 데리고 들어오라고 했다. 나는 집에 들어가자마자 고양이를 화장실로 데려가 욕조에 넣고 샤워기로 따뜻한 물을 뿌렸다. 고양이는 격하게 울면서도 욕조 밖으로 나가지 않았다.

지금 생각해 보면 낯선 장소에서, 낯선 사람이 퍼부어대는 물 공격에 고양이가 얼마나 겁을 먹었을지 미처 헤아리지 못했던 게 미안해진다. 더구나 나는 씻긴 다음에 지금 고양이들에게는 상상조차 하지 못하는 드라이기질까지 해댔다. "끄르릉" 고양이는 신음 소리를 내며 싫은 내색을 했다.

털이 마를 때까지 만져 준 뒤 담요로 고양이를 감싸 안고 가까운 동물병원으로 향했다. 의사는 길고양이냐며 기다란 플라스틱 막대를 고양이의 항문에 집어넣었다. 돋보기로 내용물을 확인하고는 기생충이 좀 있다고 했다. 약을 들고 고양이 사료와 화장실 모래를 사서 집으로 왔다.

나는 라면 박스의 윗부분을 잘라 내고 남은 반쪽에 모래를 부었다. 배변 훈련을 따로 하지 않았는데도 과연 고양이가 본능적으로 모래를 이용해 줄까? 걱정스러우면서도 두근두근했다. '임시 화장실을 잘 써 주려나.'

다음 날 아침, 나는 눈을 뜨자마자 거실에 놓인 고양이 화장실로 달려갔다. 밤사이에 고양이는 내가 만들어 둔 화장실에 정확히 물질을 떨어뜨리고 모래로 덮어 두었다. 기쁨의 탄성이 터져 나왔다. 이 아이가 기본적인 동거 규칙을 제대로 지킨 것이다. 라면 박스에 숨겨진 구수한 물질을 치우며 어쩌면 우리는 함께 지낼 수 있을지도 모르겠다는 생각을 했다. 신랑에게 고양이의 '큰일'을 칭찬하며 이런 애라면 함께 지내도 괜찮지 않냐고 떠봤다.

고양이는 둘째 날부터 거실을 돌아다니며 탐색하기 시작했다. 그런데 걸음걸이가 이상했다. 뒷다리를 절뚝거렸다. 몸길이의 세 배 높이까지 뛴다는 다른 고양이들과 달리 거실 소파조차 오르지 못했다.

"길에서 교통사고를 당했다가 뼈가 이상하게 맞춰진 게 아닐까? 살이 좀 찌면 나아지려나."

비쩍 마른 데다 절뚝거리기까지 해서 고양이에 대한 애처로움은 더욱 커졌다. 나는 닭 가슴살과 북어를 삶아 먹였다. 한번에 많이 먹지도 못했다. 녀석은 나와 신랑에게 다가와 얼굴을 비비댔다. 얌전했고 순했다. 남편도 이 고양이가 마음에 든다며 옥경이라 부르자고 했다. 나는 짝사랑하던 이에게 고백을 받은 것처럼 들떴다. 고양이 화장실과 옷, 침대로 쓸 반려동물용 '떡실신 쿠션'을 인터넷 상점에서 주문했다.

그런데 사흘째부터 이상한 증상을 보이기 시작했다. 고양이는 거실 테이블 밑에 축 늘어져 나오지 않았다. 나는 고양이 옆에 사료와 삶은 닭 가슴살을 놓고 꼭 먹으라고 애원을 했다. "옥경아, 이것 좀 먹어." 집을 나서는데 발걸음이 떨어지지 않았다. 퇴근 후에도 고양이는 여전히 테이블 밑에 있었고 먹이에는 입을 댄 흔적조차 없었다. 하루 종일 아무것도 먹지 않은 것이다. 불안한 마음이 고개를 들었지만 애써 외면했다. "너 지금 낯가리는 거야? 좀 나와 봐." 사정하면서 음식을 권했지만 아무런 반응이 없었다.

그렇게 밤 12시가 되자 나는 도저히 무시해서는 안 되는 나쁜 일이 일어나고 있음을 직감했다. 고양이는 네 발을 앞뒤로 쭉 뻗은 채 눈조차 제대로 뜨지 못했다. 소리를 내지 않았지만 고통스러워하고 있음이 분명했다. 눈물이 쏟아졌다. 꾹꾹 누르고 있던 불안이 한꺼번에 터져 나왔다. "옥경이가 아픈가 봐. 얘를 큰 병원에 데려가자." 나는 엉엉 울면서 신랑에게 말했다.

24시간 진료를 하는 병원 중에 의사에 대한 평이 좋은 곳을 찾았다. 새벽 1시가 넘은 시각이었다. 의사는 고양이를 보더니 안타까운 표정을 지으며 이렇게 마른 고양이는 처음 본다고 했다. 나는 오늘 하루 고양이가 보인 모습과 절룩거리는 다리의 상태를 설명했다. 의사는 영양 상태가 심각하게 나쁘기 때문에 일단 입원을 시킨 뒤 각종 전염병 감염 여부를 검사하자고 했다. 다리 부분은 엑스레이 촬영을 하겠다고 하면서 길고양이인 만큼 양심상 병원비의 절반만 받겠다고 했다.

다음 날 병원에서 전화가 왔다. 고양이가 '범백혈구 감소증(범백)'에 걸렸고 상태가 생각보다 더 심각하다고 했다. 바깥 생활 중에 감염된 뒤 잠복기를 거쳐 발병한 것이고 엑스레이 촬영 결과 다리뼈에는 전혀 문제가 없으며 추운 곳에서 아주 오랫동안 웅크리고 있었던 바람에 근육이 굳어 뒷다리를 뻗지 못하게 된 것 같다고 했다.

옥경이는 영역 싸움에서 밀린 고양이었다. 캣맘이 주는 사료든, 쓰레기통에 든 음식물이든 먹을 것에 접근하지 못했을 뿐더러 온기를 얻을 만한 곳조차 마련하지 못해 한겨울 추위를 제 몸의 체온으로만 견딘 고양이었던 게 분명했다. 온 힘을 다해 네 발을 몸통에 붙이고 있으면서 다리가 굳은 것이다.

나는 고양이를 보러 병원에 갔다. 아픈 와중에도 녀석은 나를 보고 "냐옹" 크게 울었다. 그러고는 침처럼 투명한 토사물을 계속 쏟아 냈다. 쿨럭쿨럭 온몸을 비틀며 힘겹게 내뱉었다. 더 이상 내가 해 줄 수 있는 게 없었다. 무기력함에 눈물이 흘렀다.

입원 나흘째 아침, 의사의 안타까운 목소리가 수화기 너머로 들렸다. 고양이가 너무 고통받고 있는데 보내 주는 게 어떻겠느냐고 했다. 의사의 떨리는 목소리에서 꺼져 가는 생명의 몸부림을 지켜보고 있음을 알 수 있었다. 의사에게 안락사를 할 경우 고양이가 죽음의 고통을 느끼는지 물었다. 그는 수면 마취할 때처럼 잠드는 것, 영원히 깨어나지 않는 것이라고 대답했다.

그렇게 고양이는 나와 만난 지 일주일 만에 세상을 떠났다. 너무나 충격적이었다. 세상에 태어나서 굶주림과 추위 같은 온갖 고통만 겪다 떠났다는 사실에 가슴이 아팠다. 집에는 고양이 화장실과 떡실신 쿠션이 포장도 뜯지 않은 채 그대로 있었다. 누굴 만나도 무엇을 먹어도 우울했다.

태어나자마자 사람에 쫓기고 동족에 쫓기고 추위에 떨었던 녀석, 숨지기 직전 극한의 고통에 몸부림친 녀석의 삶이 가여워 눈물이 났다. 그 녀석의 일생에서 따뜻했던 순간이라고는 새끼였을 때 핥아 주었을 어미 고양이와의 시간과 나와의 사흘밖에 없었을 테다. 고통스러운 시간에 비해 온기는 너무나 짧지 않은가.

나와 신랑은 경기도 화성시에 있는 반려동물 장례업체에서 옥경이를 보냈다. 박스에 담긴 녀석의 사체를 그곳에서 꺼냈다. 옥경이는 앞발로 얼굴을 감싼 채 눈을 감고 있었다. 편안해 보이는 모습이었다. 나는 그 아이를 위해 울었다. 생의 마지막에 울어 주는 이가 있다면 그 인생이 불쌍하기만 한 것은 아닌 것 같았다.

그리고 반려동물 화장터에서 나는 예상치 못한 위로를 받았다. 화장터 한편에는 납골당이 있었다. 주로 강아지들의 사진과 장난감, 과자, 편지글이 작은 사물함 크기의 묘소에 담겨 있었다. 옥경이가 재로 변하는 동안 각 묘소에 있는, 잘 보이도록 꽂힌 사람들의 편지를 읽었다.

"내가 어렸을 때 너를 질투해서 많이 괴롭혔었는데 지금 생각하면 그게 너무 미안해. 보고 싶고 사랑한다."

한 글자 한 글자 정성스럽게 쓴 손편지에는 동물 가족을 생각하는 수많은 사람의 마음이 담겨 있었다. 한 아주머니는 내가 화장터에 도착하기 전부터 떠날 때까지 같은 자리에 앉아 있었다. 그분은 죽은 강아지를 위해 마련한 납골당 앞에서 강아지 사진을 어루만지고 과자를 바꿔 주며 아주 오랜 시간 가만히 앉아 있었다. 그 침묵에서 아주머니의 사랑이 느껴졌다. 그곳에 모여 있는 수많은 마음이 나를 달래 주었다. 어떤 사람들은 대수롭지 않게 여기는 생명을 이처럼 소중히 여기는 사람들이 주변에 있다는 것과 그들과 함께 살고 있음에 위안을 얻었다.

"다른 고양이를 키워 보는 건 어때? 죽은 고양이를 잊지는 못하겠지만 새로운 생명이 오면 마음이 편해질 거야. 또 옥경이가 그렇게 떠났는데 그 아이를 위해서라도 힘들어하는 고양이를 거두면 좋지 않을까?" 소꿉친구는 소식을 전하는 내게 위로의 말을 건넸다. 마찬가지로 충격을 받은 신랑도 다른 생명과의 동거를 허락했다.

그렇게 한 달 뒤 추위에 떨다 마음 착한 여학생에게 구조된 고양이가 우리 집 첫째 냥이가 됐다. 먹는 걸 좋아해 다이어트가 필요한 장난꾸러기 뚱보와 4년째 지지고 볶고 있다.

임신부가 '고양이 기생충'에 대처하는 방법

고양이는 강아지만큼 충성심이 없다며 밉살스럽게 보는 사람들이 있지만 고양이도 자기 나름의 감정 표현을 한다. 우리 고양이들은 내가 도어락 버튼 누르는 소리를 구별할 줄 안다. 다른 사람이 누르면 들은 척도 않는 녀석들이 내가 들어설 때면 부리나케 문 앞으로 달려 나온다.

"신기하네. 속도의 차이는 느끼는 건가?"

남편은 소리도 아닌 속도 차이까지 구별하는 것에 감탄했다. 둘째 냥이는 마우스를 쥐고 있는 내 손을 알을 품은 어미 닭처럼 배로 감싸곤 했고 요즘은 나의 등짝을 발로 톡톡 건드리며 저를 보라고 냥냥거릴 때가 많다. 첫째 냥이는 침대에 누울 때마다 기척을 느끼고 달려와 발밑을 파고든다.

이 작은 생명과 함께한 지 얼마 되지 않아 나는 고양이에게 푹 빠져 버렸다. 둘째 냥이를 들이기 전에는 첫째 냥이를 집에 두고 나갈 때마다 마음이 무거워 발걸음이 떨어지지 않을 정도였다.

당시 우리 집은 서울 성북구의 한 산비탈에 있었다. 지하철역에 가려면 산꼭대기에서 마을버스를 타고 아스팔트로 포장된 능선을 내려가야 했는데 산꼭대기에 있는 버스 정류장에선 우리 집 베란다 창문이 보였다. 나는 정류장에 사람들이 없을 때면 집을 향해 "왕중아, 왕중아"를 외쳤다.

그러면 혼자 남겨진 고양이가 창가에 모습을 드러냈다. 내 쪽을 바라보는 하얀 바탕에 갈색 무늬를 지닌 작은 얼굴을 향해 나는 머리 위로 손을 들고 크게 흔들었다. 제법 거리가 있어 고양이의 표정은 보이지 않았다. 왕중이는 인형처럼 가만히 서서 정류장을 응시했다. 나는 버스에 올라 목이 뻐근해질 때까지 뒤를 돌아봤다. 왕중이도 자리를 떠나지 않고 그대로 있었다. 베란다 유리에 붙어 있는 고양이가 콩알만큼 작아졌다가 시야에서 사라졌다.

봄에는 꽃이 만발하고 가을에는 색색깔 단풍이 드는 산동네 경치를 보면서도 이때만큼은 마음이 들뜨지 않았다. 한낮의 햇볕을 받으며 고양이가 늘어지게 자고 있을 거라 생각하다가도 어스름이 내린 텅 빈 공간에 홀로 있을 모습이 떠오를 때면 마음이 아팠다.

퇴근 후 집에 들어서면 왕중이는 현관문이 열리기 전부터 문 앞에 서 있었다. 나를 졸졸 쫓아다니며 냐옹냐옹 기쁨을 표현했다. 화장실에 들어가면 문 앞에서 기다렸고 소파에 앉으면 내 허벅지에 기댔다.

고양이는 혼자 둬도 잘 지내는 편이지만 강아지와 마찬가지로 외로움을 탄다. "아이고 내 새끼들" 나는 하루에 한 번씩 고양이들을 부둥켜안고 엉덩이를 토닥여 줬다. 녀석들은 풀어 달라고 버둥거렸다. "너네들 나 좋아하면서 왜 껴안는 걸 싫어해~." 나는 고양이들에게 대범한 사랑꾼이 됐다. 동물 가족과의 정은 점점 더 깊어졌다.

그런데 임신과 함께 우리의 동행에 첫 위기가 찾아왔다. 주변에서 털 문제를 언급할 때마다 나는 육아육묘 경험담을 찾아보며 이 수많은 성공 사례가 나만 비껴갈 리 없다고 믿었다. 하지만 임신 4개월 차에 벌어진 이 사건으로 나는 엄청난 공포를 경험했다.

정기 검진 차 들른 산부인과에서 의사와 면담을 할 때였다. 남편이 대화 중에 우연히 고양이에 대해 언급하자 의사가 갑자기 말을 뚝 멈추더니 미간에 주름을 잡고 얼굴을 일그러뜨렸다.

"아니, 고양이 키우는 걸 왜 이제야 이야기해요?"

말해야 한다고 생각하지 못했을 뿐인데 이 반응은 뭔가 싶어 불안했다. 의사는 "집에서만 기른 고양이인가요?"라고 물었다. 우리가 길고양이였던 왕중이의 과거를 털어놓는 순간 의사의 표정이 더 험악해지더니 당장 '톡소플라스마' 감염 여부를 검사해야 한다고 했다.

톡소플라스마? 처음 들어 보는 말이었다. 톡소플라스마는 고양이를 종숙주로 삼는 기생충으로 고양이 배설물을 통해 알을 퍼뜨린다. 임신부가 걸리면 기생충이 태반을 통과해 태아의 기형을 일으킬 가능성이 있는 것으로 알려져 있다. 집에서 태어나고 자란 고양이는 감염 가능성이 낮지만 바깥 생활을 했던 고양이는 알 수 없는 노릇이었다.

왕중이의 배설물은 줄곧 내가 치웠다. 동거 초기에 감염 상태였다면 고양이의 분변을 접했던 나 역시 저도 모르게 감염됐다가 회복했을 수 있다. 왕중이가 오고 세 달 만에 임신을 한 터라 위험 가능성을 무시할 수 없었다.

의사의 입에서는 곧 무시무시한 말이 쏟아져 나왔다. 피검사를 하면 현재와 과거의 감염 여부를 알 수 있지만 과거에 걸렸던 시점까지는 알 수 없다. 만약 둘 중 어느 하나라도 양성이 나오면 출산 여부를 다시 생각해야 한다. 그 경우 자신은 아이의 상태에 대해 책임질 수 없다. 의사는 중절 수술의 가능성을 돌려서 이야기하고 있었다.

우리 부부는 산부인과에서 나오자마자 왕중이를 데리고 동물병원에 갔다. 왕중이도 피를 뽑았다. 고양이의 검사 결과는 이틀 뒤, 내 검사 결과는 일주일 뒤에 나올 예정이었다.

사람의 경우 피검사로 현재뿐 아니라 과거의 감염 여부까지 알 수 있지만 고양이는 현재 상태만 알 수 있다고 했다. 의학에 비해 수의학이 덜 발달했기 때문인 건지, 애초에 동물의 과거 감염 여부 따위는 중요하지 않다고 판단해 검사 항목을 간소화한 것인지는 모르겠다.

수의사는 산부인과에서 겁을 먹고 달려온 사정을 알고는 조심스럽게 톡소플라스마에 대한 소견을 말했다. 혹시나 아이를 잃을지도 모른다는 생각에 남편과 나는 바짝바짝 타들어가고 있었다.

수의사의 견해는 산부인과 의사와 상당한 차이가 있었다.

톡소플라스마가 태아의 기형을 유발할 수 있는 것은 맞지만, 국내에서 고양이를 통해 인체 감염된 사례는 단 한 건도 보고되지 않았다는 것이다. 생선회 같은 날것을 먹고 걸릴 확률이 훨씬 높다고도 했다. 임신부로서 주의할 필요는 있지만 고양이에 대한 이야기는 과장된 공포라고 했다.

이틀 뒤 왕중이의 검사 결과가 나왔고 역시나 녀석은 건강했다. 음성 반응이었다. 나의 결과가 나오기까지는 닷새가 남아 있었다. 피가 마르는 시간이었다. 남편은 심란할 때마다 두 손으로 왕중이의 앞발을 붙잡고 간절하게 물었다.

"너 톡소플라스마 걸린 적 있어, 없어? 없지?"

고양이는 귀찮은 표정으로 붙잡힌 앞발을 슬쩍 빼고는 도망 다녔다.

나는 국내에 보고된 적 없는 전례 없는 불행이 나만 찾아올 리 없다고 되뇌었다. 하지만 마음 깊은 곳의 불안은 사라지지 않았다. 톡소플라스마와 임신, 두 단어를 인터넷 검색창에 적고 정보를 모았다.

우리나라에 톡소플라스마가 '고양이 기생충'으로 알려진 것은 2012년 한 방송사의 보도 때문이다. S사는 톡소 포자충을 고양이 기생충으로 명명하며 국민 네 명 중 한 명이 고양이

기생충 보균자라고 보도했다. 이 보도는 다음 아고라에서 정정 보도 요구 청원이 일어날 정도로 큰 반발을 일으켰다. 동물 애호가, 동물 관련 협회, 수의사, 일부 의과대학 교수들의 반박이 잇따랐다. 고양이가 톡소 포자충을 번식시키는 종숙주는 맞지만 주요 감염 경로는 날 음식과 오염된 흙이 묻은 식자재기 때문이다. 미국의 경우 충분히 익히지 않은 돼지고기 섭취에 의한 톡소플라스마 감염이 가장 빈번한 전파 경로로 알려져 있다.

톡소 포자충에 감염된 고양이라고 해서 평생 원충을 배출하는 것은 아니다. 1~2주가 지나면 면역이 형성돼 멈춘다. 이 1~2주 시기의 고양이 배설물을 접촉할 확률보다 이미 세상에 퍼져 있는 톡소 포자충을 날 음식으로 섭취할 가능성이 훨씬 높다고 전문가들은 지적했다.

서민 단국대 의과대학 교수는 "고양이 기생충이라고 부르는 것 자체가 잘못됐다"며 "이 논리대로라면 사람을 종숙주로 삼는 갈고리촌충을 '인간 기생충'이라고 불러야 한다"고 꼬집었다. '고양이 기생충'이라는 말은 특정 동물에 대한 혐오와 공포를 키우는 잘못된 작법이라는 것이다.

항의가 빗발치자 결국 S사의 해당 기자는 "기생충 감염

우려 때문에 반려동물을 멀리할 이유는 전혀 없다"고 추가 보도를 했다. 하지만 일단 대중의 뇌리에 박힌 인식은 쉽게 바뀌지 않는다. 지금도 상당수 언론과 산부인과에서 고양이 기생충이라는 말을 사용하고 있다.

타는 목마름으로 기다린 끝에 산부인과에서 연락을 받았다. 결과는 과거도 음성, 현재도 음성, 상태 양호였다. 우리 부부는 가슴을 쓸어내렸다. 톡소플라스마와 관련된 정보를 모으며 수의사 말대로 고양이에 대한 공포가 과장된 것이라는 확신을 갖게 됐지만, 임신 초기에 몇 번 회를 집어 먹었던 기억이 새삼 떠올라 긴장을 늦추지 못했다.

지나친 공포에 휘둘리며 덕을 본 것도 있다. 날 음식을 멀리하며 임신 기간 내내 음식 섭취에 더욱 신경을 썼고 고양이들 배변 담당자가 남편으로 바뀌었다. 남편은 부성애를 발휘하며 그간 싫어했던 고양이 화장실에서 냄새나는 감자와 고구마를 캐기 시작했다.

고양이를 키우기 전 이들과의 동거를 망설이게 한 것 중 하나가 의료비 문제였다. 오래전에 인터넷 커뮤니티에서 본 어느 글이 잊히지 않았다. 작성자의 절망감에 공감하며 나 역시 오랫동안 가슴이 먹먹했다.

작성자는 고양이와 단둘이 사는 대학 자취생이었다. 아르바이트를 하며 생활비를 벌어 쓰는 곤궁한 처지였다. 매월 고정비로 투입해야 하는 고양이 사료와 모래 구입 비용이 부담스럽긴 했지만 고양이는 혼자 지내는 자신의 외로움을 덜어준 가족이었다.

그러던 어느 날 고양이가 아프기 시작했고 병원에서 요로결석 진단을 받았다. 콩팥, 방광, 요도 등 요로계에 소변 성분의 일부가 뭉쳐 돌처럼 굳어진 결석이 생긴 것이다. 집에서 생활하는 중성화된 중년의 수컷 고양이에게 흔하게 나타나는 질병이다. 수술로 결석을 제거해야 하는데 수술비와 입원비, 약제비까지 예상 비용은 100만 원이 넘었다.

글쓴이는 생활비와 대학 등록금 마련에 허덕이는 고학생이었다. 눈물을 삼키며 고양이의 병원비를 마련했다. 수년간 함께 지낸 가족의 아픔을 외면할 수 없었다. 그런데 1년도 지나지 않아 고양이의 요로결석이 재발했다. 암컷에 비해 요로가 긴 수컷 고양이는 수분 섭취가 적을수록 이 질환에 걸리기 쉽고 한 번 앓게 되면 언제든 재발 위험이 생긴다. 이번에는 모아 놓은 돈을 탈탈 털고 친구들에게 돈을 빌려 고양이의 병원비를 댔다.

작성자가 눈물을 흘리며 글을 쓴 건 세 번째로 재발했을 때였다. 그 친구는 고양이를 끌어안고 울다가 절망감을 주체하지 못하고 익명의 네티즌들에게 토로했다. 그냥 내버려 두면 고통스럽게 죽을 텐데 자신은 이 아이를 돌봐 줄 형편이 안 되는 무기력하고 한심한 인간이라며 슬픔과 답답함, 자책이 뒤범벅된 상태로 울고 있었다.

당시 나도 대학생이었다. 하루에 가급적 5000원 이하로 생활하기를 목표로 삼고 지내던 때였다. "능력도 안 되면서 왜 동물을 키우느냐? 동물에게 왜 그렇게 에너지를 낭비하느냐? 어떻게든 책임져야지 한심한 소리나 하고 있냐?" 밑에 달린 댓글과 같이 나는 비난할 수 없었다. 작성자의 갈등에 푹 빠져 버릴 만큼 감정이입을 했다. 내가 저 사람이라면 어땠을까. 그가 쓴 글의 느낌과 조금도 다르지 않은 마음으로 울어 버렸을 것이다.

그 친구가 어떤 선택을 했는지는 모른다. 계속 빚을 지며 의료비를 댔을 수도 있고, 많은 이가 그랬듯이 안락사를 선택했을 수도 있다. 그 일로 나는 저런 괴로움에 빠지지 않으려면 끝까지 책임질 여건이 마련되기 전까진 동물과 함께하지 말자고 다짐했다. 의료비 문제로 오랜 시간 동거동락한 생명을 안락사시킨 뒤 밀려올 죄책감을 감당할 자신이 없었다.

이 사연을 다시 떠올린 건 첫 고양이를 입원시키고 나서였다. 좋은 의사를 만나 길고양이 50% 할인 혜택을 받았음에도 나흘간의 입원과 각종 처치 비용으로 60만 원가량이 나왔다. 도저히 손쓸 수 없을 정도로 고양이가 고통에 몸부림치면서 안락사를 하게 됐다. 의사는 병원에 입원한 동물이 사망하는 일은 흔하지 않다며 나와 마찬가지로 충격을 받은 듯했다.

그는 가슴이 아프다면서 안락사 비용을 받지 않았다. 만약 의사가 모든 비용을 제대로 청구했다면 안락사비 15만 원을 포함해 135만 원을 내야 했을 것이다. 만약 고양이가 한 달간 병원 신세를 졌다면 내 월급을 다 털어 넣어도 부족했을 터였다.

이제야 보금자리를 찾은 고양이가 어서 회복하길 바랐지만 마음 한구석에서는 고작 만난 지 사흘밖에 안 된 고양이를 위해 이러한 부담을 져야 하는 것에 대한 갈등이 일었다. '어서 낫자'고 되뇌는 것밖에 달리 방도가 없었다. 그리고 며칠 뒤 고양이가 세상을 떠나자 슬픔과 함께 미안한 마음이 찾아왔다.

'너는 그렇게 아팠는데, 죽을 만큼 고통스러워하다가 떠났는데, 돈 걱정을 해야 하는 내 자신이 싫다……'

얼마 전 화장실에 가다가 첫째 냥이 왕중이의 혈뇨를 발견한 나는 펄쩍 뛰며 생난리를 쳤다. '요로 쪽 문제다. 큰일 났다. 우리 애들은 제발 비껴갔으면 했는데.'

의사에게 보여 주기 위해 화장실 바닥에 고여 있는 왕중이의 소변 사진을 찍었다. 빨간 피가 한 방울 동그랗게 떨어져 있었다. 고양이는 평소 착실하게 모래 화장실에 대소변을 보지만 요로계 질환을 앓는 고양이는 방바닥이나 화장실 바닥 등 다른 곳에 소변을 보곤 한다. 이 질환의 증상 중 하나다.

나는 당장 첫째 냥이를 데리고 병원에 달려갔다. 엑스레이와 초음파 검사를 한 뒤 받은 진단명은 '특발성 방광염'이었다. 혈뇨의 원인은 요로결석과 세균성 방광염, 특발성 방광염세 가지인데 왕중이에게 결석은 발견되지 않았다. 세균성은 외부 세균에 의한 감염이라 반드시 항생제를 먹어야 하고, 원인모를 감염인 특발성은 스트레스 관리와 화장실 청결에 신경써야 한다고 했다. 왕중이는 수컷, 집고양이, 중성화 완료, 비만 등 이 질환의 위험요소를 모두 갖춘 고위험군이라고 했다.

"또 뭘 해야 하죠? 스트레스 관리라고 하니까 너무 막연해요."

"물을 많이 먹이세요. 물이 졸졸 흐르는 급수기 같은 걸들이면 도움이 돼요."

나는 집에 가자마자 인터넷 상점에서 분수형 급수기를 주문했다. 관을 통해 물이 분수 형태로 뿜어져 나오는 고양이 전용 정수기였다.

"왕중아. 절대로 포기 안 할게."

나는 자신에게 일러두듯이 왕중이를 향해 중얼거렸다. 왕중이는 다음 날도 사람 화장실에 혈뇨를 봤고 급수기가 도착하려면 며칠 더 기다려야 했다. 병원에서 지어 온 약을 억지로 먹이자 첫째 냥이는 게거품을 물며 저항했고 밤새 토를 했다.

먹은 걸 다 쏟아 냈을 뿐 아니라 노란 위액을 군데군데 뱉어 냈다. 의사는 스트레스 관리가 최우선이라며 약을 중단하라고 했다. 첫째 냥이는 계속 아팠고 해줄 수 있는 건 없었다. 나는 팔짝 뛰는 심정으로 인터넷 고양이 커뮤니티에 글을 올렸다.

방광염에 걸린 고양이에게는 약보다 물이 중요하다며 강제로라도 물을 먹여야 한다는 댓글이 주르륵 달렸다. 먹이는 방법에 대한 설명뿐 아니라 동영상까지 찍어 올린 사람도 있었다. 물이 기도로 넘어가 폐렴을 유발할 가능성도 있지만 방광염 고양이에게는 강제 급수의 효과가 위험성보다 훨씬 크다는 의견이 대세였다.

사람들은 약국에서 주는 어린아이의 약통을 이용하면 수월하게 할 수 있다고 했고 다행히 우리 집에는 아이가 사용했던 조그마한 약통이 있었다. 물이 기도로 넘어가지 않게 하려면 목구멍에 물을 쏘아대지 말고 송곳니와 잇몸 사이에 흘려줘야 했다. 나는 왕중이를 안고 강제 급수를 시작했다. 집에 있을 때면 한 시간 간격으로 물을 먹였다. 처음에는 억지로 물을 먹고 애처롭게 기침을 해댔던 녀석이 어느새 나와 호흡을 척척 맞추며 혓바닥을 날름거렸다. 누르고, 누르고, 쉬고, 잠깐 멈췄다가 다시 누르고, 누르고. 나는 박자감 있게 약통을 꾹꾹

눌렀다. 사흘간 강제 급수를 한 덕에 왕중이는 방광염을 회복했다. 모래 화장실에 다시 깨끗한 소변을 봤다.

'아, 정말 식겁했어.' 나는 안도하며 한숨 돌렸다. 4년간 함께한 고양이에게 만성질환이 생겼다는 두려움이 가장 컸지만 의료비 걱정도 없지 않았다. 왕중이를 가장 수월하게 다루는 사람은 나였다. 왕중이가 수의사에게 덤비고 비명을 지른 전력이 있어 엑스레이를 찍을 때 나도 참여했다. 나는 방사선 피폭을 줄여 주는 앞치마를 두른 뒤 왕중이를 붙잡았고 의사가 기계를 다뤘다. 팡, 팡 엑스레이를 두 번 찍고 약 5초간 초음파를 보는 데 10만 원이 청구됐다. 지금까지 나의 아이에게 쓴 의료비용보다 고양이들에게 들인 의료비가 100배 정도 많은 것 같다. 반려동물을 키우는 사람이 1000만 명에 이를 만큼 수요가 많은데 동물 의료비는 왜 이렇게 비쌀까. 동물병원에 갈 때면 항상 문 앞에서부터 비용 걱정이 덜컥 났다.

동물 의료비 문제는 국민건강보험을 도입해 정부에서 의료 가격을 통제하는 사람 의료와 달리 철저히 민간에 의존하면서 발생했다. 수요와 공급이 가격을 결정한다는 그 민간 시장 말이다. 하지만 사람이든 동물이든 의료 영역은 '보이지 않는 손'이 합리적인 가격을 이끌어 내는 일반 시장과는 성격이 다르다. 과자의 경우 정부에서 가격을 통제하지 않아도 적정 수준의 가격이 형성된다. 대체재가 많기 때문이다. 가격이 정 마음에 안 들면 과자 대신 다른 주전부리를 사 먹을 수도 있고 해외직구로 외국 상품을 구매하는 것도 가능하다.

그러나 의료는 이러한 선택이 불가능하다. 수의업계의 가격 결정에 일반인들은 아무런 영향을 미치지 못한다. 수요가 가격을 결정하지 않는다. 지금처럼 A병원이나 B병원이나 가격이 똑같은 상황에서 당장 반려동물이 아픈데 이용하지 않을 수 없다. 동물 의료제도가 잘돼 있는 나라로 이민 가지 않는 한 해외 서비스를 이용하는 것도 불가능하다. 가격 결정 요소가 작동하지 않는 폐쇄적인 시장에서 이용자는 고비용을 부담할 수밖에 없다.

동물 의료에도 정부가 개입해 공공성을 높여 주면 얼마나 좋을까? 반려동물과 함께하는 사람들은 이 말에 공감하겠지만 지금의 사회적 인식으로는 실현 불가능한 말일 것이다. 짐승을 사람처럼 대하며 유별나게 구는 것 아니냐고 비판하는 사람들이 여전히 꽤 있다.

반려동물을 키우는 사람이 늘고 이들의 기대치가 높아졌지만 정부의 대응은 오히려 거꾸로 가고 있다. 정부는 1999년

동물 의료수가제를 폐지하고 동물 의료를 민간에 맡겨 버렸다. 정부의 논리는 "경쟁 체제를 도입해 소비자 혜택을 늘리겠다"는 것이었다.

이 말을 사람 의료에 적용해 보면 얼마나 터무니없는 논리인지 알 수 있다. "건강보험제도를 폐지해 이용자 혜택을 늘리겠다"고 해 보자. 이 경우 환자 유치를 위해 가격을 낮추는 병원보다는 미국처럼 돈 많은 사람들에게 최상의 의료 서비스를 제공하는 고가의 영리병원이 늘 수밖에 없다. 여력 있는 사람들은 질 높은 서비스를 받고 반대의 경우 아파도 병원에 가지 못하는 상황이 벌어지는 것이다. 저소득층에 더 많은 혜택을 주는 건강보험의 사회 안전망 기능도 사라지게 된다.

실제로 동물 의료수가제가 폐지된 뒤 동물병원의 진료비는 전국적으로 상승했다. 반려동물을 책임지며 마지막까지 함께하려면 의료비 문제로 시름에 잠기거나 안락사를 선택한 뒤 큰 상처를 안고 살아갈 수밖에 없다.

아직 우리 사회는 동물복지를 주장할 정도로 생명권에 대한 사회 인식이 높지 않다. 정부나 국회에 아무리 소리쳐 봐도 변화를 기대하기는 어렵다. 나는 이것저것 알아보고 고민하면서 지역별로 동물을 키우는 사람들이 모여 조합을 설립하는

게 가장 현실적인 대안이라는 결론을 내렸다. 국민건강보험의
초기 형태처럼 말이다. 국가 차원의 건강보험이 없던 시절, 각
지역이나 직역(직업)에서는 의료비 부담을 줄이기 위해 상호연
대 방식의 의료 조합을 설립했고 이를 하나둘 통합해 전국 단
위로 만든 게 국민건강보험이다.

　서울 마포구에 생긴 우리동물병원 생명협동조합이 대표
적인 사례. 이 조합에서는 조합병원을 설립해 합리적인 가
격의 의료 서비스를 제공하고 있다. 2014년 약 700명의 조합
원이 출자금을 내고 병원 설립을 추진했다. 나 역시 이 조합
에 가입하고 싶었지만 사는 곳과 너무 멀어 포기했다. 한때 보
험사에서 판매하는 반려동물 보험 상품도 알아봤으나 차라리
그 돈을 모아 아플 때 쓰는 게 낫겠다는 결론을 내렸다. 보장
제외 대상이 너무 많아서였다.

　국가가 나서지 않는다면 이렇게 주민들이 나서 상호부조
방식의 해법을 찾을 수밖에 없다. 의료비 문제를 해결할 수 있
는 현실적인 대안을 고민하는 건 반려동물만을 위한 것이 아
니라 동물과 함께 살아가는 '사람'을 위해서도 필요한 일이란
걸 생각해 봐야 할 때다.

5.
남자

: 짐을 나누지 않으면
  행복도 나눌 수 없다

아이가 배 속에 있을 때 남편이 상기된 표정으로 물었다.

"애가 태어나서 좀 크면 캠핑카 사서 놀러 다닐까?"

"웬 돈 낭비야. 캠핑 몇 번이나 간다고."

핀잔을 주면서도 내심 기특했다. 배 속에 있는 아이를 위해 벌써 캠핑 나들이를 준비하는 남편이 사랑스러워 보였다. KBS 예능 프로그램 〈슈퍼맨이 돌아왔다〉에 나오는 연예인 아빠의 모습이 조만간 아빠가 될 내 남편의 미래 같았다.

그러나 예능 프로그램이 남편에 대한 눈높이를 너무 높여 놨다는 것을 깨달은 건 얼마 지나지 않아서였다.

출산 후 처음으로 부부와 아이만 남은 날이었다. 일요일 이었는데 어른들 도움 없이 우리끼리 아이를 돌봐야 한다는 생각에 바짝 긴장한 상태였다. 서른 중반이나 됐지만 태어난

지 한 달 된 어린 생명을 책임지는 일이 너무나 두려웠다. 너무나 소중하고 조그마한 아이, 팔다리가 젓가락만큼이나 가느다란 아이. 이제 막 이 아이의 엄마가 된 나는 어찌할 바를 몰랐다. 다행히 일요일이라 머리를 맞댈 남편이 있어 조금은 안심이 되었다.

남편은 며칠 전 손자를 보러 오신 시어머니를 터미널에 모셔다드린다며 밖으로 나섰다. 남편이 돌아오면 처음으로 부부만 남아 아이를 보게 될 터였다. 그동안은 아이가 대변을 볼 때마다 내가 두 손으로 아이를 받치고 있으면 친정 엄마나 시어머니가 세숫대야에 담긴 아기의 엉덩이를 물로 살짝살짝 훔쳐 주셨다. 그런데도 아직 목을 가누지 못하는 아기를 만질 때마다 나는 긴장을 했다.

오후 12시에 출발한 남편은 두 시간이 다 되도록 연락이 없었다. 터미널은 우리 집에서 30분 거리였다. '어머님은 이미 차를 타고 내려가는 중이실 텐데, 왜 연락이 없지?' 나는 아기를 안고 계속 시계만 바라보았다. 오후 2시가 넘어 전화기가 울렸다.

"A를 만났는데 저녁 먹고 들어갈게."

남편은 서울 구로구에 있는 한 휴대폰 매장에 가고 있다고 했다. 친구인 A는 이미 남편의 차에 타고 있는 모양이었다.

"휴대폰을 지금 꼭 사야 해?"

"그곳에서 싸게 살 수 있을지도 모른대."

"확실히 싸게 살 수 있는 것도 아니고 살 수 있을지도 모른다는 거잖아. 그런데 꼭 오늘 같은 날 집을 비워야겠어?"

남편은 전에도 A와 함께 휴대폰 탐색 나들이를 다닌 적이 있었다. A는 휴대폰이나 컴퓨터에 관심이 많은 남편의 고향 친구로 미혼이었다.

"오늘도 허탕일지 모르잖아. 부모님 없이 처음으로 아기랑 남게 된 날인데 이런 때 같이 있으면 얼마나 좋아."

"이미 (A를) 만났는데."

"어머님 모셔다드리고 온다고 했으면서 왜 나한테 말도 안 하고 약속을 잡아?"

순간적으로 눈물이 흘러나왔다. 독박 육아의 서막을 짐작했기 때문인지, 아기를 낳은 뒤 신경이 더 예민해진 탓인지는 모르겠다. 지금 같으면 "으이그"라며 비난의 추임새를 한 번 던진 뒤 아이와 둘이 놀겠지만, 그때는 버림받은 것 같은 좌절과 분노, 우울이 밀려왔다.

부모님 없이 처음으로 우리끼리 애를 봐야 한다는 생각에 긴장하고 있었는데 '우리끼리'가 아니라 '나 혼자'가 될 줄이야.

조리원에서 남편이 우는 아기를 데리고 어정쩡하게 나오던 모습도 떠올랐다. 조리원에서의 첫날, 입소와 관련해 내가 사무를 보고 있는 동안, 방에 아기와 둘이 있던 남편은 애가 울자 무거운 짐짝을 갖고 나오듯 팔을 밑으로 늘어뜨린 채 아기를 '들고' 나왔다. 당황한 기색이 역력했다. 어정쩡한 걸음걸이로 달려오더니 신생아실 조무사에게 아기를 건넸다.

"안아서 토닥여 주지 그랬어?"

"몰라. 내가 어떻게 해?"

"으이그."

우리는 둘 다 초보 부모였고 남편의 긴장과 부적응은 나보다 더한 듯했다.

결국 그날 남편은 친구와 저녁을 먹지 않고 오후 5시쯤 들어왔다. 나는 남편을 기다리며 아기와 둘이 있었다. 남편은 문을 열고 고개를 빼꼼 내밀더니 봉지를 바닥에 내려놓았다.

"A가 너 주라고 빵 사 줬어."

나는 가끔씩 '이 남자가 왜 그랬을까?' 곰곰이 생각했다. 남편에게 물어보면 제대로 대답을 해 주지 않았다. 내가 내린 결론은 이랬다.

이제 막 아빠가 된 남편에게 육아는 TV에서 쌍둥이 아들과 놀러 나간 이휘재 씨의 모습과 같은 것이었다. 울고 보채는 아이를 돌보기 위해 머리띠로 앞머리를 과감하게 올려붙인 아빠의 모습은 아니었다. 상상 속에 아이와의 캠핑 나들이는 있어도 화장실도 마음대로 못 가고 잠조차 제대로 못 자는 일상은 없었다. 예비 아빠에게 육아란 '이벤트'였던 것이다.

나 역시 자신의 욕망을 꾹꾹 억눌러야 하는 이 '성불의 시기'를 미리 짐작하고 연습해 본 적이 없었다. 당황스러웠고 육체적으로 힘들었지만 아이 옆에 꼭 붙어 있는 것 말고는 선택의 여지가 없었다. 하다 보니 익숙해져서 잘하게 되고 인내심도 강해진 것일 뿐 처음부터 곧바로 적응한 건 아니었다.

하지만 모유 수유 등을 해야 하는 엄마와 달리 육체적으로 거리를 둘 여유가 있는 아빠는 자기 욕망에 충실할 수 있다. 남녀 모두에게 그러한 기분 전환은 필요하다. 하지만 하필이면 엄마 아빠로서 독립하는 첫날 그러는 바람에 나를 무척 서럽게 했던 것이다.

이후 남편의 육아에 조금씩 변화가 생겼다. 가장 큰 계기는 나의 복직이었다. 나는 금요일에 쉬고 일요일에 근무할 때가 많기에 일요일마다 남편이 1일 독박 육아를 했다. 처음에는 계속 전화기가 울렸다.

"분유 얼마나 줘야 해?" "이유식은 어떤 거부터 줘?" "언제 와?" "빨리 와!!" "왜 안 와!!"

연애할 때도 이렇게 연락을 받아 본 일이 없었다. 특히 결혼한 뒤로는 꼭 필요할 때만 간략하게 메시지를 주고받았다. 잘 연락하지 않는 부부의 휴대폰에 문자 메시지가 오랜만에 쌓이기 시작했다.

그런 일요일이 많아지자 어느 날부터 휴대폰이 다시 조용해졌다. 남편이 알아서 아이를 돌보게 된 것이다. 걱정이 가득한 얼굴로 "점심 뭐 먹이지?"라며 나의 개입을 바랐던 남편이 혼자 아이를 챙겨 먹였고 "아빠는 네가 먹는 걸 보는 것만으로도 배불러"라고 말하기 시작했다. 어느 순간부터는 아이를 차에 태우고 둘이서만 놀러 다녀오기도 했다.

이전에는 남편이 지방이나 해외 출장을 가면 그저 안부 전화만 걸어오곤 했다. 자신이 잘 도착했음을 의무적으로 알릴 뿐이었다. 직접적으로 말을 한 건 아니지만 그런 눈치였다.

그랬던 남편이 일요일마다 1일 독박 육아를 한 뒤로는 수시로 전화를 걸어와 "애가 보고 싶어"라고 말했다. 아이에게 영상전화로 "아빠 안 보고 싶어?"라고 몇 번이나 물으며 애정

을 확인하려고 했다. 일상을 함께한 시간에 비례해 육아의 기쁨이 찾아온다는 걸 남편의 변화를 보면서 새삼 깨달았다.

나뿐 아니라 남편도 초보 아빠였다. 그걸 일찍 깨달았다면 좀 더 너그럽게 남편을 대했을 텐데. 휴직 기간에 하루쯤 경험의 시간을 준다는 심정으로 남편에게 아이를 맡기고 내 시간을 가졌을 것이다.

말 못 하는 아기 때부터 찰싹 붙어 있으며 샘솟는 사랑을 느끼는 엄마와 달리 아빠는 아이가 "아빠"라며 자신을 불러주고 알아봐 준 뒤에야 부모가 됐음을 실감하게 된다는 주변 사람들의 말을 나 역시 공감하게 됐다. 내가 엄마로 성장하고 있듯이 남편도 아빠로서 성장하고 있다. 나보다 조금 발걸음이 느릴 뿐이다.

고된 하루를 보낸 남편이 너덜너덜한 파김치가 돼서 돌아온다. 나 역시 퇴근길 지하철에서 샌드백처럼 치이다가 집에 들어온다. 감기까지 걸려 자꾸만 눈이 감긴다. 뇌가 뜨거워질수록 세상은 무겁게 내려앉는다. 둘 다 녹다운 상태다. 아무것도 하지 않고 쓰러져 잠들고만 싶지만 꼬꼬마 아들은 거실을 활기차게 뛰어다니고 있다. 이런 날 저녁 시간은 누가 책임져야 하는 걸까?

고열로 드러눕지 않는 한 언제나 나다. 정말 쓰러질 것 같을 때면 문득 '왜 이렇게 됐을까?'라는 생각이 몰려온다. 현관에 들어선 순간 "엄마, 엄마"를 외치며 달려오는 아이와의 시간은 너무나 소중하다. 아이는 순도 100%의 기쁨을 표현하며 나를 맞이한다. 하지만 언제든 자유롭게 잠자리에 드는 남편을 보면 한숨이 나왔다.

　둘 다 직장 생활을 하는데 왜 퇴근 후 육아가 온전히 내 몫이 된 걸까. 집집마다 사정은 다르겠지만 나의 경우 육아휴직의 탓이 컸다. 생후 1년간 아이 옆에 찰싹 붙어 있던 사람은 나였다. 예쁜 아가, 내 새끼를 외치며 애착을 형성한 것도 나였다. 그런 엄마가 집에 있는데 아빠 품으로 가라니, 아이에게도 황당한 이야기일 것이다. 아이는 조금도 망설이지 않고 내게 달라붙었다. 졸음이 쏟아질 때면 설레고 행복하고 고맙게도 내게 달려왔다. 그리고 세상에서 가장 귀여운 폭탄이 됐다. 더 놀고 싶은데 졸음이 쏟아지면 엄마의 귓가에 "으아아아앙"로 켓포를 터뜨렸다.

　남편도 육아휴직을 했다면 우리 집 풍경은 좀 달랐을 것이다. 아이는 내가 엄마라서 무조건 나를 좋아하는 게 아니다. 엄마가 누군지 모르던 시절부터 자신을 돌봐 주고 아이의 욕구를 세심히 파악해 들어줬던 얼굴이 나였기에 엄마를 세상에서 최고로 여기는 것이다. 하루도 빠짐없이 아이를 관찰하다 보니 나는 눈빛만 봐도 아이의 상태를 안다. 남편이 아이 옆에 붙어 있었다면 아이가 집착하는 얼굴은 아빠가 되었을 것이다.

　2000년대 중반, 나보다 열일곱 살 많은 친척 오빠가 두 아

이를 데리고 놀러 온 적이 있었다. 친척 오빠 내외는 엄마의 가게에서 이야기를 나눴고 나는 네 살, 세 살 조카들을 집으로 데려왔다. 30분도 안 돼 작은 애가 먼저 아빠를 찾기 시작했다.

"아빠 보고 싶어. 아빠한테 갈래."

"나도 아빠 보고 싶어. 아빠한테 갈 거야."

하는 수 없이 애들을 가게로 데려다줬더니 작은 애는 친척 오빠의 무릎에 앉아 아빠의 얼굴만 바라봤고, 큰 애는 아빠의 등짝에 붙어 두 손으로 목을 휘감았다. '아빠 껌딱지들이네.' 삼부자 옆에 앉은 언니는 편한 자세로 이야기를 나눴다.

언니가 대기업에 근무하고 친척 오빠가 자영업을 하면서 아이들은 아빠 품에서 자랐다. 언니는 출산 후 몸을 추스르기도 전에 복직했다. 가정집에서 여러 아이를 돌봐 주는 동네 아주머니에게 한 달 된 아기를 맡기고 부부는 일을 지속했다. 어쩔 수 없는 사정이 생겨 부모가 아이를 돌봐야 할 때면 시간 조정에 여유가 있는 친척 오빠가 나섰다. 어린이집과 유치원의 부모 행사에도 아빠가 참여했다.

"우리는 신랑이 아이들을 다 챙겨요. 그래서 애들이 아빠만 찾아."

엄마의 가게에서 친척 오빠는 아이들의 기저귀를 갈았고

언니는 옆에서 지켜봤다. 엄마보다는 아빠가 남자아이의 신체적 저항을 제압하는 데 더 효과적이라며 언니는 아빠 육아의 장점을 예찬했다. 친척 오빠는 기저귀 갈기 싫다며 버둥거리는 아이를 한쪽 팔로 붙잡고 능숙하게 교체해 주었다.

올해 고등학교 1학년, 중학교 3학년이 된 조카들은 지금도 "엄마가 해 준 요리보다 아빠가 해 준 게 더 맛있어요"라며 아빠의 손맛을 찾곤 한다.

아빠의 육아 참여를 기준으로 상위 0.001%에 속할 것 같은 이 집 정도는 아니더라도 남편이 육아휴직을 할 수 있었다면 우리 애 또한 나 말고 아빠에게도 비비대지 않았을까. 남편도 유독 내게 애교를 부리는 아이를 보며 부러워했다.

"너랑 소파에 앉을 때는 이렇게 하는구나. 나랑 있을 때는 나란히 앉아 있기만 하는데."

아이는 남편과 거실 소파에 앉을 때 살짝 거리를 뒀지만 나와 앉을 때는 내 무릎에 손을 올려놓거나 옆구리에 찰싹 달라붙어 TV를 봤다. 아이가 자신의 감정을 원활하게 표현할 수 있게 되면서 남편도 아이에게서 더 많은 사랑을 받고 싶어 했다. 하지만 일찌감치 애착 대상을 나로 정해 놓은 터라 아이는 엄마 아빠를 차별해서 대했다. 잠에서 깼을 때나 위협적인 느낌을 받았을 때 간절하게 외치는 사람은 항상 엄마였다.

"아빠 저리 가, 저리 가. 엄마 어디 있어? 엄마!"

내가 출근하고 없는 일요일 아침, 이 말을 반복하며 30분 간 울었던 적도 있었다. "내가 깃발을 꽂아 볼까?"라며 남편도 육아휴직을 하고 싶어 했지만 그의 직장에는 남성이 육아휴직을 냈던 선례가 없었다. 용기를 내지 못했다. 주변의 많은 남성도 마찬가지였다. 이제는 여성의 출산휴가와 육아휴직을 용인하는 회사들도 남성의 권리는 대부분 보장해 주지 않는다.

고용노동부에 따르면 2017년 남성 육아휴직자는 1만 2043명으로 전체 육아휴직자(9만 123명)의 13.4%를 차지한다. 2001년 두 명이었던 것에 비하면 어마어마하게 늘었다. 이제 육아휴직자 열 명 중 한 명이 남성으로, 일시적 전업주부가 된 아빠가 늘고 있는 것이다. 하지만 이러한 수치는 남녀 모두를 아우른 육아휴직자 중에 남성의 비율이지, 아빠가 된 남성 근로자 전체에서 휴직자가 차지하는 비율은 아니다. 아마 굉장히 낮은 수치가 나올 텐데 정부에서는 관련 자료를 갖고 있는 기관 간 통계 시스템이 호환되지 않아 알 수 없다고 한다.

2013년 남성의 육아휴직 실태를 연구한 한국여성정책연구원의 홍승아 박사를 만난 적이 있다. 육아휴직을 했던 남성들이 그분에게 털어놓은 이야기에 깊은 한숨이 나왔다.

"별종 새끼" "너 또라이지?" 인사 불이익 등 복직 후의 일을 염려하기도 전에 육아휴직을 하겠다는 말만 꺼냈는데도 언어폭력을 경험한 사람들이 많았다. 뒤통수도 아니고 면전에서 대놓고 험담을 했다. 홍 박사는 "인터뷰에 응한 남성들은 욕을 먹더라도 본인의 의지에 따라 법적 권리를 행사할 수 있는 공무원이나 대기업 정규직이었어요"라며 "비정규직은 말도 못 꺼내지요"라고 말을 이었다. 5년이 지난 지금의 상황도 이때와 크게 다르지 않다.

국제부에 근무할 때 나는 해외 사이트를 뒤적거리다가 재미있는 통계를 발견했다. 경제협력개발기구 OECD 홈페이지에 '아버지에게 주어지는 유급휴가' 1위에 코리아가 적혀 있었다. 이 코리아가 북한 North Korea일 리는 없을 텐데. 눈을 한 번 깜빡인 다음, 다시 뚫어지게 쳐다보며 글자를 확인했다. 우리나라 South Korea가 맞았다. 세상에……. 스웨덴, 노르웨이, 핀란드, 덴마크 등 북유럽이 전부 한국 밑에 있었다. 현실에서 이루어지지 않는 게 문제지 법적 토대만큼은 세계적인 수준이구나 싶어 탄식이 나왔다.

"자기야. 아들 목욕 좀 시켜 줘."

"나 한 번도 안 해 봤는데."

"어휴."

조금씩 남편의 역할과 참여가 늘고 있긴 하지만 복직 후 나는 슈퍼우먼으로 살았다. 남편의 육아 숙련도가 부족한 탓에 내가 나서야 할 때가 훨씬 많았다. 아이도 늘 붙어 지냈던 엄마의 손길을 원했다. 이로 인해 엄마는 지쳐서 시름에 잠기고 아빠는 아이와의 관계에서 2등 부모가 돼 소외감을 느낄 수밖에 없었다.

남녀 모두가 힘들어지는 이 굴레에서 언제쯤 벗어날 수 있을까? 우리나라보다 아버지에게 주어지는 유급휴가 일수가 적은 스웨덴, 노르웨이, 벨기에 등에는 한국에 없는 강력한 제도가 있다. 바로 육아휴직 의무화다. 스웨덴에서는 아기를 낳은 부모에게 총 480일의 육아휴직이 주어지는데 여성과 남성이 90일씩 의무적으로 사용해야 한다. 노르웨이의 경우 제도 도입 전 남성 육아휴직 비율이 4%에 그쳤지만 도입 후에는 90%로 급증했다.

그러나 육아휴직 의무화를 추진한다면 수많은 기업과 경영계에서 기업 경쟁력과 국가 경제 성장률이 떨어지고 영세 기업이 도산할 것이라며 반대할 게 뻔하다.

"주 5일제를 시행할 때도 한국 경제가 결딴날 것처럼 난리를 피웠어요. 그런데 주 6일에서 주 5일로 근무일수가 줄어든 뒤에 우려한 것처럼 경제가 고꾸라졌나요? 근로자의 육아휴직이 의무화되면 정말 많은 것이 달라질 텐데……. 의지의 문제라고 봐요."

한 전문가의 말에 나는 깊이 공감했다. 육아휴직을 원하는 아빠들만큼이나 엄마들에게도 남성의 육아휴직이 절실하다.

"토끼야, 뽀뽀."

아이에게 보들보들한 토끼 인형은 소중한 친구다. 아이는 이부자리에서 팔다리로 인형을 휘감고 잠을 청하고, 물병으로 물을 먹이는 흉내를 내며 살뜰히 챙긴다. "같이, 같이"를 외치며 토끼와 함께 붕붕카를 타고 뽀뽀하기도 한다.

"남자애한테 무슨 인형이야? 그건 여자애들이나 갖고 노는 거지."

인형을 고르는 나를 보며 이렇게 반응하는 사람들이 있었다.

"남자는 인형 좋아하면 안 돼? 더구나 아이인데 부드러운 느낌을 왜 안 좋아하겠어?"

아이는 부드럽고 따뜻한 감촉의 사물에 "아~ 아" 탄성을
내지르며 좋아했다. 우리 집 고양이들에게도 마찬가지였다.
고양이들이 등짝을 허락할 때면 "꺄아" 흥분하며 끌어안고 비
벼댔다. 애니메이션 〈뽀롱뽀롱 뽀로로〉를 보면서 아이가 관심
을 쏟은 캐릭터는 여자 펭귄인 '패티'였다. 나는 "엄마도 패티
가 좋아"라며 패티 인형을 선물했다. 아이는 운동신경이 좋은
데다 야무지고 재치 있는 패티에게 가장 호감을 가졌다.

"여자라면 애교가 있어야지" "나긋나긋해야지"라는 말이
성차별 발언으로 인식되는 것처럼 "남자가 그깟 일로 울면 안
된다" "남자가 왜 인형을 좋아하나"라는 말도 남성에 대한 성
차별이다. 남성스러움을 규정하고 강요하는 것이 누군가에게
는 폭력일 수 있다.

신문에 육아 관련 기사를 연재하던 시절 독박 육아의 어
려움과 회사와 집에서 24시간 근무하는 워킹맘의 고단함 등
육아 부담을 진 여성의 고충을 이야기할 때마다 남성 네티즌
들은 "남자들은 안 힘든 줄 아나" "남자로 사는 것도 힘들다"
는 댓글을 달며 불편해했다.

나는 이런 반응이 의아했다. 남성들은 여성의 상황 개선
을 자신의 처지를 더 힘들게 하는 것으로 받아들이고 있었다.

나는 "남자는 울면 안 된다"는 말뿐 아니라 "남자가 데이트 비용을 더 부담해야 한다" "신혼집은 남자가 장만해야 한다" "남자라면 가계 생계를 책임져야 한다"와 같은 남녀 관계에 수반되는 비용과 책임을 남성에게 떠넘기는 문화도 변해야 한다고 생각한다.

이를 위해선 남녀가 경제적 부담을 나눠서 지고 육아 부담도 나눠야 한다. 여성의 경제적 참여가 뒷받침되지 않으면 남성 또한 장시간 노동에서 벗어나기 어렵다. 남자들이 경제적 부담과 그에 따른 장시간 노동에서 벗어나려면 당연히 남자도 육아에 참여해 임신과 출산에 따른 여성의 경력 단절을 줄여야 한다.

물론 하루아침에 이루어질 수 없는 일이다. 가정에서의 소소한 변화와 함께 육아휴직에 나서는 남성이 지속적으로 늘어나고, 그것을 당연한 일처럼 받아들이는 사회 분위기도 만들어져야 한다. 육아와 양육을 여성만의 몫으로 규정하는 한, 남성의 '경제적 독박'은 해결되지 않을 것이고 이런 상황에선 데이트 비용, 신혼집 등 남성에게 더 많은 경제적 부담을 지우는 인식도 개선할 수 없다.

일부 남성들이 생각하는 것과 달리 여성의 권리가 향상된다고 남성의 권리가 침해되는 것은 아니다. 양쪽은 서로의 이익을 놓고 다퉈야 하는 적대적인 관계가 아니다.

생각해 보면, 가부장제 사회에서 남성은 가부장의 권위를 얻는 대신 '가족의 생계'라는 굴레를 짊어져야 했다. 그 굴레의 대가는 잔혹했다. 일터에 매여 장시간 노동에 시달렸고, 직장의 폭음 문화와 스트레스로 인해 수명도 단축됐다. 남성의 조기 사망률은 여성보다 훨씬 높았다. 또 평일 야근과 주말 근무를 반복했던 아버지들은 '그들만의 리그'를 형성한 아내와 자녀의 곁에서 소외감마저 느껴야 했다.

무엇보다 이제는 가족의 생계를 혼자 책임지는 일이 더욱 어려워지고 있다. 1970~1980년대 경제 성장기에는 외벌이로 가계를 유지하는 게 가능했다. 일자리는 넘쳐 났고 자수성가의 기회도 널려 있었다. 하지만 고용 없는 성장과 경제 성장의 정체기에 접어든 오늘날, 청년들은 심각한 실업난에 시달리고 있고 일자리를 얻었다 해도 비정규직이 태반이다. 언제까지 그 일을 할 수 있을지 모르는 상황에서 생계를 불안하게 이어 가고 있다.

이런 상황에 혼자서 가족을 책임져야 하는 스트레스와 위험 부담은 크나큰 짐이 아닐 수 없다. 여성이 경력 단절을 겪지 않도록 돕는 건 남성의 삶의 질 향상을 위해서도 좋은 일이다.

그렇기에 아들이 남자다움의 무게에 짓눌리지 않았으면 한다. 남자기 때문에 더 의젓해야 한다고 사회가 강요하지 않았으면 좋겠다.

지금까지 나는 아빠의 눈물을 본 적이 없다. 젊은 나이에 세상을 떠난 삼촌의 장례식에서 눈물을 보였다는 엄마의 이야기를 전해 들었을 뿐이다. 남편의 눈물도 거의 보지 못했다. 극심한 스트레스 때문에 힘들어할 때도 남편은 눈물을 흘리지 않았다.

"당신은 왜 안 울어?"

"에이, 그깟 일로 창피하게."

하지만 언젠가 시어머니가 건네준 앨범 속에는 울고 있는 남편의 어린 시절 모습이 널려 있었다. 하얀색 스타킹을 신고 피에로 복장을 한 남자아이가 무슨 일 때문인지 몰라도 코가 새빨개질 때까지 엉엉 울다가 찍힌 사진도 있었다.

아들을 포함해서 이 정도 또래의 남자아이들은 정말 시도 때도 없이 운다. 배고프거나, 아프거나, 화가 나거나, 요구사항이 있을 때면 목청껏 감정을 표현한다. 자신의 요구가 조금만

받아들여지지 않아도 얼굴을 일그러뜨리며 울 준비를 한다. 어린아이를 지켜보면 눈물은 먹고 자고 쉬고 싶은 것과 같은 본능의 일부처럼 보인다. 부드러운 것을 좋아하고 사랑스러운 감정을 표현하는 것도 이 시기 아이들은 남녀를 가르지 않는다.

그러한 우리 아들들이 왜 성인이 되면 눈물샘이 꽉 막힌 감정 바보가 돼 버리는 걸까. 성장 과정에서 접하게 되는 한국의 사회문화가 이들에게 대체 무슨 짓을 하는 걸까.

"남자가 그 정도 일로 왜 우냐?"

"너 남자 맞아? 고추 있는 거 맞아?"

"사내 녀석이 계집애 같기는."

나는 이런 질책을 받아 본 일이 없지만 많은 사람이 주변 남성에게 이런 말을 하는 것을 들으며 여자인 나도 남자다움에 대한 선입견을 갖게 되었다. 주위에는 남자아이의 감정표현을 억압하는 말과 글이 넘쳐 난다. 눈물은 약자의 것, 여성적인 것, 나약함의 징표라고 세뇌하며 남자다움을 짊어지게 한다. 누군가에게는 상당한 부담을 주거나 자연스러운 감성의 발달을 저해하는 억압으로 작용할 것이다.

운다고 상황이 바뀌는 건 아니지만, 음식을 많이 먹으면 트림이 나오고 소화 과정에서 방귀가 나오는 것처럼 눈물은 생리적인 현상이다. 감정을 환기시켜 주거나 약간이나마 꽉 막힌 스트레스를 풀어 주는 나름의 효과가 있다. 눈물의 효과를 누리지 못하는 삶에는 저도 모르게 고통이 쌓일 수밖에 없다.

난 훗날 장성한 아들이 사회에서 제 몫을 하는 사람이 되길 바라지만, 이 사회가 말하는 '남자다운 남자'가 되는 것을 원하지 않는다. 딸에게 "여자도 능력이 있어야 한다" "집안일 도와주는 남자를 만나야 한다"며 성평등 개념을 가르치는 부모 중에서 아들에게는 "남자다워야지"라고 강요하는 경우가 의외로 많다. 우리 아이들이 사는 세상에 변화를 일으키기 위해선 나 자신부터 돌아보고 변해야 하지 않을까. 아들 부모일수록 자신의 아이에게 고정된 성역할을 은연중에 강요하고 있는 건 아닌지 곰곰이 생각해 봤으면 한다.

어느 날 립스틱을 바르고 있는데 아이가 다가와 "엄마, 나도 해 줘"라고 했을 때 나 역시 순간적으로 '남자애가 무슨 립스틱이야'라는 말을 입 밖으로 꺼낼 뻔했다. 아이 건강에 좋지 않아서 못 하게 하는 건데 남녀를 구분 짓고 편견을 심어 줘서는 안 되겠다 싶었다. 그런데 적절한 말이 떠오르질 않았다. '일단 임기응변으로 넘어가자.'

"그래, 발라 줄게. 입술 대 봐."

나는 잽싸게 립스틱이 아니라 직접 만든 무채색의 립밤을 손에 쥐고 아이 입술에 살살 발랐다.

"반짝반짝 빛나네. 우리 아들 입술도 예뻐졌어."

"이히히."

아이는 기분이 좋은지 거실을 콩콩 뛰어다니면서 혀를 날름거리고는 금세 립밤을 먹어 버렸다. 아이는 엄마처럼 꾸미고 싶었던 게 아니라 그저 엄마가 하는 걸 따라 해 보고 싶었던 것이다. 여자 것, 남자 것, 여자 일, 남자 일을 구분하지 않아도 성장 과정에서 자연스럽게 사회문화를 배워갈 텐데 가정에서부터 뿌리 깊은 고정관념을 심어 주고 싶지는 않다.

우리 세대의 아들들은 커서도 울고 싶을 때 눈물 흘릴 줄 아는 사람이 됐으면 좋겠다.

둘째 아들 말고
남편이 되어 줘

"휴일이 정말 괴로워."

아들 둘을 키우는 친구는 휴일마다 한숨을 내쉬었다. 평일에는 남편과 큰아들이 각각 직장과 유치원에 가고 나면 작은아들의 요구 사항만 들어주면 됐다. 하지만 휴일에는 세 남자의 뒷바라지를 해야 했다.

"큰아들(다섯 살)은 놀아 달라, 둘째 아들(두 살)은 안아 달라, 셋째 아들(서른일곱 살, 남편)은 밥 달라고 요구하는데 내 몸이 세 개였으면 좋겠어."

친구의 남편은 주말마다 거실 바닥과 한 몸이 됐다. 육아와 집안일은 모두 친구의 몫이었다. 내 주변에서 퇴근 후 청소와 설거지를 도와준다는 남자들은 많았지만 이상하게도 그런 남자와 산다는 여자는 거의 없었다.

휴일을 주로 집에서 보내는 한 언니는 메신저 단체 채팅방에 한숨을 토해 냈다. 주말 부부라 평일에는 늘 바깥 음식을 먹어야 하는 남편이 휴일마다 건강식 밥상을 주문한단다. 자녀는 초등학생부터 돌쟁이까지 세 명이었다.

"휴일에는 챙겨 줘야 하는 애가 넷으로 늘어나. 휴일 너~무 싫어."

남의 일인 줄 알았던 이런 풍경이 우리 집에도 펼쳐졌다. 남편은 나보다 네 살이 많았다. 아이가 태어나기 전까지는 본인이 오빠임을 강조하며 연장자로서 체면을 지키려 노력했다. 그런데 아이가 태어난 뒤 어느 날 비장한 목소리로 남편이 말했다.

"나도 애다."

밥 차려 주고 관심 가져 달라는 의미였다. 아이가 태어난 뒤 나의 세상은 아이를 중심으로 흘러갔다. 이 아이가 생활의 최우선 순위를 차지했다. 나는 인생 최고로 많은 역할을 소화했다. 이 정도로 자신의 욕구를 억누르면서 쉼 없는 일상을 보낸 적이 없었다. 좀비가 걸어 다니는 느낌으로 하루를 보내던 나는 남편의 선언에 순간적으로 짜증이 일었다.

"뭐? 나 바쁜 거 안 보여? 당신이 좀 알아서 해. 난 지금

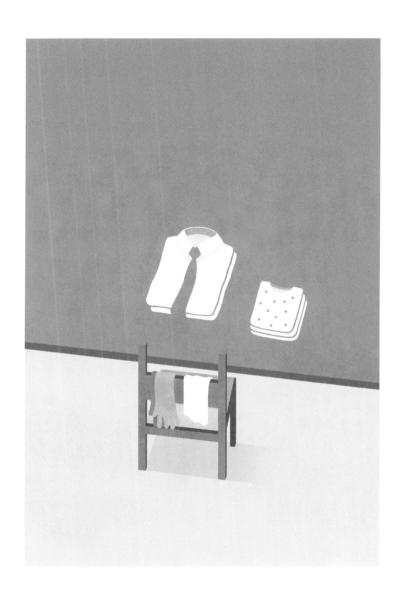

나랑 애랑 두 사람을 챙기고 있잖아."

남편과 나는 가끔씩 티격태격하며 서로의 고단함을 토로했다. 그러다가 우연히 본 단어에 시선이 멈췄다. 육아서에 자주 등장하는 말로 '초감정'에 대한 설명이었다. 초감정이란 감정에 대한 감정을 말한다. 특정 대상이 보이는 감정을 그 자체로 이해해 주지 않고 나의 감정으로 제멋대로 해석해 받아들이는 것을 말한다.

예를 들어 아이가 떼쓰고 울 때 양육 스트레스가 큰 엄마는 부정적인 초감정을 갖고 아이를 대한다. '얘가 날 왜 이렇게 괴롭히나' '얘한테는 신경질적인 기질이 있구나'라며 자신이 느끼는 감정으로 아이의 상태를 곡해하는 것이다. 아이는 그저 배고프거나 아파서 우는 것일 수 있는데 말이다.

전문가들은 올바른 양육을 하려면 내 감정으로 아이를 판단하지 말고 아이의 욕구에 관심을 기울이라고 한다. 다행히 나는 아이에게 부정적인 초감정을 갖지 않았다. 새벽에 여러 번 깨서 나의 수면을 방해하는 아이에게 '얘가 날 왜 이렇게 힘들게 하나' 짜증 내지 않고 '무서운 꿈을 꿨나?' '아직 정말 어리구나'라며 안아 주었다.

하지만 남편에게만은 이처럼 너그러운 태도로 반응하지

않았다. 나의 감정에 따라 남편의 태도를 마음대로 해석했다.

'이 남자가 날 왜 이렇게 괴롭히는 거지? 나도 너무 힘든데.' 내 기분에 따라 즉흥적인 감정이 끓어올랐다. 한 번도 '남편이 외롭구나' '친정 근처로 이사 온 뒤 우리 집 식구들이 자주 찾아오면서 불편했겠구나'라는 마음으로 남편을 이해하려 하지 않았다.

남편에게 결혼은 '엄마의 품'으로 돌아가고 싶은 삶의 변화였던 것 같다. 그에게는 엄마처럼 아내가 밥해 주고 챙겨 줄 것이라는 기대가 있었다. 그러나 나는 가사의 공동 부담을 주장했고 아이가 태어난 뒤로는 일상의 대부분을 아이에게 맞춰서 생활했다. 예전에는 자식보다 부부 관계에 집중하겠다고 다짐했는데 어느새 삶의 무게가 아이에게 쏠려 버렸다.

하지만 가끔씩 이런 생각이 들었다. 아이가 성인이 되고 저만의 길을 걸어갈 때 내 옆에서 손잡아 줄 사람, 나와 데이트해 줄 사람은 누구일까? 연애 때는 같이 드라이브를 하는 것만으로도 좋았는데 지금은 그런 두근거림은커녕 사소한 일로도 서로를 물어뜯는 이 남자일 게 분명했다. 남편과 손잡고 산책하는 다정한 노부부가 될 수 있을지는 아직 잘 모르겠지만, 지금의 관계에서는 사랑보다 깊고 끈끈한 우정이 느껴진다.

연애 때의 사랑은 봄날에 만발한 벚꽃이었고 조그마한 질
투에도 흔들렸지만, 지금의 '미운 정 고운 정'은 강추위 속 매
화 같다. 수많은 사람 중에 이 사람을 만나 한 아이의 엄마, 아
빠가 된 사실을 생각하면 이 엄청난 인연의 무게 때문인지 관
계가 애틋하게 느껴지기도 하고 가슴이 돌덩이에 짓눌린 듯
무거워지기도 한다.

"우리 둘 다 아이에게 발휘하는 인내심의 10분의 1만이라
도 상대에게 가져 보는 건 어떨까?"

남편에 대한 초감정이 일어날 때면 그에게 이런 질문을 하
곤 한다. 아직 잘 다스려지지는 않지만.

"결혼하면 내 짝이 생겨 덜 외로울 거 같아요."

회사의 미혼 후배가 한 말에 나도 모르게 속마음이 튀어
나왔다.

"결혼해도 외로워."

싱글일 때는 남자친구가 생기면 외로움이 줄어들 줄 알았
고, 연애 때는 관계의 구속력이 강해지는 결혼을 하면 불안이
사라질 줄 알았다. 하지만 우울, 외로움 같은 삶의 그늘은 누
군가로 인해 사라지는 것이 아니었다. 남편과 단짝이 된 것은
맞지만 그와 언제나 말이 잘 통하는 것은 아니었으니까. 타인
과의 거리감으로 비롯되는 외로움은 여전했다.

아이가 영아였을 때 느낀 외로움은 더했다. 의사소통이

불가능한 아기와 단둘이 텅 빈 집에 고립되어 있는 상황은 남편과의 거리를 더 벌려 놓았다. 나는 하루 종일 남편의 퇴근을 기다렸지만 그는 늦게 들어올 때가 많았고, 일찍 오더라도 피곤을 호소하며 자신의 방으로 들어갔다.

아이가 어리니 친구를 만나는 것도 쉽지 않았고 전화 통화도 여의치 않았다. 아이가 잠들면 나 역시 녹초가 돼서 아이 옆에 쓰러져 있을 때가 많았다. 제대로 대화를 나눌 수 있는 사람은 남편이 유일했지만 만족할 만큼 남편과 충분한 시간을 갖지 못했고 대화를 하더라도 이전보다 말이 잘 통하지 않았다.

우리 사이를 벌려 놓은 데는 가부장제에 대한 서로 다른 인식의 영향이 컸다. 정확히 말하면 가부장제 사회가 구분 지어 놓은 남녀의 고정된 성역할이었다. 아이가 태어난 뒤로 남편의 의식 속에서 이러한 역할 구분은 더욱 강화됐다. 그는 바깥일은 남자, 집안일과 육아는 여자의 몫이라는 생각을 갖고 있었다. 연애를 5년이나 했지만 그가 갖고 있었던 고정관념을 미처 알지 못했다.

"연애할 때 당신의 그런 가부장적인 면을 미리 알려 주지 그랬어?"

내 앞에 거대한 벽이 놓인 느낌이었다. 남편의 무의식에는 '능력 있는 아빠, 내조하는 엄마'의 그림이 있었다. 가만히 생각해 보니 그의 성장 배경이 그랬다.

사립학교에서 교장의 지위에까지 올라 지역사회에서 나름의 사회적 성취를 이룬 시아버지와 살림과 육아를 도맡아 했던 시어머니의 관계를 이상적인 가정의 모습으로 생각하며 자란 것이다. 남편은 맞벌이를 해도 남녀의 책임감은 그 무게가 다른 것으로 간주했다.

그러면서 임신과 출산, 육아로 이어지는 과정에서 병원비와 조리원비, 아이에게 필요한 각종 물품 비용으로 생활비 지출이 급격하게 늘자 처자식을 먹여 살려야 한다는 부담감과 경제적으로 더 나은 위치에 올라서야 한다는 압박감에 짓눌렸다. 동시에 육아와 집안일에서 한 발 물러났다. 그가 저녁 술자리에 밤을 헌신하면서 아기와 나를 둘만 있게 할 때가 많았다. 자신의 어깨에 스스로 가부장의 짐을 올려놓았다.

"나는 당신 혼자 처자식을 먹여 살려야 한다고 생각하는 거 원하지 않아. 나도 끝까지 회사 다닐 거야.

경제적으로 누군가에게 의지하는 삶을 나는 꿈꿔 본 적이 없었다. 가족을 먹여 살려야 한다는 책임감은 내 삶의 짐이기도 했다. '이 아이를 건강하게 키우려면 자립할 때까지 엄마가 건강하게 옆에 있어야 하는데, 아이가 하고 싶은 것을 찾았을 때 지원해 줄 수 있도록 경제적 능력이 있어야 할 텐데……'라는 부담감을 느꼈다.

결혼 전에 우리 두 사람이 살아가는 모습은 비슷했다. 남편과 마찬가지로 나도 엄마가 해 주는 밥을 먹으며 지냈고 나의 성취를 위해 달려왔다. 그런데 결혼과 동시에 남편과 시댁, 이 사회가 요구하는 살림이라는 과제가 내 팔다리를 부러뜨리는 것 같았다. 익숙하지 않아 어렵고 힘든데 친정 식구를 제외한 나머지 사람들은 모두 내가 전담할 것을 요구했다.

대놓고 내 몫으로 규정한 사람은 없었지만 은근한 세뇌로 어깨에 부담을 얹어 놓았다. 오순도순 함께해 나가자며 격려하는 분위기로 시작했다면 가랑비 속 나뭇잎처럼 유들유들하게 적응했을지도 모르겠지만, 나는 갑자기 뒤통수를 맞은 것처럼 얼얼한 통증을 느꼈다. 요리와 설거지를 전담하기 위해 결혼한 게 아닌데 나는 이 사회의 결혼제도에 대해 얼마나 모른 채 덜컥 발을 들여놓은 걸까.

사회에서 만난 사람 중에도 가부장제 질서를 은연중에 강조하는 사람이 많았다. 결혼을 한 뒤 주변 남성에게 공통적으로 많이 받은 질문은 다름 아닌 밥에 대한 것이었다.

"남편에게 아침밥은 차려 줘? 주로 어떤 반찬을 하나?"

'아내=밥 챙겨 주는 여자'로 생각하는 남성들이 아직도 이렇게나 많다니. 남자들에게 밥의 의미는 대체 뭐길래 이렇게 남다른 걸까?

"저도 출근하기 바빠서 아침밥 안 하는데요."

이렇게 말하면 대부분의 남성이 "허허. 맞벌이하면 힘들겠지"라고 했지만, 본인의 이미지 관리에 전혀 신경 쓰지 않고 속마음을 그대로 말하는 사람도 있었다.

"그럼 (아내로서) 빵점이네."

"네?"

어쩌면 다들 이렇게 생각했을지도 모른다. 주변의 진심을 보게 된 것 같았다. 남편도 결혼 후 "아내에게 밥을 차려 주나?"라는 질문을 받은 적이 있었을까. 나는 남편에게 삶을 의탁하려 한 적이 없었다. 그저 손잡고 함께 살아가는 꿈을 꾸었을 뿐인데 이 사회가 요구하는 그와 나의 역할은 달랐다.

나 역시 집안일에 익숙하지 않았다. 흥미를 느끼지도 못했다. 살림은 늘 어렵고 보람보다는 무기력함을 느꼈다. 밥 짓고 찌개를 끓이는 것만으로도 기진맥진이었다. 퇴근 후 저녁 식사를 준비하는 날이면 9시가 돼서야 밥을 먹을 수 있었고 정리까지 끝내면 피로가 쓰나미처럼 몰려왔다. 생활의 여유를 잃어버린 느낌이었다. 주변 사람들은 여자라는 이유로 식사 준비를 내가 도맡아야 하는 것처럼 이야기했다. 겉으로는 "맞벌이를 하면 살림도 남녀가 함께해야지"라면서도 살림에 대한 조언이나 지적을 할 때면 전부 내게 쏟아냈다.

모든 것을 남녀가 똑같이 반반씩 부담하는 기계적 평등을 주장하려는 건 아니다. 어느 한쪽이 일과 살림, 육아에 있어 더 많은 부담을 질 수는 있어도 왜 항상 일은 남자, 살림과 육아는 여자의 몫이 돼야 하는지가 의문이다. 나는 점차 남편과 마찬가지로 식사 준비에 소홀하게 됐고 우리 집 생활비 중 외식비가 차지하는 비중은 급격하게 늘어났다.

역할이라는 것은 사람의 성향과 상황에 따라 구분되어야 자연스럽게 해낼 수 있다. 그러나 타고난 성별에 의해 정해진 고정 역할은 사회가 부여한 그 역할이 성격에 맞지 않거나 한쪽에 과도한 부담을 줄 때 누군가에게는 폭력이 된다.

불행하게도 우리 집은 둘 다 요리에 관심이 없고 식사 준비를 어렵게 생각해 성향 보완이 이루어지지 않았다. 남편이 전통적인 여성상을 그리워하며 불만을 가질 때면 나는 이렇게 말했다.

"당신뿐 아니라 나도 아내가 필요해. 혼자 생계를 책임져야 한다는 압박감 같은 거 갖지 말고 뭐든 함께하자."

어느 날부턴가 남편의 떨떠름한 표정 뒤로 싫지만은 않은 기색이 비쳤다.

6.
세상

: 이 땅에서
여자로, 엄마로,
약자로 산다는 것

가장 낮은 곳에서
세상을 바라보는 일

가끔씩 나는 지하철 노약자석에 앉는다. 서 있는 사람 중에 노약자로 보이는 사람이 없는데 그쪽 좌석이 텅텅 비어 있을 때다. 이 자리를 찾아오는 분이 있으면 일어난다. 하지만 대부분의 젊은 사람들은 노약자석에 앉지 않는다.

몇 해 전 지인으로부터 충격적인 이야기를 듣기 전까지는 나도 노약자석에 앉지 않았다. 이기적인 젊은이가 되는 것 같아 마음이 불편했다. 그러나 임신부였던 B의 폭행 경험을 들으며 생각이 바뀌었다. 그의 사례는 충격적이었다.

"정말이에요?"

"네, 제가 경험한 거지만 저도 믿기 어려워요."

B는 입덧이 심했다. 지하철에 탈 때마다 특유의 냄새 때문

에 정신을 차리지 못했다. 석 달간 음식을 먹지 못해 입원까지 했고, 퇴원 후에는 오렌지 주스만 먹고 지냈다. 태아의 영양 상태를 걱정했는데 다행히 아이는 잘 자라고 있었고 엄마만 비쩍 말라 갔다. 이런 상태로 운전을 하는 것이 더 위험한 데다 직장을 그만둘 수도 없어 지하철을 타고 출퇴근을 반복했다.

B는 지하철 냄새에 울렁이는 속을 다스리며 자리에 앉아 눈을 감았다.

그때마다 마음이 불안했다. 입덧이 시작되는 시기는 배가 부르지 않아서 겉모습으로 임신 여부를 알 수가 없었다. 가끔씩 눈을 뜨면 앞자리에서 자신을 노엽게 바라보는 어르신들과 눈이 마주쳤다.

"한순간에 알 수 있어요. 맞은편에 앉은 어르신의 생각을요. 보통 어른들과 눈빛이 다르거든요."

그러던 어느 날 B는 눈을 감고 있다가 날벼락을 맞았다. 한 할아버지가 대뜸 B의 무릎을 걷어찬 것이다. 종아리와 허벅지에 연이어 발길질을 해댔다.

"젊은 것이, 비켜."

B는 당황했고 어찌할 바를 몰랐다. 임신 초기인 만큼 아이 걱정에 대꾸조차 못 했다. 자리를 비켰지만 노인의 고함은 지속됐다. 그렇게 두 정거장이 지나고 B가 탑승한 지하철에

경찰이 들어왔다. 같은 칸에 탄 승객이 신고한 것이었다.

"정확히 두 정거장 지나니까 경찰이 타더라고요. 지하철 수사대의 대응은 진짜 빨랐어요."

B는 허탈하게 웃으며 당시 상황을 설명했다. 경찰서에 가서도 할아버지는 사과하지 않았지만 B는 할아버지에 대한 처벌을 요구하지 않았다. 다만 이렇게 당부했다.

"노인이 아니더라도 힘든 사람이 있음을 할아버지가 이해할 수 있게 잘 말해 주세요"

이 사건이 끝이 아니었다. 그 뒤로도 또 한 번 지하철 노약자석에 앉았다는 이유로 폭행을 당했다. 이때는 시비 거는 할아버지와 말리는 할아버지 간에 싸움이 일어나기까지 했다.

B를 정말 서럽게 한 건 어느 날 B를 꾸지람했던 할머니의 말이었다. 입덧이 심해 자리에 앉았다고 설명하자 할머니는 이렇게 되받아치며 노여워했다.

"너만 애 가져 봤냐?"

당시 나는 임신 전이었고 아직 가족계획조차 세우지 않았을 때였다. 임신부의 고충에 대해 무지할 때였는데 이 얘길 들으니 충격적이었다.

"어르신들이 어떻게 임신한 여자에게 그렇게까지 할 수

있는 거죠?"

"물론 저를 걱정하며 챙겨 준 좋은 분들도 있었어요. 발길질까지 하며 화를 내는 분이 있을 줄은 몰랐지만요. 노약자석으로 간 건 다른 자리에 앉을 수 없었기 때문이었는데 약자가 돼 보니 우리 사회의 배려 수준이 보이더라고요."

나는 B의 경험담을 들으며 내게도 '노약자석=노인 자리'라는 고정관념이 있음을 깨달았다. 동시에 '일반석=우리 자리'라고 생각했다. 노약자석에 앉지 않는 대신 일반석으로 다가오는 어르신을 보면 속으로 '노약자석으로 가시지'라고 푸념했다.

이런 문제에 민감해진 뒤부터 텅 빈 노약자석을 보면 우스꽝스러움을 느꼈다. 노약자석은 텅텅 비어 있는데 일반석 앞에 젊은이들이 빼빼로처럼 서 있었다. '이게 뭐야. 저기 앉았다가 비켜 주면 되는데 아무도 앉질 않네?' 배려 문화가 성숙하지 못해 다들 형식에 갇혀 있는 것으로 보였다. '노약자석에 앉으면 안 된다, 안 된다' 주문을 외우는 것처럼.

노인, 장애인, 임신부 등에게 성심성의껏 자리를 양보하는 사회에서는 노약자석이 따로 있을 필요가 없다. 자리를 양보하는 배려가 부족하기 때문에 약자를 위한 자리를 만들어 놓은 것이다. 부산 지하철에서 여성 배려칸을 만든 걸 보며 나는 헛웃음이 나왔다. 남자들은 타지 말고 여자들만 모여 있게 한 지하철 칸이라니……. 역시나 이를 둘러싼 반발과 갈등이 터져 나왔다.

"남성에 대한 역차별이다." "여자들은 여성 배려칸에만 타라." "남자를 모두 잠재적 성범죄자 취급하는 것이다."

문화 개선이 아니라 격리와 단절로는 문제가 해결되지 않는다. 갈등만 깊어질 뿐이다.

B의 이야기는 내게 과한 경각심을 불어넣었다. 몇 년 뒤 임신부가 된 나도 지하철을 이용할 때마다 어려움을 겪었다. 수많은 사람 사이에 끼어 한 시간가량 서 있다 보면 아랫배가 당기고 발목이 저렸다.

우리 애는 3.7kg으로 건강하게 태어났지만 주변에 조산한 사례가 많아 37주 이전까지 조산의 두려움을 안고 지냈다. 하는 수 없이 노약자석에 앉았고 얕보이지 않겠다는 심산으로 눈에 힘을 팍 주었다. B처럼 폭행을 당하거나 시비가 붙을까 봐 두려워서였다.

가끔씩 맞은편 할아버지들의 노여움 섞인 눈초리를 느꼈으나 눈에 힘을 풀지 않았다. 홑몸이면 당당하게 맞서겠지만 배 속 아이의 안위와 관련해서는 모든 게 조심스러웠다.

이때의 경험을 떠올리며 나는 출산 후에도 노약자석이 텅텅 빌 때마다 앉았다. 하지만 여전히 다른 젊은 사람들은 지하철 중간쯤에 바글바글 서 있기만 했다. 나처럼 노약자석에 앉는 사람은 없었다. 그들도 힘들고 피곤할 텐데……. 나 홀로 되바라진 젊은이 혹은 임신부라고 오해받는 상태로 노약자석에 앉아 있을 뿐이었다.

"축복받은 황금 골반이네요."

의사는 나의 골반이 출산 특화 체형이라고 했다. 유도분만을 시도했다가 다음 날 여전히 배가 부른 채로 귀가했다는 실패담이 많았지만, 나는 유도분만을 시작한 지 네 시간 만에 아이를 낳았다. 촉진제를 투여하기 전에 자궁이 이미 2cm 가량 벌어져 있었다. 의사는 "오전에 입원해서 오후에 미역국 먹을 수 있겠네요"라고 했고 의사의 말대로 일이 진행됐다.

분만 후 간호사가 아기를 데리고 나간 뒤 남편은 입원실을 배정받기 위해 분주히 사무국을 오갔다. 나는 분만실에 홀로 남아 약간의 추위와 상실감을 느끼고 있었다. 깜깜한 방에 홀로 있으려니 이 엄청난 삶의 변화에 두려움이 조금 밀려왔다. 하지만 곧이어 그런 의식을 집어삼킨 욕망이 일었다.

'아 목마르다, 배고프다.'

병실에 가자 미역국이 나왔다. 제왕절개를 한 옆방 산모의 문 앞에는 '금식'이라는 팻말이 붙어 있었다. 끔찍하게 느껴졌다. 이 고통을 겪고 밥도 못 먹는다니. 나는 미역국을 들이켜며 "갈증이 가장 힘들었어" 하고 의기양양했다. 식사를 마칠 때쯤 친정 식구들이 왔다. 출산이 어마어마한 몸의 변화라는 걸 간과하고 얇은 환자복 차림으로 가족들과 함께 신생아실로 향했다. 엘리베이터에서 내렸을 때 약간의 한기가 느껴졌지만 이 정도쯤이야 싶었다.

그런데 갑자기 누군가 목을 조르는 것처럼 혈관이 조여드는 느낌이 왔다. 신생아실 쪽으로 발걸음을 내디딜 때마다 허리가 점점 구부러졌고 나는 남편의 팔에 매달려 노파처럼 천천히 걸어갔다. 가족들은 아기를 보기 위해 신생아실 유리에 손바닥을 짚고 있었다.

"나 병실로 돌아가야겠어."

"애 안 볼 거야?"

"지금 너무 힘들어."

그런 상태는 처음이었다. 온몸의 혈관이 폭풍을 만난 파도처럼 출렁거렸다. 역류. 역류. 피가 솟구치고 있었다. 가족들을 두고 남편과 엘리베이터 쪽으로 두세 걸음 정도 걸었을 때 나는 의식을 잃었다.

깨어나 보니 수많은 사람이 나를 둘러싼 채 간호사가 내 얼굴을 붙잡고 소리치고 있었다. 복도 바닥에 누워 있다는 걸 깨달은 순간 눈물이 나왔다.

"왜 울어요? 이제 괜찮아요."

간호사는 내 양 볼을 붙잡고 친절하게 말했다. 곧이어 휠체어가 왔다. 나는 몸의 감각을 잃고 정신만 덩그러니 남은 느낌으로 실려 갔다. 사색이 된 가족들은 "마침 그 간호사를 만나서 천만다행이야"라며 안도했다.

쓰러졌을 때 남편과 남동생이 나의 한쪽 팔을 각각 붙들고 있었다고 한다. 나는 실에 매달린 인형처럼 어깨가 위로 들린 채 고개를 꺾고 매달려 있었던 것이다. 그때 복도를 걸어가던 간호사가 달려와 "의식을 잃은 환자는 바닥에 눕혀야 합니다"라며 응급조치를 했다. 초등학교 때 구령대 앞에서 픽픽 쓰러지던 친구들을 부러워하며 튼튼한 몸을 원망했던 내가 인생 최초로 정신의 블랙아웃을 경험한 것이다. 내 의지대로 할 수 없는 신체 상태는 끔찍했다. 나는 다음 날까지 침대에서 일어나지 못했다. 남편은 "나 홀아비 되는 줄 알았어"라며 쩔쩔맸다. 출산은 얕보면 안 되는 어마어마한 신체 변화였다.

인터넷상에서 남녀 대결의 쟁점이 된 산후조리 논쟁을 접했을 때 나는 의아할 수밖에 없었다. '아니, 당연히 해야 하는 산후조리가 뭐가 문제지? 잘못 지내다가는 몸이 크게 상할 수 있는데?'

산후조리와 관련해 여성 혐오를 표출하는 남성들은 "산후조리원은 한국에만 있다"며 한국 여성들의 산후조리 문화를 유별난 허영으로 취급했다. "서양 여자들은 아이 낳고도 잘 돌아다닌다" "서양은 아기 머리가 작고 여성의 골반이 크지만 동양은 반대라는 이야기는 의학적 근거가 없다"라는 논리의 댓글들이 달렸다.

의학적인 문제의 답은 모르겠지만 산후조리원 문화를 여성의 허영으로 보는 시각을 곰곰 살펴보면 비판의 대상과 결론이 잘못되었다는 것을 분명하게 알 수 있다.

서양 여성이라 해서 출산 후에 곧바로 몸을 추스르고, 혼자서 육아와 집안일을 하는 건 아니다. 서양에서는 남편이 아이를 낳은 아내 옆에서 육아와 집안일을 거든다. 앞서 말한 것처럼 스웨덴에선 아기를 낳은 부모에게 총 480일의 육아휴직이 주어지는데 여성과 남성이 90일씩 의무적으로 사용해야 한다. 노르웨이는 육아휴직에 '아버지할당제'를 도입해 남성에게 6주간의 유급휴가를 준다.

국가 차원에서 산후관리 시스템을 도입한 나라도 꽤 많다. 독일의 소꿉친구는 출산 후 독일 정부에서 보내준 헤바메 Hebamme에게서 일정 기간 신생아 돌봄 교육을 받았다. 국가에서 제공하는 영유아 전문 산파 가정방문 서비스로 독일 건강보험 가입자라면 누구나 받을 수 있는 혜택이다. 친구는 "나는 모유 수유를 하다가 아이가 잠들면 그대로 뒀는데 헤바메가 아이를 깨워서 더 먹여야 깊은 잠을 잔다고 가르쳐 줬어"라고 말했다.

신생아뿐 아니라 만 5세까지 제공하는 영유아 가정방문 서비스도 많은 나라에서 시행하고 있다. 우리는 미국 정부의 '오바마케어'를 건강보험이 없는 사람에게 국가보험을 들어주는 정책으로만 알고 있지만 미국 정부는 지난 5년간 오바마케어의 일환으로 0~5세 영유아 가정방문 프로그램 MIECHV에 15억 달러(약 1조 5000억 원)를 투입했다. 아기가 태어난 가정에 간호사와 사회복지사 등이 방문해 건강을 보살펴 주고 부모 교육도 해주는 제도다. 개인이 신청해야만 받을 수 있는 서비스임에도 일찌감치 영유아 가정방문 서비스를 도입한 남호주에서는 이 서비스의 신청률이 무려 98%에 달한다.

우리나라도 그나마 서울시에서 이런 서비스를 도입했지만 널리 알려지지 않았다. 소수의 인력이 서울시 25개 자치구 중 20개 구를 맡고 있어 많은 사람이 실질적인 혜택을 누리기 어려운 상황이다. 1회에 한해 무료 방문을 받을 수 있고, 지속 관찰이 필요한 가정으로 분류돼야 자녀의 나이가 만 2세가 될 때까지 이용할 수 있다(2017년 기준).

서양 여성들은 육아휴직을 사용한 남편과 국가의 지원을 받으며 자녀를 돌보지만 한국 여성들은 돈을 내고 머무는 조리원이나 직접 찾아서 고용한 산후도우미에게 배워야 한다. 그렇지 않으면 의지할 곳이란 게 인터넷 커뮤니티밖에 없다.

나만 해도 지금이야 아이와 관련해 뭐든 척척 해내는 '베테랑 엄마'지만 초보 엄마 때는 기저귀 갈기, 분유 타기 등 아주 기초적인 것조차 알지 못했다. 초보자의 어설픔이 이제 막 태어난 생명에게 해를 끼치는 건 아닐지 매 순간 두려웠다. 그때 "조리원에 들어가면 다 가르쳐 줘요"라는 주변 엄마들의 말에 안도했다.

만약 "정부에서 보내 주는 도우미가 다 가르쳐 준다"고 조언해 주는 사회에서도 이렇게 많은 여성이 산후조리원에 의

지하게 될까? '엄마가 쉬기 위해 가는 곳'이라는 일반 인식과 달리 내 주변 초보 엄마들은 '실전 교육'을 위해 조리원을 이용하는 경우가 많았다.

나는 산후조리원의 시세를 알아본 뒤 잠시 망설였다. 2주에 평균 200~300만 원이라니. 연예인들이 입소해서 화제가 된 'D 산후조리원(2주에 최대 2000만 원)' 가격에는 헛웃음만 나왔다. 주변 여성들도 조리원 가격이 비싸다는 데는 통감했지만 산후도우미 같은 다른 대안도 돈이 들기는 마찬가지라고 했다. 나 또한 아무리 생각해도 수유, 목욕 등 아기 돌보기부터 방 청소, 빨래, 요리, 젖병 소독 및 설거지 등을 불편한 몸으로 해낼 자신이 없었다.

자연분만 역시 회음부를 찢고 꿰매기 때문에 자연분만이든 제왕절개든 산모들은 2~3주 동안 거동에 큰 어려움을 겪는다. 직접 겪어 보니 생식기를 꿰맨 후유증은 생각보다 컸다. 앉았다가 일어서는 것조차 고통스러웠다. 일단 이것만으로도 누군가의 도움이 절실했다.

더욱이 나의 경우에는 모유 생성 과정에서 호르몬 변화가 생겨 체감 온도가 들쑥날쑥했다. 하루에도 몇 번씩 더워서 헉헉거리다가 갑자기 오한이 몰려와 덜덜 떨었다.

한국의 산후조리원 문화는 사회보장제도의 부실과 대가족에서 핵가족으로 가족 관계가 변화한 틈을 '자본'이 파고든 것이다. 산후조리원의 가격대가 수백에서 수천만 원까지 올라가며 출산의 부담을 높이고 계층 간 위화감을 형성한 것은 사실이다. 병원비에 산후조리원 비용까지 더해져 출산에 따른 경제적 부담도 커졌다.

하지만 우리나라도 진작에 모든 회사가 남편의 출산휴가와 육아휴직을 보장하고 국가에서 산후관리 시스템을 제공했다면 어땠을까. 지금처럼 신생아 돌봄 교육과 산모의 휴식을 가족이나 돈에 철저히 의존하는 문화가 발달하지는 않았을 것이다.

출산의 고통을 겪은 산모에게는 당연히 휴식이 필요하다. 산모의 몸은 수개월 간 새 생명에게 영양을 희생한 뒤 출산 과정에서 뜯기고 꿰맨 봉제인형과 같다. 그만큼 주변의 도움이 절실하다.

산후조리 논쟁의 초점이 남녀 대결이 아니라 "지갑을 더열어"라고 유혹하는 자본주의 문화와 부실한 국가 정책을 바꾸는 비판 의식으로 발전했으면 좋겠다.

여자는 부엌 안에서
너무 많은 시간을 보냈다

결혼 후 나의 생활에서 크게 달라진 점 중 하나는 명절 풍경이다. 이전까지는 말 그대로 연휴답게 보냈다. 조부모님이 모두 세상을 떠난 뒤 부모님은 1년에 한 번 친할머니 기제사만 지냈다. 조촐하게 성의 표시를 하는 정도였다. 명절마다 영화를 잔뜩 보고 친구들을 만났다. 전국적으로 많은 사람이 오가는 장면을 보여 주는 교통 소식과 TV 프로그램 속 진행자들의 한복 차림에서 명절 기분을 느낄 뿐이었다.

가끔씩 외가에서 느꼈던 화기애애한 명절 분위기가 그리울 때도 있었다. 친가와 외가가 모두 강원도 영월에 있었는데 나는 어린 시절 명절마다 외가에서 지내곤 했다. 그곳은 남녀가 어우러진 공동 노동의 현장이었다. 외숙모가 만두소를 내

놓으면 외삼촌과 자녀들이 거실에 둘러앉아 만두를 빚었다. 한구석에 드러누워 TV를 시청하는 특별한 존재는 없었다.

내가 초등학생이었을 때 대학생이었던 친척 오빠는 기타를 치며 흥을 돋우거나 요리 실력을 뽐내곤 했다. 강원도 사람들이라 그런지 감자나 옥수수 같은 음식을 특히 좋아했다. 엄마의 입맛에 길든 내가 어느 날 "감자전 먹고 싶어"라고 하자 친척 오빠가 실력을 발휘했다. 감자를 가져와 감자 깎는 칼로 솜씨 좋게 쓱쓱 껍질을 벗겨 내더니 감자 알맹이를 강판에 갈았다. 방 한쪽에 가스버너를 놓고 프라이팬에 기름을 두르고는 곧 적당한 크기의 노릇노릇한 감자전을 부쳐 냈다. 젊은 남성이 나서서 요리하는 모습은 상당히 인상적이었다. 나는 친척 오빠가 입대하자 학급에서 국군 아저씨에게 단체 편지를 썼던 경험을 떠올리며 위문 편지도 썼다.

내가 외가에서 즐거운 시간을 보내는 동안 엄마는 숙모와 둘이 친가에서 부엌데기로 지냈다. 아빠를 포함한 친가 남성들은 음식을 준비하는 동안 단 한 번도 얼굴을 비치지 않았다. 다 차려진 차례상에 절하고 숟가락질만 했다. 나를 포함한 여자들은 조상께 절을 할 권리조차 없었다. 남녀가 함께 절을 했던 외가와 달리 친가 여자들은 부엌에만 머물렀다.

출생 이후 꾸준히 보았던 친가의 풍경에 익숙해진 탓에 어린 시절에는 그저 남자, 여자의 역할이 따로 있나 보다 했다. 다만 친가보다 외가에 있길 희망한 걸 보면 막연하게나마 친가의 남녀 구도에 불편함을 느꼈던 것 같다.

차례를 마치고 남자들이 우르르 빠져나가면 친가의 여자들은 그제야 식사를 시작했다. 밥상을 새로 차리는 게 아니라 아무도 손대지 않은 떡국이 있으면 자기 앞으로 끌어와 먹는 식이었다. 남의 타액이 섞이지 않은 국물인 걸 알면서도 왠지 모르게 씁쓸했다. 그 많던 사람이 빠져나간 거실은 휑하니 어수선했다. 여러 상 위에 널브러진 음식을 종류별로 한데 모아 여자들이 잔반을 처리했다. 그때는 몰랐는데 외가의 풍경이 한국 사회에서 쉽게 찾아볼 수 없는 진귀한 모습이라는 걸 결혼하고서야 깨달았다.

시댁의 명절 분위기는 친가와 거의 비슷했다. 다른 점은 일가친척이 영월 인근에 뿔뿔이 흩어져 살았던 친가와 달리 집성촌에 모여 산다는 점이었다. 설날이면 새벽 5시부터 한복을 차려입고 동네 집집마다 인사를 다녔고 시어머니는 새벽 3시에 일어나 준비를 하셨다. 나는 제대로 하는 건 없어도 시어머니 옆에 붙어 있었다. 반면 신랑을 비롯한 집안 남자들은 부엌에 얼씬도 하지 않았다. 오랜만에 고향을 찾은 남편은 결혼 전에 내가 그랬던 것처럼 휴식을 취하거나 친구를 만났다. 맞벌이 부부로 함께 일하는데 왜 나만 부엌데기가 돼야 하는 걸까. 나의 불만에 남편은 이렇게 말했다.

"엄마가 다 하지 너는 별로 하는 일도 없잖아. 그리고 집마다 돌아다니면서 먹는 것도 힘들어."

그와 나 사이에는 남녀 역할에 대한 견고한 벽이 있었다. 시어머니가 차례상을 차리기에 나의 역할이 미미한 건 사실이었다. 하지만 부모님 집에 와서 자유롭게 나다니는 남편과 달리 나는 내 마음대로 움직이지 못했다. 어머님 지시에 따라 전을 뒤집거나 그릇을 씻는 등 간단한 일을 보조하면서 옆에 꼭 붙어 있어야 했다.

시어머니가 대부분의 일을 하셨기에 일이 고되지는 않았다. 문제는 명절 노동에 왜 여자들만 동원돼야 하는지, 남편에게 주어진 저 자유로움의 권한은 어디에서 나오는 것인지, 내 삶은 결혼으로 인해 더 나아진 게 맞는지 등의 문제의식이 나를 괴롭히기 시작했다는 것이다.

남편이 "너는 별로 하는 일 없잖아?"라고 할 때면 "그럼 입장 바꿔서 우리 집에 가서 나는 친구들 만나러 다니고 당신

혼자 장모 옆에 붙어서 요리 보조를 해 봐"라고 대꾸했다. 시아버지의 참여까지는 바라지도 않았다. 시어머니와 나, 남편, 시동생 등 가족이 함께 모여 음식 준비를 하고 싶었다. 나의 바람은 시어머니와 시할머니, 그보다 훨씬 이전 세대부터 이어져 온 전통문화에 반항하는 것이었다. 내가 최고 윗세대가 되어 집안 대소사에 결정권을 갖는 날이 오지 않는 한 불가능했다. 시댁에서도 남자들만 차례상에 절을 했다.

아이를 낳은 뒤 나의 불만은 더욱 커졌다. 남편과 둘이 지낼 때는 집안일에 소홀할 수 있었지만 아이가 생긴 뒤로 나는 누가 강요하지 않아도 알아서 청소를 했다. 태어나서 처음으로 자신이 아닌 타인을 위해 매 순간 헌신하며 살았다. 육아와 집안일에 있어 나의 참여 비율은 절대적으로 높았다. 이렇다 보니 명절마다 내게 더 많은 노동 의무가 주어지는 게 불합리하게 느껴졌다.

어느 날, 친척 언니의 소식을 전하는 엄마의 이야기를 들으며 나는 주변 이들과는 다른 의미에서 한숨을 내쉬었다. 친척 언니는 명절마다 지방에 있는 시댁에 갔다. 이쪽 시댁도 남녀 역할이 남과 북처럼 명확하게 나뉜 곳이었다. 일찌감치 시댁에 가서 일을 거들고 있는 언니에게 윗동서가 늦게 와서 이렇게 말을 건넸단다.

"동서, 점수 좀 따겠네?"

고생하고 있는 동서에게 미안함을 표현하기는커녕 경쟁 의식을 내보인 것이다. 친척 언니는 시어머니를 도와 하루 종일 기름 냄새 풀풀 풍기며 부엌데기로 지냈다. 엄마는 "늦게 왔으면 미안하다고 할 것이지 말을 그렇게 하느냐?"라며 조카의 마음을 두둔했다. 나 역시 같은 생각이었지만 좀 더 구조적인 문제에 분노를 느꼈다.

"엄마, 근데 가장 큰 문제는 여자들끼리 이런 신경전을 하게 만드는 이 사회의 문화가 아닐까?"

친척 언니네 상황이 직접 본 듯 그려졌다. 언니네 시댁은 마을버스에 번호조차 붙어 있지 않은 시골이었다. 동네 주민들은 버스가 오면 알아서 타고 내렸다. 시어머니와 둘째 며느리가 음식을 만들며 땀 흘리고 있고, 일 때문에 늦게 출발한 첫째 며느리는 눈치를 보며 시댁에 들어선다. 맏며느리로서 더 많은 역할을 하지 못했다는 부담감과 죄책감 때문에 아랫동서의 땀보다는 동서가 가족들에게 얻었을 신임이 도드라져 보인다. 질투심에 사려 깊지 않은 말을 내뱉는다.

"엄마, 남편들은 손이 없어? 발이 없어? 왜 며느리들끼리 눈치 보며 서로 신경을 써야 해? 늦게 온 건 큰 동서뿐 아니라 그 남편도 마찬가지인데 왜 며느리만 전전긍긍해야 하는 거야? 명절에 남녀가 같이 일한다면 큰 동서가 그렇게 미안해하지 않아도 되고 언니도 고생을 덜 했을 텐데, 왜 여자들끼리 은근한 신경전을 벌여야 하는 거냐고."

　내게는 이러한 풍경이 보존해야 할 전통문화가 아니라 바꿔야 할 인습으로 보였다. 동굴 생활을 했던 선사시대부터 인류는 종족 보존을 위해 신체적으로 우월한 남성이 바깥일을 하고 여성은 집안일을 했다고 한다. 당시는 동굴 밖을 함부로 돌아다니는 여성을 돌로 쳐서 죽였다. 짐승보다 약했던 인간이 자신을 보호하기 위해 만든 사회문화였다.

　하지만 기술이 발달한 지금은 남녀의 신체적 차이가 사회 진출에 미치는 영향이 미미해졌다. 남자와의 관계, 가족 관계에서 존재의 의미를 찾았던 과거의 여성들과 달리 자기 자신의 성취를 통해 주체성을 확보하려는 여성이 늘었다. 결혼은 남자의 품에 들어가는 예속이 아니라 같은 방향을 바라보며 나아가는 공동생활인 것이다.

　나는 차례 문화가 가족들이 함께 참여하는 즐거운 잔치로 변화하지 않는다면 내가 윗세대가 되었을 때 이런 문화를 이어가지 않겠다고 남편에게 선언했다.

"어머님은 장남이 요리하는 모습을 보며 기함하실 분이 아니잖아. 같이하자."

시간이 지날수록 친정 엄마가 강조했던 "이 세상에서 남자에게 집안일을 가르칠 수 있는 사람은 엄마밖에 없어"라는 말이 의미심장하게 다가온다. 엄마는 내게 집안일을 도우라고 강요하지 않았지만 남동생에게는 초등학교 때부터 이러저러한 주문을 하며 가르쳤다. "딸은 살림을 가르치지 않아도 나중에 하게 되지만, 아들은 가르치지 않으면 평생 안 한다"라는 게 엄마의 지론이었다. 덕분에 지금도 동생은 엄마가 제사 음식 준비를 할 때면 옆에서 거들며 전을 부친다. 외가의 영향을 받아 엄마는 이런 부분에서 깨어 있었다. 부모 세대의 여성은 여성으로서의 동질감보다 가부장제 신념을 내면화한 기성세대로 느껴질 때가 더 많았는데 엄마를 포함한 외가 식구들은 그렇지 않았다.

나 역시 아들에게 살림을 가르쳐야겠다고 다짐했다. 나의 부모 세대는 자녀가 많은 것도 아니고 하나둘밖에 없는데 굳이 시킬 게 뭐냐며 엄마 혼자 집안일을 전담했고 그렇게 고정된 성역할 개념을 자녀 세대에 전수했다. 나는 아들에게 집안

일을 가르치는 건 생활 교육뿐 아니라 인성 교육의 일환이라고 생각한다. 이런 점에서 딸이 아니라 아들을 낳아서 다행이라고 안도하기도 했다. 딸이었다면 "너와 가치관이 비슷한 남자를 만나야 해. 배우자가 될 사람뿐 아니라 그 부모님 성향도 살펴야 한다"라며 방어적인 교육을 했겠지만 아들은 내가 직접 그런 남자로 자라도록 도울 수 있기 때문이다.

남편에게도 "내가 아무리 아이를 가르쳐도 우리의 모습이 부모 세대와 똑같다면 결국 보고 자란 경험에 큰 영향을 받을 거야"라며 동참을 요구했다.

가끔씩 남편은 "엄마가 해 준 오징어국이 먹고 싶어!" 나는 "엄마가 해 준 닭볶음탕 먹고 싶어!"라며 각자의 엄마가 자주 해 줬던 음식에 대해 말하곤 한다. 엄마의 따뜻함이 그리워질 때면 반사적으로 엄마표 음식이 떠올랐다.

우리 세대의 그런 모습을 보며 나는 아이의 미래에 대해 상상해 보곤 한다. 이 아이도 먼 훗날 나와의 추억을 떠올릴 때 엄마만의 전매특허 요리를 그리워할까? 나도 아이에게 김이 모락모락 나는 따뜻한 음식을 자주 해 주고 싶지만 그런 시간이 숱하게 쌓여야만 만들어지는 이미지까지 얻어 낼 자신은 없다.

다만 음식이 아니라 내가 이 아이에게 따뜻함을 주었을 다른 무엇이 아이의 회상 속에 있을 거라 생각하며 나의 부족함을 더는 탓하지 않는다. 이런 엄마와의 시간이 이 아이가 기존의 성역할 고정관념에 구애받지 않는 새로운 세대로 자라나는 양분이 되기를 소망한다.

개는 되도 아기는 안 된다는 '노키즈존'

아이가 돌이 될 때까지 아이와 나는 '방콕족'처럼 생활했다. 바깥나들이를 아예 하지 않았던 것은 아니지만 집에 머문 날이 더 많았고 그런 날들의 인상이 강렬하게 남았다. 지역 엄마들의 인터넷 커뮤니티를 매일 들여다보면서도 모임에는 나가지 않았다. 어린아이를 데리고 나갈 엄두가 나지 않았고 가깝게 지낼 게 아니라면 뜨내기처럼 얼굴을 비추는 것도 영 내키지 않았다. 커뮤니티에서의 익명성을 보장받고 싶기도 했다.

가끔씩 물물교환이나 자신에게 더 이상 필요하지 않은 물건을 공짜로 주는 '드림'을 하며 동네 여성들과 잠깐 만날 뿐이었다.

어느 날 우리 아이가 사용하지 않는 물건을 '드림' 하겠다고 글을 올렸더니 50일도 안 된 아기를 안고 찾아온 어린 엄

마가 있었다. 본인이 아니라 임신 중인 새언니에게 줄 거라고
했다.

"임신부가 움직이는 것보다 영아를 데리고 나오는 게 더
힘든 일인데 어떻게 왔어요?"

"새언니가 힘들어해서요. 저도 집에만 있기가 너무 답답하
기도 하고요."

집 현관에서 물건만 건네고 말았는데 보내고 난 뒤 '차라
도 한잔하자고 할걸' 하고 후회했다. 집에만 있는 게 답답하기
는 나도 마찬가지였다. 대화 상대가 필요할 때였다.

애 엄마는 나보다 열 살가량 어려 보였고 아기는 너무나
작고 어렸다. 그래서였을까. 순간적으로 '어서 집에 가야 할 텐
데'라고 생각했다. 헤어지고 난 뒤에야 '아기도 계속 안겨 있느
라 힘들었을 텐데 쉬고 가라고 할걸' 후회가 밀려왔다.

아기 엄마들은 갈 수 있는 곳이 많지 않다. 영아 때는 특
히나 더 그렇다. 나의 경우 아이가 올해 네 살이 되면서 키즈
카페나 공원 등 각종 어린이 시설에 놀러 갈 수 있게 되었지만
여전히 갈 수 없는 곳이 더 많다. 출산 후부터 지금까지 영화
관에 한 번도 가질 못했고, 남편과 카페에서 느긋하게 커피를
마시는 여유도 지난 몇 년간 누리지 못했다.

이런 점에서 친구로부터 '노키즈존'에 대한 이야기를 들었을 때 의아했다.

"식당에서 아이 입장을 금지하는 건 너무 심한 처사 같아. 애 엄마들은 그렇지 않아도 갈 곳이 부족한데 말이야."

친구는 마음먹고 찾아간 맛집에서 유모차를 끌고 간 자신을 쫓아냈다며 억울해했다. 나는 문전박대를 당해 본 경험이 없어 지금까지 이런 논란에 별다른 관심을 기울이지 않았다. 말을 듣고 보니 아이 부모를 내쫓는 조치는 좀 심하다 싶었다. 옴짝달싹 못 하는 부모의 마음을 알기에 친구의 분개에 공감했다.

노키즈존을 찬성하는 사람들은 "아이들의 소란 없이 식당에서 즐겁게 식사를 할 권리가 있다"고 주장한다. 또 "아이가 아니라 아이의 소란을 방치하는 부모가 문제다" "맘충(엄마와 벌레를 결합한 신조어)'은 아이에게 주의를 주면 화를 낸다" "식당은 아이들이 뛰어다니기에 위험한 곳이다" "사고가 나면 누가 책임을 질 것인가?" "가게 주인도 본인 의지대로 영업할 권리가 있다"고 강조한다.

이에 대한 반박도 만만치 않다. 보편적 인권을 거론하는 이야기가 꽤 그럴듯하게 들렸다. 민간 영역이라 할지라도 인종, 계급, 연령 등에 따라 서비스 이용을 제한하는 건 명백한 차별이라는 것이다. 아이와 부모가 다양한 곳에서 외식하는 기회를 빼앗아서는 안 된다고 주장하는 사람들도 있다.

남의 아이를 내쫓는 건 나와는 무관한, 순전히 남의 일이 아니다. 우리 모두에게는 개구쟁이였던 시절이 있다. 어리다는 이유로 배척하면 자신이나 가족 중 누군가는 상처를 입을 수밖에 없다.

노키즈존 논란을 보며 다른 나라의 상황이 궁금해졌다. 일부 언론에서는 해외 사례를 소개하며 프랑스, 덴마크 등 시민의식이 발달한 나라에는 이런 후진적인 논쟁이 없다고 했다. 과연 그럴까 의문이 들었다. 그렇다면 왜 이 논쟁의 이름이 '노키즈존'이라는 영어 이름이 됐을까.

외신에서 관련 글을 찾아보고는 제법 놀랐다. 영국, 호주 등에서의 논쟁은 우리보다 절대 덜하지 않았다. 영국의 한 여성은 "아이보다 개가 더 얌전하다"며 유아 혐오를 적나라하게 표출했다. 영어권에서는 노키즈존의 의미로 '차일드 프리 레스토랑Child free restaurants' '차일드 프리 존Child free zones' '차일드 프리 베뉴Child free venues' 등의 표현을 사용했다.

2016년 11월 재닛 스트리트 포터Janet Street-Porter라는 여성

이 영국 《데일리 메일》에 기고한 글은 좀 충격적이었다. 〈식당의 아동 출입 금지 조치에 찬성하는 이유〉라는 제목의 글이었다. 이 여성은 미혼임을 밝히고 "대부분의 엄마들은 후각이 마비된 것 같다. 아마도 임신이 여자들의 감각을 바꿔 놓은 것 같다"고 했다. 아동 혐오감을 갖고 있는 여성이었다.

"엄마들이 기저귀를 갈 때면 토할 것 같고, 부모들은 자녀의 행동이 창의적이고 유쾌하다고 생각하지만 다른 사람에게는 혐오감을 줄 뿐"이라며 결론은 "대부분의 영국 가게가 개의 출입을 금지하는데 개가 아이들보다 낫다"며 노키즈존을 찬성했다.

나는 이런 글을 인터넷 댓글에서는 봤어도 언론이나 유사 매체에서 소개한 형태로는 본 적이 없었다. 이 글에 3347개의 댓글이 달린 것을 보면 노키즈존 논쟁이 영국에서도 얼마나 뜨거운지 알 수 있었다. 세계 10대 일간지 중 하나로 꼽히는 영국 《가디언》에는 반대로 "아이들의 레스토랑 출입을 금지하면 정중하게 식사 예절을 가르칠 기회를 잃게 된다"며 노키즈존을 비판하는 글이 실렸다.

2015년 호주의 한 유명 식당의 사례는 세계적인 관심을 불러일으켰다. 호주 퀸즐랜드에서 레스토랑을 운영하는 리암

플린Liam Flynn은 7세 미만 아동 출입 금지 방침을 세운 뒤 "가게를 이용하려면 베이비시터에게 아이를 맡기고 오라"고 했다. 이런 소식이 알려지자 호주 전역에서 논쟁이 일었다. 그는 미국 온라인 경제전문지《비즈니스 인사이더》와의 인터뷰에서 이런 결정을 내리게 된 일화를 소개했다.

어느 날 한 부부가 두 살가량의 아기를 데리고 식당을 방문했다. 부모가 아무리 달래도 아이는 울음을 그치지 않았다. 플린은 부부에게 "너무 시끄러우니까 밖에 나가서 아이를 달래고 오세요"라고 제안했다. 그의 말에 기분이 상한 부부는 플린과 실랑이를 벌이다가 식당을 떠나면서 "Fu** you"라는 욕설을 내뱉었다. 플린은 "아동 손님을 받지 않겠다고 선언한 뒤 수많은 사람이 나를 응원했고 오히려 식당의 매출도 급증했다"고 밝혔다.

하지만 그에 대한 비판도 만만치 않았다. 일부에서는 "플린이 사람을 개만도 못한 존재로 취급한다"며 분노했다. 플린의 식당은 개의 출입은 허용했기 때문이다. 이 밖에 미국, 독일 등에서도 아동 출입 금지 방침을 내거는 식당들이 늘어나면서 논란을 일으켰다.

해외 사례를 살펴본 뒤 노키즈존 논쟁에 대한 나의 생각은 달라졌다. 노키즈존 문제는 후진적인 갈등이 아니라 구성 원들의 권리 의식이 향상되면서 나타난 갈등이었다. '편안하게 식사할 권리'와 '아이들과 함께할 권리' 등 양측의 권리가 부 딪치며 발생한 문제인 것이다.

하지만 우리나라에는 찬반 양측을 중재하는 타협의 목소 리는 없고 '맘충'이라는 혐오어로 상처를 주고 있는 점이 안 타깝다. 서양에서도 개념 없는 부모에 대한 비판은 거세다. 우 리처럼 "아이가 아니라 아이에게 주의를 주지 않는 부모가 문 제"라는 말도 똑같이 사용한다. 하지만 "맘충을 쫓아내야 한 다"는 식으로 모성을 비하하며 대화의 여지를 차단하지는 않 는다.

노키즈존 관련 설문조사만 봐도 차이를 선명하게 엿볼 수 있다. 2011년 영국의 일간지 《텔레그래프》에서 '차일드 프 리 레스토랑'에 대해 찬반 조사를 한 결과는 다음과 같았다. 식당의 아동 출입 금지 조치에 37.04%가 찬성을 했고 반대는 8.98%였다. 하지만 이보다 훨씬 많은 54.44%가 중재안을 지 지했다. '아이들도 모든 식당에 출입할 수 있어야 한다. 하지만 잘못된 행동을 할 경우 주변에서 주의를 줄 수 있어야 하고, 그럼에도 말을 듣지 않으면 식당을 나가야 한다'는 항목에 응답자의 절반 이상이 동의한 것이다.

그러나 국내의 관련 조사에서는 찬성, 반대만 나열돼 있을 뿐 해법이 될 수 있는 중재안은 항목에 포함돼 있지 않았다.

노키즈존 논란이 각자의 권리만 주장하며 대립하는 사회 문제가 아니라 공공장소에서의 예절 문화를 가르치는 과정이 되려면 이런 타협안을 지지하는 사람이 늘어야 한다. '쫓아내자'가 아니라 '부모가 아이를 교육해야 한다'는 여론이 대세가 되어야 한다.

다만 이런 의식이 발현될 수 있을지는 나도 의문이다. 최근에 나온 뉴스를 보고선 '한동안 이런 갈등이 해소되기는 어렵겠구나' 생각했다. 얼마 전 한 프랜차이즈 커피전문점이 청소년의 출입을 금지하는 '노스쿨존'을 내걸며 화제를 모았다. 해당 카페에서는 청소년들이 욕설과 무례한 언행, 침 뱉기 등을 반복해 많은 손님이 불편을 겪고 있어 어쩔 수 없다고 호소했다.

아……. 이제는 배제 대상이 아동뿐 아니라 청소년으로 확대된 것이다. 해소는커녕 점점 심화되고 있는 게 우리의 현실이다.

외톨이 육아의 시대를 끝내려면

"애를 낳았으면 알아서 키우지 왜 징징거리나?" "자기가 원해서 애를 낳아 놓고 왜 나라의 지원을 바라냐?"

육아와 관련한 여성들의 토로에 남성 네티즌들이 자주 하는 비난이다. 출산과 육아에 따른 부담을 철저하게 개인의 몫으로 여기는 시각이다. 새해가 되면 매년 달라지는 정부 정책에 대한 소개 기사가 올라온다. 여성가족부의 아이돌봄 서비스에 대한 반응에서도 이런 댓글을 찾아볼 수 있었다. 서비스 이용 대상 아동을 24개월에서 36개월로 확대한다는 내용이었다.

"돌보미 수가 적어 지금도 이용하기 어려운데 연령만 높여서 무슨 효과가 있냐?"는 따끔한 지적을 비롯해서 서비스를 경험한 부모들의 성토가 쏟아졌다. 이에 "지원해 주면 더 달라고만 한다" "내 세금을 왜 남의 애들 지원하는 데 써야 하나?" 등의 반박이 이어지며 댓글은 이전투구의 장이 됐다.

'낳았으면 알아서 키워라?'

생각해 보면 맞는 말이다. 내가 선택해 이 세상에 내놓은 생명에게 나는 전적인 책임을 져야 한다. 이 책임을 부정한 적은 없다. 다만 사회별로 그 사회가 만들어 놓은 양육 환경은 다르다. 특정 사회의 환경이 양육의 어려움을 가중시키고 구성원들에게 출산을 포기하게 만든다면 개인이 느끼는 어려움은 사회 문제로 연결될 수밖에 없다.

지금은 그 어느 때보다 구성원 수가 적은 핵가족 시대다. 핵가족화는 1950~1960년대부터 시작됐지만 나의 부모 세대는 그 윗세대와 함께 지낸 경우가 많았다. 집 안에 빌릴 손이 하나 더 있는 것과 없는 것의 차이는 클 수밖에 없다. 과거에는 마을의 공동체 문화도 살아 있어 주변인들이 아이를 함께 키웠다.

하지만 오늘날의 부부에게는 이러한 '가족 사회'가 없다. 오로지 부부 두 사람의 힘으로 아이를 키워야 한다. 외톨이 육아의 시대인 것이다. 게다가 단출해진 가족 안에서 엄마의 양육 책임과 역할이 늘어나 여성이 겪게 되는 어려움은 그 어느 때보다 커졌다.

그동안 나는 '전업주부'가 아주 오래전부터 존재했던 여성의 삶의 방식인 줄 알았는데 그게 아니라는 사실을 알고는 깜짝 놀랐다. 전업주부는 산업화 이후 탄생한 새로운 삶의 유형이다. 일본의 사회학자 후루이치 노리토시는 일본의 1960년대 고도 성장기에 샐러리맨이 대거 등장했고 이때 샐러리맨과 함께 나타난 삶의 방식이 전업주부라고 설명한다. 남성은 샐러리맨으로서 밖에서 일하고 여성은 전업주부로서 가사와 육아에 전념하는 성별 분업이 이때부터 본격화한 것이다. 이전의 일본 여성은 대다수 농업에 종사했고 도시의 여성들도 생계 전선에 나섰다. 먹고사는 일에 바빠 아이에게 시간을 할애할 여유가 많지 않았다.

샐러리맨-전업주부로 구성된 부부는 외벌이로도 충분히 먹고살 수 있었던 경제 호황기에 정착된 생활 방식이었다. 하지만 경제 성장이 둔화되고 '잃어버린 10년'이 찾아오면서 맞벌이 가구가 외벌이보다 많아졌다.

일본은 우리나라보다 10~20년 빨리 여러 가지 사회현상을 경험했다. 우리나라에도 1960년대부터 전업주부가 생겨났고 1970~1980년 경제 성장기에 그러한 삶의 방식이 확

산됐다. 농사나 부업에 시달리지 않고 가사와 양육을 전담하는 여성이 늘며 양육 책임을 전적으로 엄마에게 묻는 분위기가 형성됐다. 하지만 일본과 마찬가지로 성장 둔화를 맞은 1990~2000년대 들어 맞벌이 가구가 크게 증가했다.

문제는 여기에서 발생한다. 맞벌이 가구가 늘었는데도 '엄마 책임론'에 대한 인식은 바뀌지 않은 것이다. 양육의 부담과 책임을 여전히 여성에게 돌리고 돌봄과 교육 제도의 부실을 엄마의 희생으로 메우려는 시선은 여전하다.

이런 상황에서 육아를 개인의 몫으로 치부해 버리면 어떻게 될까? 더 많은 이가 계속해서 출산을 포기할 수밖에 없다. '가족 사회'가 해체된 오늘날은 국가와 사회의 지원이 그 어느 때보다 절실하다.

저출산과 고령화의 결과를 따져 보면 우리 사회가 개인의 육아를 왜 도와야 하는지 그 이유가 명확해진다. "내 세금으로 왜 남의 육아를 도와야 하냐?"고 따진다면 "남의 육아를 통해 자라난 아이가 당신이 고령자가 됐을 때 당신을 부양할 거니까"라고 대답할 수 있다.

국가에서 거둬들이는 세수입의 대부분은 15~64세 생산가능인구가 부담한다. 국민연금과 건강보험 등 사회보장제도의 부담도 이 인구가 떠맡고 있다. 노인들은 건강보험에 가입한 자녀 세대의 피부양자가 돼 혜택을 받거나 기초생활보장 수급자(건강보험 의료급여 대상자)로서 정부 지원을 받는다.

만약 일할 수 있는 젊은이가 너무 적고 반대로 노인이 너무 많으면 건강보험 재정은 악화될 수밖에 없다. 노인은 보험료를 안 내는 사람이 많고 의료 이용 빈도수는 더 높기 때문이다. 이 문제로 건강보험 보장률이 낮아지면 큰 손해를 보게 되는 건 역시나 병원에 갈 일이 많은 노인이다.

저출산과 고령화는 모든 세대의 인구가 똑같이 감소하지 않는다는 점에서 문제가 더욱 심각하다. 같은 비율로 사람이 줄지 않고 노인만 늘어나다 보니 미래의 젊은이들은 현세대보다 훨씬 큰 부양 부담을 짊어질 수밖에 없다.

간혹 "요즘이 어떤 시대인데 젊은이가 노인을 부양하나. 부양 개념이 사라진 지 오래됐다"고 반박하는 사람들도 있다. 젊은이들의 부양 부담은 자식이 부모를 봉양하는 직접 부양을 의미하는 게 아니다. 바로 '세수'와 '보험료' 부담을 말한다.

2011년 기획재정부는 현 추세대로 저출산과 고령화가 진행될 경우 2040년대 생산가능인구는 현재보다 2.4배 많은 조세 부담을 질 것으로 추정했다.

이 세대가 겪게 될 미래 모습을 그려 보면 "정말 헬조선(지옥 같은 한국 사회)이구나"라는 말이 절로 나온다. 인구가 줄어들어도 취업 경쟁은 줄지 않는다. 2014년 산업연구원이 발표한 〈초저출산·초고령사회와 산업구조〉 연구보고서는 기계와 기술이 주요 산업의 일자리를 대체하며 취업의 문이 더욱 좁아질 것으로 전망했다. 기술 개발에 따른 설비 자동화가 노동력을 대체해 고용 감소가 예상된다는 것이다.

내 집 마련도 여전히 골칫거리다. 2014년 한국보건사회연구원(보사연)은 〈초저출산·초고령사회와 주택시장〉 보고서에서 총 주택 수요가 2044년 정점에 도달한 뒤 감소할 것으로 전망했다. 그때까지 주택 수요가 줄지 않을뿐더러 이후에 수요가 줄더라도 모두에게 혜택이 돌아갈지도 의문인 상황이다. 2016년 보사연의 〈빈공통계연보〉를 보면 상위 10%가 국내 순자산의 40.97%를 차지했다. 부익부 빈익빈 현상이 지난 수십 년간 더욱 심화된 것이다.

젊은이가 적고 노인이 많은 나라는 활력이 떨어질 수밖에 없다. 경제 불황과 성장률 침체도 불가피하다. 이런 디스토피아 같은 사회에서 청년이 된 나의 자녀 세대는 우리 사회를 떠받치며 살아가야 한다. "사회가 우리에게 해 준 것도 없는데 이렇게 살아가는 건 너무 불공평하지 않나?"라는 불만이 터져 나오지 않을까? 이들이 역량 있는 성인이 되도록 지원하지 않으면 미래에는 더욱 극심한 세대 갈등이 일어날 수밖에 없다. 유럽 국가들이 단단한 복지 제도를 운영하는 건 단순한 선의 때문이 아니라 따지고 보면 국가의 필요 때문인 것이다.

우리도 육아휴직, 아동수당 도입, 무상보육 등 구비된 제도만 놓고 보면 제법 훌륭한 편이다. 하지만 제도가 사문화됐거나 주머니에 현금을 찔끔 쥐여 주는 생색내기식 제도가 많고 실제로 도움을 주는 정책은 많지 않다. 아동에 대한 투자는 더욱 인색하다. 한국의 아동·청소년 관련 복지 지출은 2013년 기준 국내총생산GDP의 1.3%로 OECD 평균(2.5%)의 절반에 불과했다. 33개국 중 무려 30위다. 그나마도 보육과 빈곤아동에 지원이 편중돼 있어 아동 전체에게 돌아가지도 않는다. 1위인 영국은 아동·청소년에 GDP의 4%를 지원하고 있다.

어느 날 나는 파멜라 드러커맨의 《프랑스 아이처럼》을 읽다가 인상 깊은 구절을 발견했다.

"프랑스는 크레쉬Crèche(보육원) 운영에 국가의 자존심을 걸었다. 프랑스 아이는 프랑스가 키운다."

아이가 프랑스의 자산이라는 말이었다. 이런 인식이 있는 사회에서는 부모가 있든 없든, 아동의 가정이 잘살든 못살든, 아이를 잘 키우기 위해 사회 전체가 노력하지 않을까 싶었다.

내 아이뿐 아니라 지금 이 땅의 아이들을 잘 키우지 않으면 안정된 노후도, 평화로운 사회도, 노인이 된 나를 주변에서 아끼고 격려해 주는 미래도 맞이하지 못할 것이다. 훗날 늙고 아프고 주름진 우리 세대가 젊은이들에게 외면받지 않으려면 "왜 내 세금을 남의 아이를 위해 써야 하냐?"라는 말은 하지 말아야 한다. 이제는 사회가 육아를 도와야 한다.